DER MORGENKRISTALL[1]
FINLEY MOUNTAIN

Das Buch

Der heißgeliebten Arbeit beraubt, gibt sich Waylon Latham depressiv dem freudlosen Nichtstun hin. Mehr und mehr versinkt er im seelisch, körperlichen Chaos. Zäh hält er am blumig verklärten Gestern fest. Durch ein zufälliges Ereignis im Stadtpark wendet sich schlagartig das Blatt. Als er plötzlich an einem völlig fremden Ort erwacht, glaubt er zu träumen. Doch dann macht er eine Entdeckung, die alles Bisherige verblassen lässt. Auf der Suche nach Antworten findet er Spuren einer hochentwickelten Zivilisation, deren Existenz weit in die Vergangenheit zurückreicht.

Der Autor

FINLEY MOUNTAIN wird 1965 geboren. Seine Liebe zu Büchern findet er in alten Klassikern, darunter auch Kurt Laßwitz und Jules Verne. Durch einen Comic kommt er zum Schreiben. Zeichnete er anfangs noch seine Charaktere, stellte er jedoch bald fest, dass ihm das Wort besser liegt. So entstehen erste, zaghafte Versuche. Unter Pseudonym veröffentlicht er im Internet Anfang 2000 zahlreiche Texte. Mit dem Morgenkristall[1] legt er nun sein Debüt in der Fantasy-Literatur vor.

FINLEY MOUNTAIN

DER MORGEN KRISTALL[1]

FANTASY

BOOKS ON DEMAND GMBH

Bibliografische Information Der Deutschen Bibliothek
Die Deutsche Bibliothek verzeichnet diese Publikation in der Deutschen
Nationalbibliografie; detaillierte bibliografische Daten sind im Internet
über http://dnb.ddb.de abrufbar.

Covergestaltung: Finley Mountain
Lektorat: Ingrid Schaar
Herstellung und Verlag: BoD - Books on Demand, Norderstedt
Printed in Germany

ISBN 978-3-7357-4212-4

FÜR WILLI

Eins

Waylon ist seit einem halben Jahr Rentner. Zeit seines Lebens bestand sein Dasein aus Arbeit, Arbeit, Arbeit. Nun, es ist auf einer Seite sehr schön, sich einzubringen. Manchmal nervig, um nicht zu sagen: Stressig. Kaum ein Wochenende, das es dem Namen nach wirklich gab. Pünktlich Feierabend? Im Schnitt *schrubbte* Waylon pro Woche mindestens zehn Überstunden. Nun denn – geklagt hatte er nie. Im Grunde genommen war er das, was in modernem Sprachgebrauch *Workaholic* genannt wird. Ohne sich darüber im Klaren zu sein, fand er Erfüllung im Job. Unzählige, nicht enden wollende Zahlenreihen beherrscht er eben so gut wie harter Arbeit Hände. Einzig allein endlose Autofahrten stahlen ihm den Nerv. So war das – *damals*.

Eines Tages wechselte das Management. Zwei Monate hatte er noch. Eigentlich! Eine allgemeine Verjüngungskur stand auf der Tagesordnung. Ob's am neuen Chef lag, der vielleicht mit dem Alter an sich auf Kriegsfuß stand, wurde zwar gemunkelt, aber nie bewiesen. Wozu auch! Somit hatten Waylon und sechs seiner Kollegen schlechte Karten. In einem Anfall von Galgenhumor nannten sie sich die ›Gefallenen Sieben‹, in Anlehnung des erfolgreichen Spielfilms in den Siebzigern. Ach ja, war ja im alten Jahrhundert. Seltsam schon, dass Filme – je älter sie werden – zu Klassikern werden. Und ein jedes Kind weiß, wie wertvoll Klassiker sind.

Sobald seine Gedanken in diese Richtung gehen, überfällt Waylon eine bisher ungekannte Wehmut. Nur selten gesteht er sich – in solch depressiven Anfällen – ein, nutz- und wertlos geworden zu sein. Plötzlich ist der Sinn des Lebens infrage gestellt. Und alles fließt nur noch ständig bergab.

Bereits eine Woche nach dem Stichtag will er sein altes Leben zurück. Die eine Woche empfand er noch als Urlaub, obschon nach zwei Tagen ihm die Decke auf dem Kopf fiel.

Ablenkung fand er nicht. Weder das marode Fernsehprogramm noch etwaiges Lesen (Romane sind etwas für Weicheier und Hausfrauen) vermochten Waylon zu begeistern. In der darauf-folgenden Woche bekam er Herz-Rhythmus-Störungen. Unter seiner Brust entstand ein beängstigendes Trommelfeuer. Nur an den spärlich stattfindenden Treffen der ›Gefallenen Sieben‹ fand er Gefallen. Ja mehr noch: Waylon blühte regelrecht auf. Das Eintauchen in die Vergangenheit ließ das Hier und Jetzt vergessen. Vor dem geistigen Auge begann die verlorene Welt verklärt aufzuerstehen. Und die vielen Erzählungen, welche mit »Weißt du noch« begannen, wurden zum Fundament ent-stehender personalisierten Kleinlegenden.

Es ist schon eine Sache mit dem Alter. Erst kann man nicht schnell genug erwachsen werden, dann will man es nicht wahr-haben, den Zenit zu überschreiten.

Waylon erhebt sich aus dem Sessel. Dieser ist für ihn ein wahrlicher Freund geworden. In ihm schwelgt er gern und aus-dauernd in der geliebten Vergangenheit. Hier ist sein schützen-der Hort, der ihm die Sehnsucht schenkt und ab und an ein Stündlein Schlaf. Ansonsten weiß er nichts mit der üppigen Zeit was anzufangen.

Seit einigen Tagen plagt Waylon ein weiteres Zipperlein. Die Schmerzen kommen überfallartig, bleiben vehement bis sie urplötzlich wieder verschwinden. Dabei sind sie nicht so Recht definierbar. Mal sind es die Gelenke, mal die Weichteile da-zwischen. Waylon wusste gar nicht, was einem alles so wehtun kann. Wie winkte er doch abwegig ab, wenn früher die Alten meinten, er solle erst mal abwarten und werde dann schon se-hen, was ab die Mitte Vierzig an Leibesschwäche auftritt. Jetzt hat er den Salat, oder was es auch immer ist.

»Ich will nicht *Nichts* machen!«

›Kommt geistiger Verfall eigentlich vor oder nach dem Körperlichen? Sollte dies eine rhetorische Frage sein, will ich Antworten finden. Bei philosophischen muss ich passen‹, denkt Waylon. Den Selbst-Überdruss den Kampf ansagen, ist genauso schwer, wie Golf mit einem Ei. Aussichtslos den Ball, oder besser das Ei, unbeschadet ins Loch zu bugsieren. *Oh mein Gott!*

Doch dieser scheint kein besonderes Interesse an Waylon, dem Leidenden, zu haben. Er muss etwas falsch machen! Schließlich gibt es immer einen Horizont. Wenn auch im Augenblick alles im Nebel liegt. Oder ist es Dunkelheit? Die tiefste Schwärze aller Schwärzen? Oder nur der nebeligste Nebel! Oder …

Sein Gedankenkarussell nimmt bedrohlich an Fahrt auf. Um nicht zu sagen an rasanter Fahrt. Er fühlt sich wie ein Fisch ohne Wasser in einer überschallschnellen Rakete ohne Luft. Wenn auch der Vergleich hinkt, trifft er doch genau des Pudels Kern. Nicht zu vergessen die viel publizierte Alterspyramide, die eine Zukunft prognostiziert, natürlich auf Statistikebene und wissenschaftlich untermauert, die perspektivlos und menschenunwürdig ist. Und er mittendrin im Dilemma.

Bei diesem Gedanken stellen sich sporadisch schon mal die Schmerzen ein, begleitet von komatöser Müdigkeit. Ideenlos, der jetzigen Realität entfliehen zu können, begibt er sich zu dem mittlerweile zur Heimat gewordenem Sessel und ergibt sich ganz seinem Schicksal.

Zwei

Zweiuhrzweiundzwanzig.

Irgendjemand spricht zu Waylon. Er kann die Stimme hören, verstehen nicht. *Egal. Ich bin müde!* Doch die Stimme ist hartnäckig. Vermutlich mag der oder die seine oder ihre Gedanken mit ihm teilen. Dafür hat aber Waylon nicht die winzigste Spur von Interesse. Und für ein Palaver über dies oder jenes oder gar dem Wetter sowieso nicht! Punkt und Ende!

Er dreht den Kopf auf die andere Seite. Für einen Augenblick wird die Stimme leiser, bewegt sich weg von ihm. Gut so. Doch der Augenblick ist weniger als ein Lidschlag (wenn Waylon die Augen geöffnet hätte). Wie lang ist doch noch mal ein Lidschlag? Ein paar tausendstel? Hm. Ohne Vorwarnung fällt die Stimme ihm lauter als zuvor in die aufkommende Gedankendiskussion. Er schnauft. Versucht zu blinzeln. Es fällt unsagbar schwer! Tief Luft einziehend (wohl mehr aus Wut über die Störung seiner Ruhe) kommt Bewegung in Waylons Leib. Zuerst zappeln die Zehen, dann die Füße. Warum auch immer, es ist ebenso. Hinzu gesellt sich manifestierendes Schnauben mit unrhythmischem Schnarchen. Noch immer beharrt die Stimme auf einer Unterhaltung – nur er möchte sie nicht! Mensch! Dessen unbeeindruckt wird aus einer Stimme zwei … *Hä?*

Mit den Füßen bewegen sich die Beine. Und beide Hände um krallen krampfhaft die Sessellehnen. Waylons Kopf geht von links nach rechts, von rechts nach links, von links nach rechts und von rechts nach links. Plötzlich bleiben seine Bewegungen erstarrt …

Nur ein klägliches Röcheln entrinnt seiner Kehle. Fast schon könnte man meinen … Aber dies ist nicht so. Sekunden später schreckt er panisch auf und starrt ohne festen Punkt in leere Fernen. Nur allmählich nimmt er die Realität wahr, die ihn umgibt und fest im Banne hält. Dann verschmelzen die schwärzeste aller Schwärzen und der nebeligste aller Nebel zum gewohnten Bild. Die Stimmen bekommen das Gesicht der oder die Nachrichtensprecher und alles ist beim Alten. Naja, beim *Neuen*, denn Waylon hängt am Alten seiner Vergangenheit, doch dies wurde ja bereits erwähnt. Gewohnheitsgemäß wandert sein Blick an die Wanduhr: Zweiuhrneunundzwanzig. Danach scheinen die Augen durchs Fenster. Da es dort ein unruhiges Flackern gibt, vom Fernseher verursacht und ansonsten alles dunkel ist, weiß Waylon, dass es mitten in der Nacht ist. Seit einem halben Jahr die Zeit, in der er sich unheimlich einsam fühlt und mehr und mehr Ängste ihn beschleichen. Erfahrungen, die er nie kannte und auch nicht kennenlernen wollte. In dieser Situation denkt er still an seine Ex, die mit dem *Workaholic* nie zu Recht kam und sich scheiden ließ, als er mit fünfunddreißig seinen Posten übernahm. Und schon beginnt von neuem das Gedankenkarussell, das erneut an Fahrt aufnimmt.

Mit einem Satz steht Waylon auf den Beinen. Kurz innehaltend, da die Schwärze ihn noch einmal überfällt und nicht loslassen möchte, hält er geübt das Gleichgewicht. Zweimal tief mit geschlossenen Augen durchgeatmet geht er im Anschluss ins Bad. Hier dreht er das Wasser auf. Ein heißes Bad tut so manches Wunder. Und genau diese Wunder braucht er jetzt …

Gegen sieben geht die Sonne auf. Ein goldenes Band erstreckt sich am Horizont in voller Breite. Nicht eine Wolke am Himmel! Auf der Westseite des Hauses ist es dagegen noch dunkel.

Angezogen wie vor einem halben Jahr geht Waylon vor die Tür. Geschniegelt und gebügelt fühlt er Vollkommenheit. Gierig zieht er die frische Morgenluft ein. Nach wenigen Schritten verfällt er wieder in den alten schnellen Schritt, der gehetzt und wichtig wirkt. Erst als er den Marktplatz erreicht, verlangsamt er bewusst seinen Gang. In einer knappen halben Stunde erst öffnet der Imbiss. Seit Jahr und Tag der erste morgendliche Gang. Ja, manches ändert sich wohl nie.

Gemächlichen Schritts und mit scheinbarer Gelassenheit schlendert Waylon über den Platz. In zweihundert Metern Entfernung strömen ungehindert Mengen von Menschen vorüber. Alle nur eines im Sinn, rechtzeitig auf die Arbeit kommen. Bereits die Hektik am Morgen verbreitend, mit müdem ernst drein schauendem Blick, hechten Frauen und Männer stressbeladen durch die Menge. Begleitet wird die Szene durch Nerv tötendem Hupen und Geplärre. Bremsen quietschen. Sirenen eines Rettungswagens durchschneiden den Lärm zusätzlich. Alles in allem: Ein ganz normaler, großstädtischer Tagesbeginn.

Noch siebzehn Minuten. Wenn die Zeit vergehen soll, bleibt sie stur und bockig im Gleichtakt. Aber wenn man sie brauchte. Waylon kann sich ein wissendes kopfschüttelndes Auflachen nicht verwehren. Und die Uhr zeigt nur eine Minute später an, als es eben war. Auf die brodelnde Menschenmasse hat Waylon im Moment überhaupt keinen Bock, somit ändert er die Richtung und wendet sich einer engen Nebengasse zu. Versunken im eigenen sumpfigen Ich schlendert er weiter. Sieht nicht die wenigen Menschen, die doch seinen Weg kreuzen. Ein schulpflichtiger Fahrradfahrer klingelt sicherheitsbewusst. Waylon schaut jedoch nur müde und abwesend auf. Immer weiter entfernt er sich so dem Markt, nicht bewusst, wohin es nun gehen wird.

Der unfreiwillige Rentner betritt gedanklich bereits weit zurückliegende Situationen im Leben. Durchlebt schöne Ereignisse, für die er dankbar ist, sie gelebt haben zu dürfen. Wischt einfallende negative Erfahrungen unwillig bei Seite. Irgendwie wirkt dies ein wenig unrealistisch. Einige der Passanten sehen ihn auch dementsprechend unsicher hinterher.

Zehn Minuten ist Waylon bereits unterwegs. Voll eingetaucht in Zeit und Raum einer Welt, die einmal die seine war. Nur wenige Meter trennen Waylon vom Stadtpark.

Drei

Sattes Grün begrüßt die Parkbesucher. Eine wahrliche Oase reinster Lebensquell. Wildwuchernde Pflanzen mit farbenfrohen Blüten gibt es ebenso wie glatt geschnittenen Rasen und gepflegten Baumbestand. Wege durchschlängeln sanft das Grün. Ähnlich kleiner Inseln im Atlantik, nur dass nicht Wasser sondern erdige Wege sie umflossen. Schon wenige Meter in den Park genügen, um das Stadtleben vergessen zu machen. Idylle soweit das Auge reicht. Mannshohe Hecken am Rand blocken Straßenlärm und -duft. Von zehn bis sechzehn Uhr scheint bei gutem Wetter die Sonne. Bäume bieten ein luftig-schattiges Plätzchen, und bei Regen ausreichend Schutz. Entspannung pur für Geist und Seele.

Ohne es bewusst zu bemerken steuert Waylon seinen Lieblingsplatz an. Er wohnt nunmehr achtundzwanzig Jahre in der Stadt. Vom Land kommend liebt er die Natur und weiß die beruhigende Wirkung sehr zu schätzen. So verrückt es auch ist: Heute sehnt er sich im Stillen nach miefigen Autoabgasen und klimatisiertem Büro. Nur zögernd nimmt er die Umgebung war. Erschrocken stiert Waylon auf den gigantischen Baum mit der alten verwitterten Holzparkbank davor. Wie oft hat er sich schon gefragt, weshalb dieses Ungetüm von Baum noch steht? Vom ersten Tag an, soweit er sich erinnert. Der Baum ist nicht schön, hat aber etwas. Er strahlt Geschichte aus und beständige Ruhe. Nach der Scheidung saß Waylon oft unter ihm und fand den verloren gegangen inneren Frieden wieder. Er sah in dem alten Baum eine Art Therapeut, wenn auch einen schweigsamen. So schweigsam jedoch ist der Baum auch wieder nicht. Wenn der Wind mit seinen Blättern spielt und man genau hinhört, kann man ihn sprechen hören. ›Wann nur war ich das letzte Mal hier?‹ denkt er. Sofort sind all die letzten Gedanken verschwunden und er fühlt des Baumes Kraft. Langsam, beinahe ehrfürchtig geht er näher. Waylon ist allein im Park. Kein Wunder, es ist ja Arbeitszeit. Je näher er kommt, umso mehr befällt ihn der Wunsch, sich dem Baum mitzuteilen. Wahrlich – einen besseren und verständnisvolleren Zuhörer gibt es einfach nicht. Die Bank ist nicht nur verwittert. Die linke Seite ziert ein Sprayer Bild, dessen Farben ausgewaschen sind. Eine Latte ist locker und hängt etwas herab. Die rechte Seite ist durchgewetzt und hat einen Riss. Waylon ist es egal. Er setzt sich einfach. Die Bank krächzt ein wenig, doch hält sie seinem Gewicht tapfer stand.

Einsetzendes Blätterrauschen erscheint dem Rentner wie eine vertraute Begrüßung. Ein Treffen unter alten Freunden kann harmonischer und freudiger nicht sein. Die aufkommende Rührung opfert Waylon eine winzige Träne ab. Ein glücklicher Seufzer entrinnt seinem aufgewühlten Inneren. Er, der leidgeprüfte und nutzlos gewordene, gealterte Mann ist Daheim. Dem Glücke nah schließt er die Augen. Lauscht auf dem Gesang der Blätter. Spürt den das Gesicht zart streichelnden Wind auf der Haut. Gerührt verharrt er in gleicher Stellung, länger als es ihm bewusst ist. Gewöhnlicher Alltagslärm ist dem Hier gewichen, um das Heut zu erleben und im Jetzt zu genießen. ›Könnt ich das nur immer haben!‹

Vergessen sind alle Sorgen, die belangloser nicht sein könnten. Als Teil von Mutter Natur, ja als Teil vom Ganzen fühlt sich das Leben plötzlich auch als *Leben* an. Ausgeglichen wie kaum vorher öffnet Waylon die Augen. So bunt wie gerade eben ist die Welt nur selten. Ist es real oder träumt er nur? Es ist schwer in völliger Entspannung Wahrheit von Illusion zu unterscheiden. Er kommt sich wie in einem Computerspiel vor, dessen virtuelle Welt sich kaum unterscheidet von der Wirklichkeit. Dank hochauflösender Grafik und schnellen Prozessoren. Selbst die Pixelwesen wirken echt. Die Gehirn-Wahrnehmung lässt sich leicht beeinflussen. Es gibt mittlerweile Tests, die Menschen in einer abgeschotteten virtuellen Welt zeigen, die mehrere Minuten brauchten, um wieder aus ihnen herauszukommen. Sie schienen verwirrt und desorientiert. In heutiger Zeit könnten die Menschen es leichter haben.

Einst wurden Maschinen entwickelt, um die Arbeit zu erleichtern. Stattdessen wird das Leben unaufhaltsam schneller. Dank Mikroelektronik, die schon keine mehr ist, droht der Mensch in ihr unterzugehen. Er verliert stetig an eigener Entscheidungskraft, wirft sich modernen Kommunikationstechnologien unter, wie in der Antike Sklaven deren Herrschern. Ein maschineller Imperator sozusagen. Und die Entwicklung geht weiter. Noch kleiner, noch leistungsfähiger. Das Leben besteht bereits heute aus Bits und Bytes. Wie wird man es wohl in naher Zukunft nennen? Quantismus?

Das Rauschen des Baumes versiegt. Fast so scheint es, denke der alte Baum über Waylons Gedanken nach. Und wirklich, nach kurzer Zeit beginnt das Rauschen erneut. Diesmal leiser, bedächtiger. Waylon glaubt darin Worte zu hören. Wiederum schließt er die Augen. Ein Film läuft im Geiste ab. Wiesen und Felder, unzählige Blüten und Sträucher wiegen im Takt aufkommenden Windes. Sanft strahlt die Sonne. Es ist warm. Dann huscht ein Schatten über die Landschaft. Am Horizont wird es schlierig. Regen setzt sein. Aus dem Wind wird ein Sturm. Immer finsterer die Umgebung. In der Ferne zucken grelle Blitze. Donnerhall dringt bis an seine Ohren. Aus dem Sturm wird bald ein heftiges Unwetter, alles mit sich reißenden Böen. Der darauf einsetzende Orkan taucht alles stroboskopartig in finsteres Chaos ohne Ende. Die Intensität des Geschehens lässt Furcht aufkommen. Sie nagt am Verstand. Will nicht wahrhaben, was doch nicht abwendbar. Ein Entkommen ist nicht möglich. Ergeben im Schicksal wirkt Vergangenes verloren. Das Morgen ohne Chance, jemals den Tag erleben zu können. Die Sonne bleibt verborgen im Tal dunkler Albträume. Auch sie chancenlos. Inmitten ohrenbetäubenden Unheils kehrt plötzlich gnadenlose Stille ein. Auch sie schmerzt, wenn auch auf anderer Art. Nun bebt die Erde. Es ist genau spürbar, wie sie atmet. Wieder Stille. Und als sei nichts geschehen, werden Sterne am Firmament sichtbar. Einer nach dem anderen bahnt sich einen Weg durch die Nacht. Der Orkan wird zum Sturm

und schwächt sekündlich weiter ab, um in einem lauen Nacht-
lüftchen zu verstummen. Kurz darauf geht der Mond auf. Weiche Schatten wirft sein fahles Licht. Seine Bahn am Himmel ist
vorbestimmt. Unbeirrt nähert sich die Nacht dem Ende. Nachdem der Mond an Kraft verliert, beherrscht wieder Finsternis
die Welt. Doch schon zeugt ein heller Streifen am Horizont
vom nahenden neuen Tag.

Waylon öffnet die Augen. Er musste eingeschlafen sein,
denkt er im ersten Augenblick. Erholt blickt er sich um. In der
Nähe geht eine Frau mit dem Hund Gassi. Mehrere Kinder
spielen mit einem Ball. Als er aufstehen will bemerkt er, dass
er im Schatten sitzt, soweit ist der Tag bereits fortgeschritten.
Sein Magen meldet sich. Ausgeruht steht Waylon auf. Kaum
auf den Füßen muss er sich strecken. *Oh, tut das gut ...*

Vier

Seit diesem Erlebnis geht Waylon jeden Tag zu dem alten
Baum. Den Grund kennt er nicht, oder will ihn nicht wahrhaben. Ganz gleich: Es wird zu einem steten Ritual, aus dem er
nicht nur neue Kraft sondern auch neuen Mut schöpft.

Die Zeit vergeht. Inzwischen ist es Hochsommer geworden.
Einige Blumen sind bereits verblüht. Aus Baumknospen sind
Früchte geworden. So schleicht die Zeit im Wandel dahin.
Waylon findet des Nachts über ausreichend Schlaf, rasiert sich
morgens sorgsam, erledigt anstehende Besorgungen. Aus nega-
tiven Gedanken sind positivere geworden. Spürbar geht es nun
wenigstens nicht mehr bergab …

Sogar einen kleinen Tapetenwechsel, in Form einer Reise
vor die Haustür, plant Waylon. Man muss nur wollen, dann
kann nichts schiefgehen.

Die Tage vergehen. Mit der Zeit nimmt Waylon die ganze Sache lockerer. Heute ist Donnerstag. Nach einem Pott schwarzen Kaffees auf nüchternen Magen fühlt er sich stark genug, in den Tag zu starten. Der Großeinkauf steht an. Er greift nach der Geldbörse, den Einkaufszettel und ein paar achtlos zusammengeknüllte Plastiktüten, deren Aufdrucke bereits stark abgenutzt sind. Dann verlässt er das Haus. Sein Wagen steht in der Einfahrt. Gewohnheitsgemäß fasst er in die linke Hosentasche, um den Autoschlüssel herauszuholen. Dieser befindet sich an einem langen roten Band, damit er nicht verloren gehen kann. Doch egal wie Waylon auch in der Hosentasche sucht, kein Schlüssel! Panik will aufkommen. *Verdammt. Ich muss noch mal zurück!* Er macht auf der Stelle kehrt und geht auf die Haustür zu. *Wo ist nur der Wohnungsschlüssel?* Sämtliche Taschen der Hose sowie des Hemdes tastet er ab – nichts!

Mit einer Art stummen Stoßgebet und einer Andeutung eines Blickes nach oben drückt er gegen die Haustür, in der Hoffnung, dass sie nicht wirklich zu ist. Fehlanzeige! Schweiß läuft die Schläfe herab, der die Panik weiter verschärft. *Sollte es wirklich wahr sein ...?*

Egal was er tut, es stellt sich als pure Wahrheit heraus: Der Schlüssel ist nicht auffindbar. »Verfluchter Scheißdreck!«, stößt Waylon anfallartig und auf hundertachtzig hervor. Sofort wird es ihm bewusst, eventuell gehört worden zu sein. Verlegen und mit tomatenrotem Kopf schaut er sich um. Wut und Panik gleichzeitig spürend geht über die Substanz. Was jetzt? Das Handy! Aufatmend greift er an die linke Brusttasche des längsgestreiften Hemdes. Im selben Moment glaubt er, das Herz bliebe stehen. ›Klar‹, denkt Waylon in einer klaren Sekunde, ›hab's ja seit der Rente nicht mehr benutzt.‹ Der Blutdruck steigt rapide, die Lunge braucht dringend Sauerstoff. Erschöpft setzt er sich auf die Stufe. *Gleich kipp ich um. Ich glaub 's nicht! Ich. Glaub. Es. Einfach. Nicht!* Im verzweifelten Versuch von moderner Selbstkasteiung und Eigenbeschimpfung der obszönsten Art, die man sich vorstellen kann (im Grunde genommen ist es noch viel schlimmer), stützt er den Kopf in die Hände. Betroffen vom dämlichen, beschissenen hirnlosen Versagen auf weiter Flur, kommt Waylon ganz langsam herunter und findet Beruhigung. Wenig später kann er wieder so denken, dass er Entschlussfähig und wieder bereit ist, zu handelt.

Entschlossen springt er auf und geht die zwanzig Meter in der Reihenhaussiedlung zum Nachbarn hinüber. Klopfenden Herzens klingelt er. Nichts. Nochmal klingeln. Wieder keine Reaktion. Zwei, drei Minuten wartet er, die ihm unendlich lang erscheinen. Erneut drückt der Daumen den Drücker länger als gewollt. Nichts. Waylon geht weitere zwanzig Meter. Nachbar Müller ist bestimmt daheim, überlegt er. Gleich oberhalb des Klingelknopfes fällt ihm der übervolle Briefkasten auf. Mist! *Verdammter Scheißmist!*

Mit hängenden Schultern und geneigten Kopf geht Waylon vierzig Meter zurück und wiederum zwanzig Meter weiter, um wieder einen Versuch zu starten.

»Morgen Waylon! Na, beim Morgenspaziergang?« Es ist Herbert. Der hat ihm gerade noch gefehlt.

»Man denkt ja trotz hohen Alters an die Gesundheit, Herbert.« Der klägliche Versuch eines Lächelns scheitert von Grund auf.

»Na, na, Waylon. Wirst doch nicht senil …« Herbert zwinkert ihm schelmisch zu. »Und die Siebzig hast du doch noch nicht erreicht, oder…«

Nein, hab ich nicht, will er entgegnen, *bin ja nicht von alten Eisen.* Stattdessen kommt eine abfällige Handbewegung zum Einsatz. Waylon geht weiter, da ihm nach einer gehobenen Konversation seinerseits etliches im Wege steht, und lässt den alten Bekannten einfach stehen.

An der Türklingel angelangt, wendet Waylon sich noch einmal um. Zuschauer braucht er jetzt überhaupt nicht. Erleichtert über Herberts Weitergehen läutet Waylon und geht in Phase zwei über. Es ist leichter, bestimmte Bemühungen in Prioritäten einzuteilen. Dadurch wird die Wegstrecke zum Ziel in kleinere Etappen aufgeteilt, und dies wiederum ermöglicht es schlussendlich auch die errungenen Etappen zu feiern. Über diese geistige Erklärung hat er übersehen, dass die Tür geöffnet und Mrs Pepper bereits auf den Weg zum Gartentor ist und er immer noch den Knopf gedrückt hält.

»Junger Mann, bitte. Für einen D-Zug bin ich zu alt.«

Ertappt nimmt Waylon den Daumen weg.

»Entschuldigung. Ich bräuchte mal Ihr Telefon.«

»Sie sind doch … Ja, Sie sind der Waylon. Wie geht es Ihnen denn?«

»Ganz gut …«

»Was macht die Arbeit?«

»Bin schon …«

»Waren Sie auf Geschäftsreise? Sie sehen überspannt aus. Ganz bleich im Gesicht. Da hilft ein guter Cognac, junger Mann.«

Waylon hat vergessen wie redselig Mrs Pepper ist. Wenn möglich macht er einen großen Bogen um die alte Frau. Und sie musste inzwischen uralt sein. Als Kind war sie ihm schon alt vorgekommen.

»Kommen Sie doch herein, Waylon. Dann trinken wir einen und …«

»Mrs Pepper. Entschuldigung. Ich müsste dringend telefonieren.«

»Oh, kommen Sie nur. Ich mach uns noch ein Tässchen frischen Filterkaffee.« Damit schließt sie das Tor auf.

Im Inneren des Hauses riecht es streng nach … ja, nach was eigentlich? Kräutern, abgestandener Luft, gewachsten Holz und nach süßlichem. Eben alt.

»Ist was passiert, Waylon? Geht es Ihrer Frau nicht gut?«

»Nein, nein. Sie ist – verreist.« Die Frage nach seiner Ex berührt ihn. Erst jetzt fällt ihm ein, dass die alte Dame zwar noch sehr rüstig, aber geistig weit in der Vergangenheit lebt. In diesen Moment kommen Waylons Probleme mehr als unwichtig und vor allem klein vor.

»Mein Schlüssel liegt im Haus, und ich muss dringend weg.«

»Ja, immer arbeiten. Sie müssen dringend ausspannen, Waylon. Machen Sie doch mal Urlaub!«

»Darf ich … telefonieren?«

»Aber sicher doch. Gleich links die Tür. Ich bin in der Küche und Brühe einen schönen Kaffee.«

Nicht lang muss Waylon suchen. Ein alter Apparat mit Wählscheibe steht auf einem uralten Telefontisch mit Deckchen. Er hebt ab. Es funktioniert. Schnell ist die Auskunft gewählt und bald darauf schildert er einem Schlüsseldienst sein Anliegen. Gut eine halbe Stunde brauche er, vernimmt Waylon. Dann ist das Gespräch beendet.

Kaum liegt der Hörer auf der Gabel und Waylon überlegt schon, wann er zum letzten Mal solch ein Museumsstück benutzte, kommt mit zwei Tassen auf einem Tablett Mrs Pepper.

»Setzen wir uns doch. Dann erzählen Sie mal.«

Wirklich noch alte Schule, denkt Waylon. *Herzhaft und gastfreundlich.*

»Ich muss gleich rüber, Mrs Pepper. Der Schlüsseldienst.«

»Trinken Sie doch. Milch und Zucker?«

»Danke. Schwarz genügt.«

Waylon nimmt die Tasse, die ebenfalls aus einem Museum stammen muss und nimmt einen schlürfenden Schluck. Angenehm des köstlichen Aromas wegen überrascht, entspannt er sich zusehends. Der erste *Wow*-Effekt des heutigen Tages. Inmitten des fremden Heimes kommen Erinnerungen auf. *Wie bei Oma! Richtig heimelich! Immer willkommen.* Ein wohliger Seufzer entfleucht. Auch Mrs Pepper ist still; genießt jeden einzelnen Schluck. Vielleicht genießt sie ja auch seine Anwesenheit. Ihre Augen scheinen zu leuchten. Schmunzelnd und hin und wieder nickend schwelgt auch die alte Dame in Erinnerungen. Rasch ist seine Tasse leer und das Schweigen hält an.

Was ihm auffällt ist die Art des Schweigens. Es ist ein wohliges, entspanntes und verstehendes Schweigen. Keines, was kalt wirkt. Wär da nicht der anstehende Termin mit dem Schlüsseldienst, würde er gern länger verweilen. Vielleicht sollte er dies ja einfach mal tun ...

»Ich muss leider, Mrs Pepper.«

Ohne eine Antwort abzuwarten erhebt er sich. Sie nickt.

»Danke für den Kaffee, er ist sehr köstlich.«

Wieder nickt sie. Mrs Pepper stellt die Tasse ab. »Besuchen Sie mich nur wieder einmal, Waylon«, sagt sie und steht ebenfalls auf.

»Ich kenne den Weg. Bis ... später. Und danke.«

Zum Abschied hebt er den Arm. Draußen zieht er nachdenklich das Tor zu. Er kommt sich schäbig gegenüber der alten Frau vor. Schließlich ist er fast geflüchtet. Nicht vor ihr, versteht sich. Wohl eher vor der Güte und dem Wohlwollen. Und vermutlich vor der Krankheit, die schleichend ihren alten Körper anheimfällt. Sie muss um die Neunzig sein. Mrs Pepper war damals die erste Nachbarin, die ihn und seine Ex herzlich in der Siedlung willkommen hieß. Und von der damaligen Herzlichkeit hat sie nichts verloren.

Ein Wagen kommt näher, hupt. Endlich.

Im Supermarkt überfliegt Waylon den Einkaufszettel. Ganze hundertdreiundzwanzig Euro hat seine Gedankenlosigkeit gekostet. Nun heißt es: Was brauche ich am Nötigsten! Sinnlosigkeiten will er sich nicht leisten. Man weiß ja nie, was im Alter noch gebraucht wird!

Obst und Gemüse sieht heute nicht frisch genug aus. *Gestrichen.* Brot – weiter hinten. Getränke – äh, da. Ein Sixpack Bier, ein Pack Wasser. *Reicht.* Wurst. *Ah ja.* Am Fleischstand stehen unzählige Leute. Unter ihnen eine Inderin mit zwei kleinen quietschenden Kindern. Gerade wird ein Typ bedient, der ihm sehr bekannt vorkommt. Instinktiv bewahrt Waylon Distanz. Als der auch noch spricht, wird die Ahnung zur puren

Gewissheit. Sofort schnellt Waylons Puls in unermessliche Höhen. Der Manager! Der Altenhasser! Ein geschniegeltes Jüngelchen mit gegeeltem Haar. Widerlich schnuckelig …

Angeekelt geht Waylon auf Dschungelkurs. So nennt er es, wenn er zwischen den Regalen und Menschen abtaucht, stets ein Auge auf potentiell gefährliche Begegnungen werfend. Wenn schon aus dem Arbeitsleben ausgeschieden, dann auch richtig. Und auf diesen Fatzke kann er getrost verzichten. Der stiehlt ihm nur die Luft zum Atmen. Außerdem – seine Freizeit gestaltet er so wie er will!

Ich muss hier weg!

Unvermittelt sitzt Waylon wie achteinhalb Monate früher auf diesen unbequemen Designerstuhl diesem Typen fassungslos gegenüber. Zwei Monate vor der regulären Rente. *Misthund!*

Schnell greift Waylon nach ein paar Konserven. Im durcheilen der Frischeabteilung fliegen mehrere tiefgekühlte Pizzen in den Korb, der erstbeste greifbare gefrostete Fisch und weiter geht's zur Kasse. Zu guter Letzt erwischt er noch einen Beutel Brötchen zum selber backen. *Shit!* Verstopfte Kassen! Flüchtig wirft Waylon einen Blick in den Laden zurück. Keine Spur vom Feind. Schon will er aufatmen, als im äußersten Augenwinkel Waylon die unverwechselbare Statur des Flegels erkennt. Unwillkürlich zieht er den Kopf tief zwischen die Schultern. Starrt fest auf ein Paar Waren nahe der Kasse. Nur nicht hinübersehen!

Die Zeit zwischen anstehen, Waren aufs Band legen und endlich zahlen zieht sich ins Endlose. Dem Drang, einfach wegzulaufen, widersteht er – gerade so. Leider reicht seine Kraft nicht aus, nicht doch einmal zu schielen. Komisch. Das Jungchen scheint die Umgebung nicht wahr zu nehmen. Dafür flirtete der was das Zeug hält auffällig schmierig mit der Kassiererin. Waylon sieht diese nur von hinten. Lange blonde Haare, schlank bis zum Geht-nicht-mehr. Die typische naive Braut, die auf genau diesen Machogehabe abfährt. Unverhohlen beobachtet er die Beiden. Scheu los verfällt Waylon in die Beobachterrolle.

Piep. Piep. Pieeeeep.

Verwirrt zuckt er herum.

»Achtundfünfzig sechsundneunzig.«

Hä? Für die paar Dinge?

Mit herunter geklappter Kinnlade zieht er einen Fuffi aus dem Portmonee. Es folgt ein flüchtiger Blick in Richtung Flirt-Junkie und Blondine.

»Achtundfünfzig sechsundneunzig macht das!« Die Kassiererinnen Stimme wirkt bedrohlich fest und ungeduldig. Hinter dicken Brillengläsern sehen ihn zwei finstere Augen an, die keine Geduld zuließ. Waylon bemerkt seinen Fehler und krempelt das Portmonee um. Erfolglos stellt er fest, kein weiterer Schein! Auch im Kleingeldbereich nix als wertlose Cent Stücke. Notgedrungen zieht er die EC-Karte heraus, aber nicht ohne einen weiteren Blick Richtung – äh … Der Blondine. Schnuggelsche ist weg!

Den Pin muss er zweimal eingeben, ehe sie akzeptiert wird. Noch immer liegen die Errungenschaften am Band-Ende und irgendwie bekommt er das Gefühl nicht los, dass sich die Erde schneller dreht und er nicht in der Lage ist, ihr ebenbürtig zu folgen. Gefühlte Stunden später, feindlichen Blicken und eigener Langsamkeit ausgesetzt schafft er es endlich, verschwitzt und mit zittrigen Fingern und schlottrigen Knien, den Markt zu verlassen.

Daheim stehen die gefüllten Plastiktaschen verwaist im Flur. Wo ist Waylon? Kein Laut. Kein Geräusch. Sperrangelweit steht die Wohnzimmertür offen. Leises gleichmäßiges Ticken dringt aus dem Raum; untrügliches Zeichen vergehender Zeit. In der Raummitte wird es lauter, verliert aber nichts vom gleichmäßigen Klang. Einmal das Ticken vernommen, zieht es den Blick unweigerlich an. Bei dem hiesigen Zeitmesser handelt es sich um eine alte, aufwendig restaurierte Standuhr aus den neunzehnhundertzwanziger Jahren. Ein prachtvolles antikes Stück Jahrhundertgeschichte. Von unzähligen Besuchern bewundert, will das glanzvolle Stück nicht wirklich zu dem Stil der vorherrschenden Einrichtung passen. Dennoch fasziniert die Uhr einer vergangenen Epoche. Zur vollen Stunde erklingt melodiös das Schlagwerk. Selbst während der heftigsten Diskussion, die das Haus selbstredend in den Jahren schon erfahren hat, kehrt Stille ein. Und aus debattierenden Konkurrenten werden aufmerksame Zuhörer. Ein willkommenes Konzert der Zeit.

Auch jetzt, genau in diesen Augenblick, schlägt die Uhr. Eins – zwei – drei – vier – fünf – sechs – sieben – acht – neun – zehn – elf. Im Nachhall des letzten Schlages kehrt der Augenblick der Gegenwart den Rücken. Und das Ticken tritt aus seinem Schatten, zählt minutiös ablaufende Sekunden.

Ein Stöhnen aus Richtung Sessel. Hier hat sich vor einer dreiviertel Stunde Waylon hingesetzt und den Kopf mit geschlossenen Augen in den Armen vergraben. Nur nichts mehr sehen, nur nichts mehr hören. Nur das Ticken begleitet seine Geistige Rückschau. Beide, Mensch und Mechanik, gehen in dieser Situation eine Symbiose beiderseitigen Beistands ein. Ohne die Zeit kann der Mensch nicht existieren, ohne Mensch wäre die Zeit nur eine Unbekannte. Auch wenn die Zeit nicht stets Waylons Freund ist, liebt er doch ihre Anwesenheit. Und sei es in Form der wundervollen Standuhr.

Nach dem elften klangvollen Schlag öffnet Waylon die Augen. War er eingenickt? Wahrscheinlich nicht, denn so aufgewühlt wie er war …

Schluss damit. Er ärgert sich über sich selbst.

»Latham du bist ein Idiot! Ein elender, verweichlichter, selbstbemitleidender Idiot.« Im Moment das einzig Richtige was er dazu sagen kann. Behäbig in der Bewegung geht er in den Flur. Missmutig nimmt er die Tüten. Aufkommende Gedanken ans Erlebte wischt er mit Ablenkung beiseite. Als die

Gefriersachen tropfend ins Blickfeld kommen, hätte er aufschreien mögen.

Fünf

Der Reisetermin rückt näher. In zwei Tagen geht es los. Ein bisschen aufgeregt ist Waylon, aber auch froh. Endlich kommt er einmal heraus und auf andere Gedanken. Jedoch lehrte ihn das Leben, sich nicht zu sehr darauf zu freuen. Wie schnell floppt ein Ereignis. Enttäuschungen werden genährt durch überproportionale Erwartungen. Auch für Waylon eine ziemlich schmerzhafte Erfahrung. Ein Jeder zahlt Lehrgeld, und Lehrjahre sind nun wirklich keine Herrenjahre. Damals wie heut – ja, manches ändert sich eben nie …

Eben deshalb bleibt Waylon auf den Teppich.

Am heutigen Tag gibt es dichten Nebel. Widerwillig steht er auf, geht ans Fenster. *Die reinste Suppenküche!* Missgelaunt und mit schleppendem Schritt geht er unter die Dusche. Schlaftrunken dreht Waylon am Hahn. Ein langgezogener, voller Inbrunst ausgeführter Schrei erfüllt die Stille. Schimpfend will er aus der Dusche springen, prallt aber am elastischen Plexiglas der Kabinentür ab und landet genau unter dem eiskalten Wasserstrahl. War der erste Schrei herzzerreißend, ähnelt der Jetzige schon eher dem heißeren Gebrüll eines Tarzan-Verschnitts. Diesmal gelingt es Waylon die Tür zu öffnen und entflieht somit den eiskalten Anschlag an diesem Morgen. Prustend und am Plexiglas Deckung suchend, dreht er mit lang ausgestreckten Arm das Wasser ab. Dabei verdrehen sich elegant seine Beine. *Diese Schlacht ist gewonnen! Ha! Ha! Haaa!*

Zwanzig Minuten später entnimmt Waylon dem Toaster zwei knusprige Sandwichescheiben. Dazu schwarzer Pad-Kaffee. Draußen ist es nebelig geblieben. Ungemütlich für einen Spaziergang. Im Hintergrund läuft der Lokalsender. Sanfte Musik, die Dramaturgisch seine Stimmung unterstreicht. Nach dem ersten Bissen ist er satt. Selbst der Kaffee Pott bleibt unberührt. Ein seltsamer Druck in der Magengegend verdirbt selbst den winzigsten Hauch Wohlgefühls. Der beste Grund für selbst verordnete Bettruhe. Meistens aber kommt alles anders …

An der Tür schellt es. Griesgrämig schreckt er auf. Vermutlich zögert er zu lange, denn es klingelt noch weitere Male. Waylon lugt vorsichtig hinter der Gardine hinaus. Trotzdem in diesen Jahr üppig geschossenen Hecke ist der Weg und das Grundstückstor trotz dichten Nebels gut einsehbar. Er ist erstaunt über den Anblick von Mrs Pepper. Was hat die Alte nur in der Hand? Weiteres Zögern seinerseits lässt die Nachbarin erneut klingeln. Genervt wegen der unwillkommenen Störung schleicht Waylon zur Tür.

»Hallo, Herr Nachbar! Ich bin Ihre Nachbarin. Pepper, Elionor Pepper. Ich heiße Sie hier recht herzlich willkommen!« Mit freundlicher Mine und einem alles einnehmbaren Lächeln empfängt sie Waylon, als er den Kopf herausstreckt.

Was sollte das denn!?

Irritiert öffnet er die Tür ganz.

»Guten Morgen, Mrs Pepper. Aber …«

»Frisch gebackener Apfelkuchen. Ist noch warm.« Dabei nickt sie auffordernd.

So seltsam es ihm auch vorkommt, bleibt Waylon nichts weiter übrig, wenigstens ans Tor zu gehen. Schon der Form halber. Denn irgendwie mag er die alte Dame ja.

»Hier, Mr Latham.« Fröhlich hält sie das Begrüßungsgeschenk über den Zaun.

»Aber ich wohne doch schon …«

»Ich war bei meiner Tochter. Kam erst gestern spät Abend nach Hause.«

Es war wirklich ihr Ernst. Der Alten Augen funkeln vor Begeisterung, und sie scheint sichtlich gerührt. Die Szenerie ist genau wie vor über zwanzig Jahren, denkt Waylon bei sich. Die gleiche Art, dieselben Worte.

Überrumpelt ergreift er den Kuchen. Mit den Worten »Lassen Sie es sich's und Ihrer Frau schmecken« lässt Mrs Pepper los.

»Kommen Sie beide doch einmal rüber. Dann schnacken wir gemütlich bei einem Tässchen Kaffee.« Kaum ausgesprochen macht sie kehrt und geht hinkend davon. Völlig durch den Wind schaut er erst der Dame nach, anschließend verdutzt auf ihr Geschenk. Ein langes Ausatmen als Ventil nutzend, macht er sich Luft des irrealen Erlebnisses.

In der Küche angekommen nimmt Waylon den Duft wie damals auf. Köstlich! So schneidet er den Kuchen an. *Man kann sagen was man will, aber backen kann die Frau,* denkt er anerkennend. Schnell ist das Stück schmatzend verzehrt. Am Schluss ist knapp die Hälfte des frischen Apfelkuchens nur noch Geschichte.

Jetzt erst lässt er die Geschichte nochmal Revue passieren. Wieso denkt die Alte eigentlich …? Wie Schuppen kommt die Eingebung: Mrs Peppers Krankheit des Vergessens ist rapide fortgeschritten. *Oh Gott!* Viel hat er darüber gehört oder gelesen, jedoch niemals solch einen Menschen selbst kennengelernt. Darüber erschüttert lehnt er sich tief einatmend und mit Gänsehaut zurück. Immer darauf bedacht, gewisse Dinge nicht an sich heran kommen zu lassen, geht es Waylon arg an die Nieren. Nun stellt er sich vor, was diese Krankheit anrichtet. Mrs Peppers Gesicht schien entspannt und zufrieden. Keine Ahnung, wie ihre Wahrnehmung im jetzigen Zustand ist. *Mich kennt sie.* Scheinbar ist sie in ihrer Erinnerung vor sechsundzwanzig Jahren angelangt und dies ist das Jahr *ihrer* Realität. Beängstigend wenn in unmittelbare Nähe Betroffene leben …

Leider bleibt der Nebel hartnäckig. Zwielicht taucht die Wohnung in diffuses Licht. Waylon bekommt ein unbehagliches Gefühl. Außerdem ist ihm kalt. Also geht er ins Wohnzimmer, nimmt die Decke, schaltet in der Ecke die TV-Leuchte ein und geht auf die Couch. Während er sich ausstreckt durchzieht den Rücken ein heftiger Schmerz. *Oh nein! Auch das noch!* Luftanhaltend beginnt die Suche nach schmerzfreiem Liegen. *Ich will doch nur entspannen!*

Nach Minuten quälenden Suchens nach der richtigen Stellung, setzt langsam Müdigkeit ein. Und ein unbekannter Sog zieht Waylon in einen komatösen Trancezustand.

Desorientiert öffnet er die Augen. Die Sonne durchflutet das Wohnzimmer mit grellem Licht. Vom tristen Nebel keine Spur. Ihm gelingt ein schmerzfreies Aufstehen. Verschlafen reibt er sich die Augen. Etliche Atemzüge braucht Waylon, dann gibt er sich einen Ruck.

Gegen halb elf hat er den Baum erreicht. Diesmal sitzen auf der Bank zwei jüngere Frauen, die heftig miteinander diskutieren. Um was es geht, interessiert ihn nicht. Er umrundet den Baum weitläufig, in der Hoffnung, die beiden würden bald verschwinden. Schließlich ist es *sein* Baum. Doch weit gefehlt. Als Waylon von der anderen Seite kommt, debattieren sie noch heftiger. Wortfetzen schwirren durch die Parkstille. Enttäuscht macht er kehrt und schlendert den gleichen Weg zurück. Mehrmals schaut er in die Richtung der zwei Zicken, denn um nichts anderes muss es sich handelnd. Schon überlegt er, vielleicht doch zu lauschen. Nur ein klein wenig. Er entscheidet sich dagegen. Anderer Leute Ärger interessiert nicht. Aber es ist schon erstaunlich, wie offen in der Öffentlichkeit gesprochen wird. Und lautstark dazu. Er kann sich noch haargenau an Zeiten erinnern, da war dies nicht möglich. Da hatten Wände Ohren, Nachbarn mehrere Meinungen und die Medien publizierten im Sinne der Oberen. Falsche Worte am falschen Platz, ließ falsche Freunde jedoch auffliegen. Nutzen hatte dies keinen; denn mit der eigenen Freiheit war es um Monate vorbei. Heute? Da wird eifrig telefoniert, mit Headset oder Freisprecheinrichtung. Während der Bus- oder Bahnfahrt, mitten im Gedränge, während des Restaurantbesuchs. Ein Hoch der Selbstverwirklichung ganz im Sinne von freiheitlicher Demokratie. Kein Wunder, dass es so manche Dienste, diesem selbigen System lebenslange Treue schworen, so leicht haben, auf die Wünsche der Bevölkerung einzugehen. Sie gibt nur allzu gern allzu viel preis – versehen mit einem Lächeln und klopfenden Herzens in der Erwartung horrender Gewinnmöglichkeiten. *Applaus!* Und der ganz große Freund weiß immer, wann, wie oder was warum stattfindet. Dann muss es ebenso sein.

Die Überlegungen strömen nur so auf Waylon ein. Er läuft Gefahr, sich darin zu verlieren und weiß irgendwann genau so wenig wie vorher. Laut dem Motto: Gut, dass wir darüber gesprochen haben!

Da wird seine Aufmerksamkeit durch eine schnelle Bewegung erregt. Die zwei Frauen? Leider tauschen diese immer noch uninteressante Dinge aus, die gestenreich untermalt werden. Nein. Irgendwas ist da auf der Rückseite des Baumes gewesen. Waylon bleibt stehen. Starr den Blick auf die vermeintliche Stelle gerichtet, wartet er geduldig. Aus anfänglichen Sekunden werden überdimensionierte Minuten. So sehr er sich auch konzentriert, bleibt die Beobachtung erfolglos. Kurz zwinkernd glaubt er einer visuellen Irrung erlegen zu sein, als erneut etwas die Aufmerksamkeit erregt. Um dem Phänomen auf den Grund zu gehen tritt er näher heran. Dabei sucht Waylon die nähere Umgebung des Baumstammes und den Wurzelbereich ab. Wie auf ein Zeichen hin weht ein Lufthauch übers Gras. Die Büschel neigen sich sanft. Dabei bemerkt Waylon etwas Glitzerndes. Neugierig bückt er sich. Tatsächlich – da liegt etwas … Metallisches? Vorsichtig drückt er mit den Händen das Gras auseinander. Nein, Metall ist es nicht. Glas? Im Material widerspiegelt sich das Licht. In der Größe gleicht das Ding etwa einer 50 Pence-Münze. Nur ist es mehr oval und hat unzählige Kanten. Und eine Splitterkante ist auch da. Den Drang, das Stück *Wie-auch-immer* zu berühren widersteht Waylon nicht länger.

»Das ist kein Glas«, murmelt er. Doch was dann? Mit den Fingerspitzen kratzt Waylon die Erde drum herum weg. Wie sich heraus stellt, ist die Größe des Fundes um ein vielfaches größer als gedacht. Zehn Minuten später lag das Weiße, fast durchsichtige Ding frei. Um die sechs Zentimeter umfasst es. Sein Durchmesser vielleicht vier. Die Oberfläche erscheint auf den ersten Blick geschliffen. Aus der Hosentasche nimmt er ein gefaltetes Papiertuch. Mit bloßer Hand scheut er den Fund anzufassen. Nachdem das Tuch auf dem Stück liegt zieht er mutig das Ding aus der Erde. Nach kurzem Wiederstand hält er es in voller Pracht in Händen.

Länglich ist die Form, meist schlank, an manchen Stellen ausgebeult. An der Unterseite ist ein längliches Stück abgesplittert, dessen Ende spitz zuläuft. Eine Verletzungsgefahr besteht aber nicht. Jetzt, nachdem er es von nahem betrachtet, weiß er, was es ist: Ein Stück Kristall. Unbearbeitet vom Menschen. Um den Fund in aller Ruhe zu untersuchen, umwickelt Waylon es mit noch weiteren Papiertüchern und steckt es in die Jackentasche. Noch ein bisschen das entstandene Loch mit den Füßen ebnen, dann geht er auf schnellstem Wege heim.

Den ganzen Nachmittag über starrt Waylon das *Ding* an. Mitten auf dem Ecktisch liegt es und hat etwas von einer Zeremonie. Wie ein kleiner Junge kniet er davor, den Kopf auf die verschränkten Arme gelegt. Die einfallende Sonne lässt an der Wand dahinter Prismen gleiche Lichtspiele tanzen. Je länger er es anschaut, umso mehr verliert er sich darin. Die Beschaffenheit ist ein Glanzstück der Natur. Denn die vielen Unebenheiten hätte ein Meister – aus welcher menschlichen Epoche auch immer – niemals zugelassen. Aber genau deshalb wirkt es fast magisch. Im Inneren glaubt Waylon etwas zu erkennen, was er außerstande ist, genauer zu benennen. Anders kann er dieses Lichtspiel nicht erklären. Sämtliche Regenbogenfarben schillern. Faszination pur! Bilder längst vergangener Jahre sprudeln aus dem Morast des Vergessens. An der Oberfläche lassen sie Waylon das Hier vergessen.

Als Kind spielte er gern mit einem Kaleidoskop. Wie bewunderte er die bunt glitzernden Bilder. Kein Bild glich dem anderen. Stets fielen die kleinen Glasstückchen und Foliensterne anders. Durch das rechteckige Sichtfenster einfallendes Licht machte die Bilder glänzend. Stundenlang schüttelte er das einem Fernrohr nachempfundene Kaleidoskop und blickte hindurch. Schüttelt, kucken – schütteln, kucken. Innen eingeklebte Spiegel verdreifachten die Lage des Innenlebens. Somit ergab es ein Ganzes, ganz im märchenhaft schönen Antlitz. Träumen geht so hervorragend einfach. Mal war es ein verlorener Schatz uralter Piraten der Südsee. Ein anders Mal eine unentdeckte Sternengalaxie. Als Astronom fühlte er sich am wohlsten. Es war so einfach, ferne Welten zu entdecken, sie ins Kinderzimmer zu holen. Leider waren sie aber auch vergänglich, so wie alles auf der Welt. Er erinnert sich noch ganz genau an die Blume in der kleinen Vase auf der Fensterbank. Einige Tage erfreute der kleine Waylon daran. Roch an ihr und betrachtete sie ganz aus der Nähe, aus allen Richtungen. Plötzlich war sie über Nacht welk geworden. Kein Wasser half mehr, hatte er doch gelernt, das Wasser wichtig war. Alles half nichts. Die Blume wurde zusehends welker und verdorrte schließlich. Aus farbenfroher Schönheit wurde sie zur tiefschwarzen Verkümmerung. Mit Tränen in den Augen lief er zur Mutter, die sie in den Müll warf. Dies schockierte Waylon damals ungemein. Als er fünf war und eine sehr alte Nachbarin starb – oft hatte sie seine Großmutter besucht die er ab und an begleitete – fragte er die Mutter, ob sie Mutter jetzt auch auf den Müll werfen würde. Der erstarrte Gesichtsausdruck der Mutter mit einhergehendem Farbwechsel ins unnatürliche Weiß ließ ihn rasch das Zimmer verlassen und unter seiner Bettdecke huschen. Sein Instinkt sagte dem Jungen, dass er etwas Schreckliches gesagt hatte und Mama tief traurig gemacht hatte. Sie redeten zwar später niemals darüber, doch er lernte mit der Zeit. Das Leben ist ein Geschenk Gottes. Je älter er wurde, wurde aus Gott Natur und aus Geschenk Evolution. Anfangs vertauschte er beides. Doch auch das legte sich mit der Zeit. Ja die Zeit. Sie ist ein eigenes Kapitel, an der sich hochrangige Wissenschaftler jahrhundertelang die Finger wundschreiben. Nie begriff Waylon, warum manches so lange dauert und manches rasch verfliegt. War Gott daran schuld? Oder etwa Charles Darwin mit seinem Geschenk? Quatsch. Die Wissenschaft hatte den Finger darauf oder darin? Wie auch immer – selbst die Zeit wurde fester, weil berechenbarer, Bestandteil der Moderne. Und das Kaleidoskop fiel in Vergessenheit, wie die tote Blume und vieles andere mehr. Nur Darvin und Gott sind irgendwie immer präsent, wenn auch in unterschiedlichen Wahrnehmungen – und unvereinbar. Daran bissen sich die Wissenschaftler (wenigsten bisher) die Zähne aus. Ein kleiner Sieg über die menschliche Allwissenheit …

Weit weniger wissenschaftlich betrachtet Waylon den Kristall noch immer. Vielleicht sollte er seinen Fund untersuchen lassen. Man weiß ja nie. Vielleicht lag er über Jahrmillionen unter der Erde. Was haben sie festgestellt? Im Permafrost wurden Methan-Gasblasen entdeckt. Sollten sie jemals freigesetzt werden, würde dies den Klimawandel noch mehr beschleunigen. Stammt der Kristall überhaupt von der Erde? Oder kam er vom Mond? Ist es überhaupt ein *Kristall*? Wenn das Ding Glas schneidet ist es kein Kristall. Hält das Material, wenn Waylon ihn fallen ließe? Doch möchte er das schöne Stück überhaupt kaputt machen? *Wär' schade drum …*

Alle Überlegungen bringen gar nichts, wenn sie nicht zu einem Ergebnis führen. Bisher hat Waylon nur geschaut und geträumt. Inzwischen sind Stunden vergangen; Stunden des Nichtstuns. Zwar völlig wider seines Charakters, aber irgendwie nicht abwendbar. Den Rest des Tages will er damit verbringen, irgendeine Strategie zu entwickeln.

Sechs

Relativ früh geht er schlafen. Müde liegt Waylon im Bett. Das Buch auf dem Nachttisch bleibt unberührt. Auf Nachfrage könnte er noch nicht einmal den Titel des dicken Wälzers nennen, ganz zu schweigen vom Inhalt etwas wiedergeben. Die Zeit über bis zur Rente, und darüber hinaus, gestaltete sich sehr schwierig. Zwischen depressiven Momenten bis zur Selbstaufgabe beherrschte nunmehr sein Leben, statt Entspannung und Reisen. Wollte Waylon als Achtzehnjähriger noch die Welt umkrempeln, war dies mit dreißig schon realistischer. Während er mit vierzig in der Blüte seiner besten Manneskraft stand, deuteten sich hinter dem Horizont die ersten Überlegungen des Rentner-Daseins an. Als Mittfünfziger wollte er eine Weltreise machen – all die Länder besuchen, die ihn immer fasziniert haben. Und jetzt?

Waylon dreht sich auf die Seite. Schaut aus dem Fenster auf das Tänzeln zahlreicher Falter, die sich auf und um das Licht der Straßenlaterne stürzen. Komisch, wie schnell die Müdigkeit vergeht. Unruhig wechselt er erneut die Lage, kommt auf der linken Seite in der stabilen Seitenlage zur Ruhe. Ein seltsames Kribbeln in der Hüftgegend und das allmähliche Einschlafen des Armes, den er unter das Kopfkissen geschoben hatte, werden unangenehm. Schwupp – Lagewechsel. Nach gefühltem tausendmaligen Drehen und Wälzen steht er genervt auf. Einige Schritte im Zimmer auf und ab gehend bekommt er Durst, den es sofort stillen muss. Also ab in die Küche. Um dorthin zu gelangen muss er durch den Flur, der in völliger Dunkelheit liegt. Halb rechts passiert er die offen stehende Wohnzimmertür. Aus dem Inneren leuchtet ein schwaches Licht, was manchmal vorkommt; nämlich dann, wenn Autos mit Aufblendlicht vorbei fahren. Waylon beachtet den Schein also nicht, geht stattdessen weiter, denn der Durst ist übermächtig.

Im Tripple-A-Kühlschrank hat Waylon stets einen Sixpack Null-Drei-und-dreißiger-Flaschen Orangensaft. Er nimmt eine davon und setzt an. Ohne abzusetzen gluckst der Saft gurgelnd durch die Kehle. Sekunden später holt Waylon lautstark Luft. Im Anschluss muss er rülpsen, was seit der Scheidung nie geräuschlos von statten geht. Anstand verliert sich bei fehlender äußerer Einwirkung. Selbst rektaler Keuchhusten ist selbstgefälliger Bestandteil geworden, den er nicht einmal mehr bemerkt, außer wenn die Belästigung für die Nasenschleimhäute zu stark wird. Diesmal belässt er es bei einem tief aus der Magengrube kommenden Rülpser. Auf den Weg zurück ins Bett weckt das noch immer schwache Licht im Wohnzimmer erneut Aufmerksamkeit. Seine Augenbrauen bilden jetzt einen dicken durchgehenden Strich. Nun vollends wach heben sich erst die Nackenhaare und anschließend die Hand. Letztere um den Lichtschalter zu betätigen, um dem nächtlichem Spielchen auf die Schliche zu kommen. Alles auf den ersten Blick normal. Komisch. Nur die Augen wandern zuckend durch den Raum, wobei sein Kopf starr bleibt, um der Dinge zu harren, die da eventuell kommen könnten. Stets gewappnet sein auf das Unmöglichste – ein Leitspruch fürs Leben. Selbst Außerirdische nicht leugnend, was ja heutzutage nicht einmal mehr ketzerisch ist, gibt es erst mal alles, ehe der Beweis angetreten wird. Typisch Waylon. Jedoch ein Weg, der vieles vereinfacht. Jedenfalls ist sein Leben dadurch erträglicher geworden. Auch ein Grund, weshalb seine Ex-Frau ihn verließ. Ständiges akzeptieren der nicht änderbaren Situationen und die daraus resultierende Ergebnisbewältigung. Hört sich gefährlich gewagt an. Im Endeffekt aber nerven- und kraftschonender.

Nun denn – alles erwartend und nichts findend kann auch kräftezehrend oder gar unheimlich sein. Sollte er etwa schon Halluzinationen haben? Kurzerhand löscht er das Licht. Eine Weile dauert es, bis die Augen an die Dunkelheit gewöhnt sind. *Da!* Beinahe will er schon laut jubeln, da er nicht verrückt ist; doch er bleibt beherrscht. Das schwache Licht leuchtet wirklich schwach. Es wirkt nicht wie ein Eigenleuchten; will heißen:

Dafür ist's zu schwach. Und schwach fühlt sich Waylon nun ebenfalls. Erneut wird's gruselig kalt im Nacken. *Licht an!*

So geht das weitere fünf Minuten. Licht aus! Licht an! Licht aus … Wieder im Dunklen stehend beschleicht Waylon ein Verdacht. Mutig geht er zu dem Tisch mit dem Kristall. Und tatsächlich – das Licht scheint von ihm zu stammen. Noch etwas fällt ihm auf: Das schwache Licht schwillt in der Intensität an und wieder ab. Die Nackenhaare stehen wieder senkrecht. *Was zum Teufel geht hier vor?*

Zu den Härchen gesellen sich eiskalte Gänsehautschauer, die den gesamten Rücken in Mitleidenschaft ziehen. Ihm wird kalt. Noch etwa vier Schritte trennen Waylon vom Fund. *Soll ich?* Da bei Licht dieses Phänomen leider nicht sichtbar ist, muss er wohl oder übel darauf verzichten. Und plötzlich fragt er sich, wo die frühere Entschlossenheit abgeblieben ist. Nie hat er gezögert. Immer darauf losgehen, hieß die Devise. Zaghaft setzt Waylon einen Fuß vor. Angriff ist die beste Verteidigung. Unzählige Male hörte er diese Worte im Fernsehen. Diese Worte besitzen mehr Wahrheit, als nur dem Anschein nach. Wegrennen ist eine Schwäche, die einen das ganze Leben lang verfolgt. Irgendwann heißt es dann: Hätte ich doch nur! Doch dafür war es ein für alle Mal zu spät.

Unbemerkt im Geist macht Waylon wieder einen Schritt nach vorn. Nur noch zwei Schritte entfernt. Als es ihm bewusst wird bleibt er erschrocken mit angehaltenem Atem stehen. Atem. Das blasse Licht *atmet!* Aber – das ist unmöglich … Darüber sich den Kopf zerbrechend, merkt er schnell, dass ihm die Luft ausgeht. Hustend giert er nach Sauerstoff. Frischer Sauerstoff, naja – abgestandener ist in Wahrheit zutreffender. Sollte dringend gelüftet werden. Und zwar sofort. Gedacht, getan. Dann wendet er sich wieder den Kristall zu. Wie am Tag zuvor geht er in die Hocke. Nuancen von Azurblau über Rot bis hin zu gelb. *Spektralfarben,* durchschießt es ihn. Wie bei einem Regenbogen. Dieser entsteht aber nur, wenn die Sonne in einem bestimmten Winkel auf in der Luft schwebende Wasser Tröpfchen trifft. Hier ist es weder feucht noch gibt es eine externe Lichtquelle. Also muss der Kristall selbst …

Waylon springt empor, schließt die beiden Wohnzimmerrollos und die Tür. Nun herrscht völlige Dunkelheit, an die sich seine Augen erst langsam gewöhnen müssen. Jetzt wirkt selbst die jahrelang gewohnte Umgebung fremd. Unterdessen leuchtet der Kristall weiter. Heller, als noch Minuten davor. Waylon rechnet es der Finsternis zu. Und er ist überzeugter denn je, dass der Kristall atmet. Heller – dunkler. Doch das Licht erlischt nicht vollständig. Vielmehr glimmt es eine Weile, dann schwillt es wieder an. Es ist faszinierend. Zurückversetzt in seine Jugend, glaubt er mitten in einem Abenteuerroman zu sein. Oder ist es eher ein Science-Fiction-Stoff? Wie dem auch sei: Es ist fantastisch!

Irgendwann spät in der Nacht geht Waylon ins Bett. Müde aber innerlich aufgewühlt. Er nimmt den Kristall und legt diesen auf den Nachttisch. Die Augen fest auf das »atmend Licht« gerichtet, schläft Waylon bald ein.

Es ist ein Traum voller pulsierenden Lichtes, der den Schlafenden heimsucht. Er beginnt im Park. Zwei Mädchen schnattern ohne Ende. Der Baum steht an seinem Platz. Gleich daneben spielen einige Jungs Fußball. Sie nutzen den dicken Stamm als Prellbock. Ein alles übertönendes Geschrei erfüllt den Park. In der Nähe bellt ein Hund. Der moosige Boden unter seinen Füßen ist vollgesogen von Wasser. Jeder einzelne Schritt verursacht Schmatz Geräusche. Waylon hat den Eindruck in den Boden zu versinken. Die Schuhe halten die Nässe fern – noch. Eigenartig das Tageslicht. Alles ist eingetaucht in einem roten Schleier, mit überdimensioniertem Blauanteil. Dadurch wirkt der Park irreal. Eine seltsame Süße überlagert den ansonsten würzigen Park Duft. Am Übergang vom Stamm zur Wurzel erkennt er ein pulsierendes Licht. Dieses sieht genauso aus wie das im Wohnzimmer. Und noch etwas verwundert ihn: Trotz Tageslicht kann er es genau erkennen! Urplötzlich beginnt das

Licht im Rhythmus schneller zu werden. Dann wächst es nach allen Richtungen. Wie eine Rankenpflanze zieht es sich um den Baum herum, nur schneller. In Sekundenbruchteilen überdeckt das Licht den gesamten Baum. Stets pulsierend. Hinzu kommt eine rasche Abfolge vom Farbwechsel. Über dem Park wird es dunkel. Dicke Gewitterwolken lassen kaum noch Sonnenlicht durch. Aus der Mitte der Wolken zucken verästelte Blitze. Tauchen ihn und den Park in eine gespenstisch anmutende Atmosphäre. Waren die ersten Blitze noch zart und fein, beginnen sie intensiver zu werden. Jeder im Park geht seinen Wegen nach. Die Kinder spielen weiter, der Hund ist inzwischen still und schnüffelt über den Boden. Und die beiden Frauen zicken sich gegenseitig schrill an. Nur Waylon scheint diese Beobachtungen gemacht zu haben. Selbst als starker Regen einsetzt, ist er der Einzige, der schutzsuchend dicht an den Baum geht. Allen anderen macht der Regen nichts aus. Zwischen den Regentropfen dringt Donnerhall an seine Ohren, gefolgt von endlosen Blitzen. Aus dem Regen wird Hagel, der unmittelbar nach Einsetzen das ganze Gras überdeckt. Niemand stört dies! Unvermittelt schlägt ein Blitz in den Baum. Der Knall ist ohrenbetäubend und Waylon glaubt, nie wieder hören zu können. Der Geruch von verbranntem Holz und Elektrizität steigt ihm in die Nase. Besorgt schaut er nach unten. Genau zwischen den Füßen ist die Erde aufgewühlt. *Was für 'n Glück!*

Während sein Adrenalinspiegel sinkt, schaut er in die Gegend. Alle sind noch da. Nur das Niemand von ihm beziehungsweise vom soeben Geschehenen Notiz nimmt. Subtiler kann eine Situation nicht sein!

»Habt ihr das gesehen?«

Keine Regung, keine Antwort.

»Hey! Ihr Flachpiepen! Ich rede mit euch!«

Nichts.

Sich weitere Bemerkungen verkneifend, geht Waylon in die Hocke. Beschimpfungen auf den Lippen, die leise aber klar verständlich sind, werden hier absichtlich zensiert. Es muss einfach aus ihm heraus, sonst würde er vermutlich platzen! Nachdem er Dampf abgelassen hat, fällt sein Blick auf die Erde. Glitzernd ragt dort der Kristall heraus. Er ähnelt dem, den er daheim hat. Sollte durch die Hitze des Gewitters etwa …

Unvorstellbar, denn davon hätte man schon etwas gehört. In Zeiten von ultraschnellem Internet würde solch eine Meldung Furore machen. *Oder bin ich schon zu senil für solche Sachen?* Ohne Zögern ergreift Waylon den Kristall. Ein gewagtes Unterfangen! Denn genau so schnell zieht er die Hände zurück. *Man ist das heiß!* Etwas irritiert darüber, kann er den Schock nicht ganz ignorieren. Er ist dabei gewesen, wie ein Kristall *geboren* wurde. Eine mögliche Erklärung für die Hitze. Wer weiß, wie lang der erste Kristall hier ruhte. Dennoch will ihm das Ganze nicht wirklich einleuchten. Warum beachtet niemand das Geschehen? Keiner der Anwesenden nimmt ihn wahr!

Noch einmal berührt er den Kristall, selbstverständlich sehr vorsichtig. Bisschen abgekühlt kann Waylon ihn fassen und aus der Erde ziehen. Länge und Gewicht sind ähnlich dem Ersten. Ihn überkommt Freude und er muss lachen. Immer heftiger wird der Lachanfall. Doch niemand beachtet diesen Ausbruch von Heiterkeit. Ihm soll es recht sein. Die Szenerie widerspiegelt die ganze Gesellschaft, mit ihrem ignoranten Gehabe egoistischer Auswüchse. Gemeinsam sind wir stark, allein bin ich stärker! Lächerlich! Wie eine Trophäe hält er Kristall zwei in die Höhe, so als möchte er sagen: Seht her, ihr Banausen! So wird's gemacht! Außer allgemeiner Nichtbeachtung geschieht nichts. Gar nichts! Egal.

Trotzdem nagt Wut an Waylons Schale. Was, wenn er vom Blitz getroffen nicht mehr aufgestanden wäre? Hätte sich dann auch niemand um ihn gekümmert? Jetzt wundert er sich darüber, nicht eine winzige Spur vom Strom gespürt zu haben. Der Baumstamm zeigt deutlich eine verkohlte und zum Teil abgesprengte Rinde. Und den Kristall hält er definitiv in der Hand. Und in diesem Augenblick fällt ihn auf, dass er allein ist. Kein

Mensch auf weiter Flur. *Allein, allein – allein, allein* dröhnt es in seinem Kopf. In manchen Situationen kramt das Gedächtnis relevante Titel bruchstückhaft aus dem riesigen Erinnerungs-Fundus einst gehörter Musik. Einem Ohrwurm ähnlich werden die vier Worte immer und immer wiederholt. *Allein, allein – allein, allein!*

Leider gibt es keinen Aus-Schalter dafür. Nicht lange, und das Lied wird ununterbrochen geistig abgespielt. Wie eine Schallplatte die hängt. Genervt geht er zur Bank am Baum und nimmt Platz. Im Kopf wird der Song lauter. Er übertönt sogar die Umgebungsgeräusche. Waylon hält sich die Ohren zu. Der darauffolgende Verzweiflungsschrei geht in der Musik unter. Plötzlich ist es still. Kaum zu glauben, aber wahr. Erleichtert lehnt er sich zurück. Endlich Ruhe! Äh, Ruhe? Angestrengt lauscht er. Das ist keine Ruhe, das ist absolute Stille! *Hab ich jetzt einen Hörsturz?*

Ungeachtet möglicher Hörer ruft er laut Hallo! Gott sei Dank. die eigene Stimme hört er. *Alles in Ordnung. Nur ein wenig nervlich angekratzt.* Das wird schon. Geistige Einkehr ist vielleicht genau das Richtige im Moment. Und so schließt er die Augen. Da beginnt sich alles um Waylon herum zu drehen. Überrascht reißt er die Augen wieder auf. Okay! *Doch ange-kratzter als gedacht!* Solang er die Lider nicht schließt ist es gut. Keine Karussell, das einsetzt. Natürlich probiert Waylon dies mehrmals aus. Versucht es mit Atemübungen. Doch es bleibt dabei, sobald er die Augen schließt, dreht sich alles um ihn herum und er hat große Mühe mit dem Gleichgewicht.

Hinzu kommt eine nicht unterschätzbare Müdigkeit, die es schwer macht, in diesem Zustand das Haus zu erreichen. Er wird sich plötzlich seines Alters bewusst. Früher hätte er dar-über höchstens gelacht. Jetzt überfällt ihn mehr und mehr Furcht. Das ganze Drumherum ist einfach zu viel. *Ich brauche nur ein paar Minuten, dann geht's wieder.*

Als ob es nicht schon genug Aufregung gegeben hatte, wird der Wind stärker. Heftiges Grollen aus sämtlichen Richtungen lässt das Herz sprunghaft schlagen. Halt suchend umschlingen seine Finger den Kristall. Ein trügerischer Halt, der wohl eher Waylons Nerven beruhigen soll. Der ganze Körper ist angespannt. So bemerkt er nicht das schneller werdende Blinken des Kristalls mit einhergehender Wärmesteigerung. Während das Gewitter immens stärker wird, hat er das Gefühl, dass die Müdigkeit ihn übermannt.

Blitz und Donner gehen ineinander über. Heftiger Wind zerrt an Waylons Kleidung. Regen peitscht ins Gesicht. Feuchte Kälte kriecht bis auf die Haut. Im Klammergriff der Elemente resigniert er. Er weiß, wie gefährlich ein längerer Aufenthalt sein kann. Dennoch bleibt er ruhig, fast schon apathisch sitzen. So, als gehe ihn dies nichts an. Ohne es verhindern zu können schläft Waylon ein. Kraftlos sinkt der Kopf vornüber. Schwindel und Wetter ignoriert er aus Kraftlosigkeit. Und dann durchfahren ihn ein grelles Licht und ein elektrischer Schlag mit unendlicher Wucht.

Lautes Vogelgezwitscher begrüßt den neuen Tag. Eine leichte Brise warmer Luft schiebt die Kühle der letzten Nacht im Handstreich weg. Blätterrauschen untermalt den sonnigen Morgen idyllisch. Es ist noch recht früh, jedenfalls für Menschen, die nicht unbedingt um diese Zeit aufstehen müssen. Am Horizont erstreckt sich ein goldenes Band. Deshalb wird es auch die Goldene Stunde genannt. Viele Hobbyfotografen würden einiges dafür geben, diesen kurzwährenden Anblick als Datei festzuhalten.

Tief und fest schlummert Waylon, wie er selbst sagen würde, den tiefsten wohlverdienten Schlaf. So entgeht ihm der goldene Sonnenaufgang. Ob er allerdings ein Auge dafür hätte, steht auf einem anderen Blatt. Traumlos gleitet er in eine Zeitebene, an die er sich später nicht erinnern wird. Man geht abends ins Bett und steht morgens auf, ohne etwas mitbekommen zu haben von der Welt. Manchmal ist das so. Da hilft auch keine Meditation dagegen. Verschiedene Schlafforscher sagen zwar, man könne mit Hilfe von Suggestion den Geist dahin bringen, sich an Träume zu erinnern, doch erfordere dies etwas Übung und Ausdauer. Vielleicht ist es aber auch gut so, wie es ist. Im Schlaf sortiert schließlich das Gehirn Wesentliches vom Unwesentlichen. Was für uns wichtig ist oder nicht, wird ausschließlich vom Gehirn bestimmt. Und wenn ich das nicht möchte? Wenn ich all die klitzekleinen Episoden, die das Leben bereichern, behalten will? Wir nennen es Erinnerung. Charakter und Erfahrungen bestimmen also ebenfalls, was uns im Gedächtnis bleibt. Irren die Forscher, oder ist das Gebiet einfach nur zu komplex? Vermutlich liegt die Wahrheit in der Mitte. Nur eines ist Fakt: Der Mensch wird auf der jetzigen Stufe seiner Evolution nie alles wissen können, was er zu wissen glaubt. Und deshalb ist die *vergessende Zeitebene* so wichtig.

Vereinzelt ziehen dünne Wolkenfetzen dahin. Angetrieben vom Wind der Stratosphäre. Langgezogen wirken sie von der Erde aus wie die Schemen dahinjagender Tiere. Ein paradiesischer Anblick. Leicht schlagen Wellen ans Ufer. In der *Goldenen Stunde* geschieht so etwas wie Wachablösung. Nachtaktive Tiere gehen zur Ruhe, Tagaktive beginnen ihre Jagdzüge. Jedes Wesen nimmt seinen Platz im großen Welten-Getriebe ein. Nacht für Nacht, Tag für Tag. Und die Erde rast mit ihnen 108.000 Kilometer pro Stunde durchs All. Dass für die Schönheiten der Natur dann nur wenige Momente bleiben, ist verständlich.

Unangetastete Natur gibt es, selten zwar, doch sie ist da. Fern ab von hektischer Zivilisation scheint an diesen Orten die Zeit eine andere Bedeutung zu haben. Es ist der Urbegriff von Zeit. Sie unterliegt nur ihren eigenen Gesetzen. Ohne menschliches Dazutun fließt sie gleichmäßig im Takt des Universums. Insekten, Vögel, Schalentiere sowie die Fleischfresser haben sich ihr angepasst. Sprösslinge gedeihen, bekommen Knospen freie Entfaltung, die in der Blüte gipfeln. Samen fällt auf den Boden, wurzelt. Ständiges Wachsen und Vergehen bilden den

Lebenskreis. Mitten im Beginn und Ende existiert die Gegenwart. Auf der Welle der Zeit surft sie dahin, stets Anfang und Ende in einem.

Das Zwitschern der Vögel ist aufdringlich. Das passt gar nicht zu dem was Waylon eigentlich jetzt erwartet. Hat er gestern vergessen, dass Fenster zu schließen? Und die Sonne scheint heute auch ziemlich grell! Durch die geschlossenen Augen nimmt er die Helligkeit wahr. Genervt dreht er sich auf die andere Seite. Hoffend, das gewünschte halbe Stündchen dem Tag noch entlocken zu können. Für heute stehen keine Termine oder gar Verpflichtungen auf dem Plan. Also was soll's! Warum nicht einfach das tun, wozu man gerade Lust hat. Ein Drittel eines Menschenlebens verbringt man zwar im Bett, da kommt es auf dreißig Minuten mehr oder weniger nicht an. Über diese Gedanken entgleitet Waylon der Wirklichkeit ein Stück. Aus seiner Sicht jedoch nicht weit genug. Denn irgendetwas berührt sein Gesicht. Es krabbelt und juckt. Weder mit Mimik Akrobatik noch durch bloßes Kopfschütteln verschwindet es. Anscheinend ein Insekt.

Darüber erstaunt reißt Waylon die Augen auf. Tatsächlich krabbelt ein längliches Tier gerade über die Nasenspitze. Aus der Nähe und noch nicht ganz wach ist es ihm unmöglich, das Tier genau zu sehen. Sein Instinkt lässt den Mund fest schließen. Er hält den Atem an. Geschockt beobachtet er mit kugelrund aufgerissen Augen das Insekt. Nach endlos erscheinenden Sekunden kann er klarer denken. Mit einem heftigen Satz kommt er in die Waagerechte. Seine Uh- und Ah-Schreie werden vom säuselnden Wind fortgetragen. Er hasst nichts mehr als Ungeziefer im Bett. Es ist einfach abscheulich widerlich. *Ich sollte ein Fliegengitter ans Fenster anbringen!* Mehrere Herzschläge später mit unvollendeten Pirouetten beruhigt er sich. Vom Ungeziefer gepeinigt juckt es ihm überall am Körper. Nun verrenkt er sich, allerdings ohne Geschrei, und kratzt die besagten Stellen. Gleichzeitig sucht er mit ängstlichen Blicken seinen überschaubaren Körper ab. Unerlässlich spielt das Kopfkino die brutalsten Szenen. Vom Biss bis zum gefressen werden, ist alles vertreten. *Buääcks!*

Geraume Zeit vergeht. Endlich schafft er es, sich vom Ekel loszusagen. Befreit atmet er auf. Und erschrickt erneut …

Sieben

Überall gesättigtes Grün. Exotische Blüten verströmen einen für Stadtnasen eigenartig, fremden Geruch. Vereinzelt stehen Palmen auf der Ebene. Von einer der Palmen kommt der Schrei eines Weißhauben-Kakadus. Von der Ebene aus führt ein leicht abfallender Abhang hinunter, an dessen Fuß reiner weißer Sand mündet. Unzählige Muschelfragmente sind vom Meer angespült worden. Am Übergang vom Sand zum Wasser liegen dünne Streifen Meeresalgen. In der Nacht muss es weit draußen einen Sturm gegeben haben.

Geplättet und absolut nicht verstehend steht Waylon inmitten des Strandes. Er fühlt sich in Trance versetzt. Alles sehen, jedoch kaum etwas begreifen. Dies muss einer seiner Alpträume sein. Wie sonst kann es sein, plötzlich an einem fremden Ort aufzuwachen? Ohne Erinnerung an das *Wie* und *Warum* oder *Wann*? Für einen Traum ist es aber wiederum sehr realistisch. Er atmet würzige Meeresluft. Hört das Rauschen des Wassers, spürt den Wind. Auf der Haut fühlt er die aufgehende Sonne. Die Fußsohlen haben Kontakt mit dem Sand. Es ist tropisch warm. In der Nähe kreisen Möwen. Außer *Wo bin ich?* ist er unfähig zu denken. Viel mehr beschäftigt ihn den ungewohnten Anblick aufzunehmen.

Azurblau leuchtet das Meer. Im Moment weiß Waylon nichts besseres, als – wieder mal – in die Hocke zu gehen. Gedankenlos malt sein Zeigefinger im Sand. Wie lang mag so ein

Traum dauern? Real betrachtet nur einige Minuten, die in der Wahrnehmung allerdings mehrere Stunden bedeuten können. Laut Sonnenstand ist es kurz nach sechs Uhr morgens. Wenn er Glück hat ist er am Abend wieder daheim und wacht ausgeschlafen im Bett auf. Gut. Es kann von Vorteil sein, den Traum als *Traum* zu erkennen. Sonst könnten die Dinge von vornherein schlecht stehen. Außerdem mag er nicht an etwas anderes glauben. Punkt!

Schlendernd geht er dem Wasser entgegen. Leichter Wellenschlag umspült seine Füße. *Fühlt sich tatsächlich nass und kalt an.* Kaum hat Waylon Berührung mit dem Wasser, als er ein unsagbares Verlangen verspürt, sich zu erleichtern.

Verdammt!

Schnurstracks geht er zurück. Jetzt nur einen Baum oder ein Gebüsch. Die Palme, die dran glauben muss, knarzt.

»Tut mir leid. Muss sein.«

Der Strahl will kein Ende nehmen. Gänsehaut läuft ihn quer über den Rücken. *Oh, tut das gut!* Eine Gefahr jedoch liegt dennoch in seinem erleichternden Handeln. Wenn er hier das kleine Geschäft verrichtet, hoffentlich nässt er jetzt nicht ein! Betroffen hält er inne. Verstaut alles und schaut herab. Kurz hält er noch die Luft an, voller Erwartung des vorzeitigen Erwachens. Doch nichts dergleichen geschieht. *Glück gehabt.* Aber was Waylon sieht, macht ihn verlegen. Er ist nur mit einem Slip begleitet! *Autsch.*

Inzwischen hat er bereits mehrere Meter, von der Ebene abgerechnet, diese Welt erkundet. *Könnt ich mich glatt dran gewöhnen.* War es in früheren Träumen so, dass ihm einiges bekannt vorkam, ist es diesmal anders. Nein, nichts kommt ihm bekannt vor. Also gilt es, die Pirsch fortzusetzen. *Auf geht's!*

Bis zu einem Felsvorsprung sind es geschätzte dreihundert Meter. Dorthin will er gehen. Vielleicht gibt es dort einen Anhaltspunkt, wo er sich befindet. Rechterhand liegt das Meer. Links üppige Flora. Nie gesehene Pflanzen bilden eine Art Spalier. Weiter oben, vom Strand sieht es wie ein Berghang aus, mochte ein Dschungel sein, aus dem verschiedene Tierlaute zu ihm dringen. Einige Laute klingen echt bedrohlich. Da ihn nichts treibt lässt er sich Zeit. Langsam geht er, als sei dies ein Urlaubsausflug. Stellenweise sinken die Füße etwas tiefer in den Sand. Angenehm kühl empfindet Waylon das Gehen. Manchmal sticht ein Muschelfragment in die Fußsohle.

Zehn Minuten ist er bereits auf den Weg. Waylon übermannt ein Gefühl, er kommt kaum von der Stelle. Der Vorsprung scheint – im Gegenteil – weiter von ihm abzurücken. Seltsamer Traum. Doch gibt ein Latham auf? Mitnichten! Weder in der wirklichen Welt, noch im Traume! Also weiter.

Vielleicht eine Stunde muss vergangen sein. Unermüdlich ist er auf den Beinen. Die beiden Anhaltspunkte – Felsvorsprung und den Dschungel-Berghang – ändern sich nur unwesentlich in der Ansicht. Allein die Spur, die er selbst hinterlässt im Sand, zeigt deutlich, dass er vorwärts kommt. Inzwischen brennt die Sonne. Schweiß läuft ihn in die Augen. Jetzt ist er froh, nicht viel anzuhaben. Überhaupt stört ihn sein Aufzug gar nicht weiter. Ist eh keiner da. Wen kümmert 's also!

Eine weitere Stunde vergeht. Am Strand gibt es keinen Schatten. Wenn Waylon keinen Sonnenstich bekommen möchte, muss er dringend Schutz suchen. Erschöpft stapft er ins Wasser. Jetzt merkt er aufsteigende Übelkeit und ein Schwindelgefühl. Ihm ist verdammt heiß.

So gut es geht in dieser Verfassung kühlt er Arme und Beine gründlich ab. Durst! *Ich brauche Trinkwasser ...* Die Hände als Schöpfinstrument benutzend kippt er sich eine Ladung Wasser über den Kopf. Fast erstickt er an der Erfrischung. Er japst nach Luft, denn das Wasser ist schrecklich kalt. Der Gefahr eines Sonnenstiches sich voll bewusst, wiederholt er mehrmals die Prozedur vorsichtig. Als es ihm besser geht setzt er sich an einer Stelle, die etwa acht Zentimeter tief ist. Einzig und allein eine Pause ist dringend notwendig.

Lange liegt Waylon unter den Palmen. Das feuchtwarme Klima setzt ihm zu. Nachdem er eine geraume Zeit im Meer saß, machte er sich auf, trinkbares zu finden. Dabei musste er tief ins Landesinnere gehen. Endlich, nach unendlich langer Zeit, fand er endlich einen kleinen Bach. Seitdem sitzt er hier. Selbst im Schatten ist es brütend heiß. Nur wenn er ganz still liegt, ist es auszuhalten. Nur nicht daran denken. Was schwer ist. Richtig schwer.

Inzwischen zweifelt er daran, dass er noch immer träumt. Dafür ist es zu schweißtreibend. Hat er vielleicht Fieber? Ein winziger Strohhalm. Deprimiert im Leben, deprimiert im Traum. Seltsames Spiel. Wieder einmal geht's bergab, dabei dachte er noch, die Talsohle sei erreicht. Die Schwüle und das Plätschern machen ihn schläfrig. Wie hoch steht eigentlich die Sonne? Die Palmen verdecken jedoch die Sicht. *Okay. Ein bisschen schlafen. Nur ein wenig.*

Schlaf ist dies keiner, und von Entspannung kann auch keine Rede sein. Das Gegenteil ist der Fall. Durch die anhaltende Schwüle geht es ihm nicht sehr gut. Daheim würde er sagen, dass es jeden Augenblick ein Gewitter geben wird. Doch hier? Bereits das Atmen treibt Waylon den Schweiß auf die Stirn. Der ganze Oberkörper spannt. Und des Wassers Kühlung hält maximal Sekunden. Hinzu kommt nagender Hunger. Doch solange dies Gluthitze anhält sieht er keine Chance diesen zu stillen. Wo soll er auch suchen? Einen Kühlschrank wird es kaum geben. Eine verdammt beschissene Situation. Vorerst heißt es abwarten.

Endlich werden die Schatten kürzer. In der Hoffnung auf mehr Kühle erhebt sich Waylon. Alles schmerzt. Der Erdboden ist leider keine luxuriöse Matratze. Ein bisschen Gras und Moos ist anfangs zwar recht angenehm, aber auf mehrere Stunden hart wie Stahl. Deshalb dauert es etwas länger, bis er schmerzfreie Bewegungen vollführen kann. Unangemessenes Nackenknacken, begleitet vom Knirschen des Halswirbels, lassen ihn sein Alter bewusster werden, als es ihm lieb ist.

»Bin eben im knackigen Alter«, sagt er in einem Anfall selbstironischer Schwarzhumorigkeit meist laut. Über sich selbst zu lachen ist meist die beste Art von Humor. Es gab genügend Zeiten, in denen es genau anders herum war. Besonders wichtig nahm er sich. Alles was er tat war eh das Beste. Bis zu dem Tag, an dem Irene ihn verließ. Nicht wegen eines anderen; dies hätte er vielleicht verstanden. Nein – wegen Waylon. Seine Überheblichkeit hätte eine unüberbrückbare Barriere errichtet. Und Waylon war außerstande, wenigstens Platz für eine Brücke zu lassen. Doch jeder Platz gehörte ihm! Am Tage der Trennung hatte er noch nichts verstanden. Eine Woche später ging die Suche nach einem öffentlichen Waschsalon los. Im Monat darauf hatte er Mühe, die Unordnung in der Wohnung zu beseitigen. Dann der beginnende Abstieg. Nachts konnte er kaum ein Auge schließen. Mit Bier, später Härterem und vielen, vielen Päckchen Zigaretten verkürzte er die Nacht auf ein Minimum. Tagsüber mit dicken Augenrändern unterwegs, verlor er bald die ach so wichtigen sozialen Kontakte. Aufgewacht ist er erst, als er mehrere rote Ampeln überfuhr und einen Beinah Crash verursachte. Damals war es noch recht einfach, eine Kur zu bekommen. Die dreieinhalb Wochen taten Wunder. Richteten den Mann auf, der nicht mehr wusste, *wer* er wirklich war. Und er lernte, mit sich selbst allein zu sein ohne Verkümmerung. Sein von Haus aus vorhandener, englischer Humor verlor an spitzfindiger Zweideutigkeit, die stets zu Lasten anderer ging. In den Jahren blieb er konsequent. Waylon wurde endlich zu dem Menschen, den auch Waylon mag.

Nach mehrmaligen Strecken fühlt sich Waylon wohler. Ohne einen Plan B geht er an den Strand. Seine Spuren, vor Stunden hinterlassen, sind noch gut erkennbar. Soweit er es überschauen kann, ist er dem anvisierten Vorsprung noch nicht näher gekommen. Die Sonne im Rücken wirkt das Ziel weiter entfernt, als es vielleicht wirklich ist. Er stakst los. Des Strandes Kühle an den Füßen wirkt erfrischend. Zumal auch der Wind weniger warm ist, als noch vorhin. Vorhin? Wie lang mag das Vorhin zurückliegen? Minuten? Wohl eher Stunden. Leicht am Stand der Sonne nachvollziehbar. Waylons Schritte werden langsamer. Diese Form eines Traumes kennt er nicht, ist neu. Sollte es etwa gar kein Traum sein? Wie kam ich dann hierher?

Was, wenn ein Traum ausgeschlossen werden kann, ja muss! Als erstes muss für eine Übernachtungsmöglichkeit gesorgt werden. In der Wildnis ein heikle Unterfangen. Plötzlich steigt Angst auf. An Gefahren hat er bisher nicht gedacht. *Shit!* Wie ist es am schnellsten machbar, das Eine auszuschließen? Klarheit muss geschaffen werden. Damit kann Waylon besser umgehen. Also was tun? Zwicken!

Bis drei zählend, dann führt er es aus.

»Au …« Ein Ziehen geht über den Arm, welches unangenehm, nicht aber wirklich wehtut. Die Stelle, an der der Fingernagel ins Fleisch ging, ist erkennbar. Okay. Scheinbar müssen härtere Mittel her. Das Meer! Vielleicht kann er ja unter Wasser atmen? Die Konsequenz daraus kommt Waylon nicht in den Sinn. Nämlich zu ertrinken, sollte es nicht so sein, wie es ihm suggeriert wird.

Auf den Weg ins tiefere Wasser rutscht Waylon unglücklich aus. Schmerzhaft verzieht er das Gesicht. Fluchend sieht er den Grund dafür: Einen vom Wasser fast rund geschliffenen, etwa faustgroßen Stein. Einbeinig steht Waylon da, mit beiden Händen den Fuß umklammernd, so, als würde dadurch der Schmerz schneller vergehen. Leider (oder gottseidank) trifft dies nicht ein. Er geht nach einer Weile, die Zähne zusammen gebissen und humpelnd zum Strand zurück. Dort setzt er sich. Der Knöchel schmerzt höllisch, schwillt aber nicht an. Ein untrügliches Zeichen für die Wirklichkeit?

Da jetzt nun geklärt ist, was es zu klären galt, muss Plan B entwickelt werden. Bald würde es dunkel werden. Rechter Hand ist die Sonne nur noch knappe vier Finger breit vom Horizont entfernt. Mit der linken Hand reibt er sich den Knöchel. Kontrolliert nach einer Weile, die er für fünf Minuten hält, nochmal den Sonnenstand. Vier Finger. Wo er auch immer jetzt ist, scheint es kein elektrisches Licht oder sonstige Vorzüge der Zivilisation zu geben. Die Zeit drängt also.

Alles geht ihm durch den Kopf. Er sieht sich schon als Abendessen der Ameisen. Oder von riesigen Killer-Krabben. Oder total zerstochen von sadistischen vampirhaften Moskitoschwärmen. Den besten Schutz gibt eine Höhle. Waylon erinnert sich an alte abenteuerliche Jugendromane. Eine Erdhöhle aber ist garantiert zu feucht. Steinhöhle! Dafür müsste er vermutlich die ganze Nacht durchlaufen, bis er endlich eine findet. Und das durch dichten Dschungel – nicht zu schaffen. Wie gesagt, zehn Jahre jünger …

Bleibt nicht viel. Eigentlich wünscht er einfach nur ein weiches Bett und dann Augen zu. Aber – *Nada*. Doch mit abstrakten Wunschvorstellungen kommt er nicht weiter. Wenn er doch jetzt aufwachen würde!

Die Sonne sinkt. Idyllisch und friedlich spiegelt sich ihr Licht im glatten Meer mit rotgelbem Farbspiel. Anders Waylons Gedanken. Diese wirbeln orientierungslos im scheinbar zu klein gewordenem Kopf herum. Gott sei Dank sieht es nicht nach Regen aus. *Nur – wie werden die Nächte? Wo genau befinde ich mich hier?* Es ist durchaus möglich, dass es des Nachts stark abkühlt. Ein Problem, welches bedrohlich werden kann. Mehr ängstlich als mit Mut geht er in den dichter bewachsenen Vegetationsbereich (nur nicht das Kind beim Namen nennen). Die Bäume schlucken viel von der untergehenden Sonne. Manche Stellen sind bereits so dunkel, dass Waylon unmöglich Einzelheiten erkennen kann. Unweit raschelt es. Irritiert bleibt er stehen. Stille. Kopfschüttelnd geht er weiter; vorsichtig genug, um laute Geräusche zu vermeiden. Weit kommt Waylon jedoch nicht. Erneut verharrt er. Nur sein Herzschlag ist hörbar.

»Sinnlos. Ich schaff 's nicht …«

Resigniert kehrt er an den Strand zurück.

Tatenlosigkeit ist im Moment nicht angebracht, das weiß Waylon genau. Dennoch fällt es schwer Richtiges zu tun. Was aber ist schon richtig oder falsch? Wie sich entscheiden? Oder besser für *was*? So sehr Waylon es sich auch in früheren Lebensjahren gewünscht hat, eine einsame Insel ganz für sich allein zu haben, so sehr hasst er das alles im Augenblick. In Wirklichkeit jedoch weiß er gerade nichts mit sich anzufangen. Völlige Leere im Kopf. Es ist also kein Wunder, wenn Waylon regungs- und teilnahmslos auf der Stelle sitzt und bis tief in die Nacht derartig verharrt.

Acht

Hoch oben am Himmel leuchten funkelnd die Sterne. Sie wirken nah, sehr nah – jedenfalls ungefilterter als in heimatlichen Gefilden. Ohne den Lichtsmog der Stadt mit all den Lichtern von Leuchtreklame und anderen Aufmerksamkeit erhaschenden Beleuchtungen ist die Nacht hier wirklich eine. Neben der Reinheit der Luft, ist die Stille bemerkenswert. Beinah schmerzt sie. Für Waylons Ohren wirkt die Situation wie durch Ohrenstöpsel. Beraubt alle alltäglichen Umgebungsgeräusche. Nicht das kleinste Klingeln der so heißbegehrten und allgegenwärtigen Smartphone. Kein Schein einer Straßenlaterne, kein flackernder Flat Screen. Waylons Augen benötigen noch lang, um die Dunkelheit durchdringen zu können.

Die Nachtkühle überzieht den Einsamen. Ohne angepasste Kleidung wird er sich einen Schnupfen einfangen. Doch im Moment nimmt er all diese Widrigkeiten überhaupt nicht wahr. Versunken in der eigenen Gedankenwelt existiert sonst nichts.

Auch die Stille ist – anders. So muss sich die Ur-Stille anfühlen. Nur der leise gleichmäßige Wellenschlag. Hin und wieder ein Schrei eines nicht identifizierbaren Tieres. Jedenfalls für Waylon. So sehr er früher Tiere interessant fand, weiß er gerade gar nichts. Und er will auch nichts wissen. Nur heim ins Bett! Allerdings kaum machbar. Denn so wie es aussieht, ist dies kein Traum. Wenn es wenigstens ein Alptraum wäre, kann Waylon damit umgehen. Und wenn es einer ist? Was spricht dafür, was dagegen? Eigentlich alles. Manchmal fühlen sich die Träume wirklichkeitsgetreuer an, als so manches Reales. Das Gehirn verarbeitet im Schlaf erlebtes, sortiert aus. Wie oft hielt Waylon die Zeit im Traum für Stunden, um später festzustellen, dass nur wenige Minuten vergangen waren.

Es ist mühsam darüber zu sinnieren. Kräftezehrend. Deprimierend!

Plötzlich ist er einsam. Abgeschottet vom normalen Leben, umgeben vom Vorhang undurchdringbarer Dunkelheit. Sich dessen bewusst werdend, verfällt Waylon in eine Art Dämmerzustand …

Als die Sonne aufgeht ist Waylon bereits auf den Beinen. Nachdem erstes Tageslicht die Dunkelheit vertrieben hat, hielt er es nicht länger aus. Die Kälte bis in die Knochen spürend, braucht er einfach nur Bewegung. *Nur nicht einrosten*, denkt er. Jede Bewegung ist auch jetzt noch zu viel und sämtliche Gelenke schmerzen. Die Sonne hat eine angenehme Wärme. Sein Weg ist ziellos. Der nach Essen heischende Magen grummelt. Ebenso giert der Körper nach Flüssigkeit. Orientierungslos bleibt er stehen.

Eigentlich braucht er jetzt etwas Essbares!

Immer weiter hat er sich entfernt von dem Ort, an dem er aufgewacht ist. Für was eigentlich? Kraftlos bleibt er stehen. *Verdammt! Verdammt, verdammt!* Da hilft kein Verteufeln, Fluchen oder sonst was. Jetzt ist es Zeit, zu handeln!

Wie ausgewechselt geht er erhobenen Hauptes weiter. Das gestrige Ziel liegt immer noch Kilometer entfernt. Hirngespinsten ist er noch nie hinterhergejagt. Warum also heute? Abrupt bleibt er stehen. Atmet tief durch, wendet sich dann wieder den

Dschungel zu. Ein richtiger Dschungel ist es natürlich nicht, nur für einen hoch zivilisierten Mann, der Natur nur vom Gärten oder Park kennt, und die gefährlichsten Tiere vielleicht Kühe und Schafe sind. Von anderem Getier liest man höchstens im Internet oder verstaubten Lexika, allenfalls in Tierdokus. Plötzlich die Wildnis in Armlänge greifbar nah zu haben, dass – ja das ist etwas ganz anderes. Bedrohlich! Unmenschlich.

Wie dem auch sei, es ist unumgänglich endlich das Beste daraus zu machen. Und zwar jetzt!

Eine Straße ist nicht vorhanden. Wieder so eine menschliche Erfindung, an der die Natur sich ein Beispiel nehmen kann. Wieso erfindet das Nützliche immer der Mensch? Außer Gestrüpp, dreckiger Spinnweben und unübersichtlichen Pflanzenwuchses bietet Flora doch nix. Mein Gott! Es könnte doch alles so einfach sein …

Er hält inne. Diese schreckliche Gedankenflut hört sich dramatisch egoistisch an. Selbst schuld! Waylon zuckt mit den Schultern. Klar. Wer oder was ihn auch hierher führ … Ein neuer unheimlicher Gedanke beschleicht ihn. Und wenn mich einer entführt hat? Nur wer? Oh! Alles um sich herum vergessend lehnt er sich an einen Baumstamm. Geheimdienst? Nein – zu weit hergeholt. Schließlich war er nie ein Geheimnisträger. Obwohl nach dem Fall des Eisernen Vorhanges einiges im Verborgenen vorgeht. Man liest so vieles: Mafia, Stasi, amerikanische Geheimdienste et cettera, et cettera. Aliens? Nun gut, von fliegenden Untertassen hört man kaum noch etwas. Entweder schweigen alle darüber, oder es ist tatsächlich so, dass diese Phänomene mit der Forschung im Kalten Krieg zusammen hingen. Drogen? Hat man ihm etwa Drogen unter gejubelt? Ähnlich wie K.O.-Tropfen? Quatsch! Dann sind die Außerirdischen schon eher denkbar. *Schwubs di wupps* in Sekundenschnelle von A nach B gebeamt.

Völlig den Gedanken verfallen, bemerkt Waylon nicht die zarte Berührung am Arm, mit dem er sich abstützt. Langsam kommt das Kitzeln bis an den Ellenbogen heran. Mehrmals berührt ihn etwas zart stupsend. Im nächsten Augenblick spürt er eine Berührung am unteren Oberarm und zeitgleich eine Bewegung im Augenwinkel. Erschrocken wendet er sich schüttelnd und auf die Seite springend vom Baum ab. Schaut auf seinen Arm. Dann wieder auf Schulterhöhe des Baumes. Waylon traut seinen Augen kaum. Das Blut gefriert in den Adern nachträglich. Da baumelt eine dünne Schlange herab. Gänsehaut auf dem Rücken mit wilden kehligen Schreien und er springt mehrere Meter, wie von der Tarantel gestochen, herum.

Gefühlte Stunden später (drei Minuten sind es höchstens gewesen) hat er eine Lichtung erreicht, die recht gut überschaubar ist. Sich schüttelnd, wie ein nass gewordener Hund, findet Waylon Ruhe. Mitten auf der Lichtung steht einsam eine Palme. Wunderschön anzusehen, ein echter Hingucker. Gleichmäßig gewachsen mit unzähligen Früchten.

»Wann habe ich das letzte Mal eine Kokosnuss gegessen?«

Sie hängen hoch. Unmöglich ohne Hilfsmittel zu ernten. Und womit öffnen? Schrecklich so ohne Werkzeug. Etwa zwanzig Meter hinter der einsamen Palme steht eine Gruppe Büsche. Dazwischen glaubt Waylon etwas Glänzendes zu sehen. Neugierig macht er einige Schritte in besagte Richtung. Schon bald wird ihm klar, dass ein seichter Bachlauf dafür verantwortlich ist.

»Dann ist das ja geklärt.«

Das Wasser ist glasklar und frisch. Kaum hat er einige Schlucke getrunken, rebelliert der Magen insofern, wie es der Magen tut, wenn der Hunger übermächtig wird. Zum Glück erkennt Waylon an den Büschen prächtige Beeren. Nach vorsichtigen Betrachten probiert er eine. Sie ist ebenso erfrischend wie köstlich. Wenige Augenblicke später hat er eine Handvoll geerntet und genießt sie sitzend.

Wenn man es genauer und objektiv betrachtet, findet Waylon immer mehr Gefallen an diesem Ort. Idylle pur, und Ruhe vor allen. Er seufzt. Geplant war ein Urlaub in einem Vier-

Sterne-Hotel. Draus geworden ist ein Abenteuerurlaub. Wohl eher *Wie-überlebe-ich.*

»Jetzt mal Butter bei den Fischen«, sagt er laut. »Ich bin allein. Kein Hotel oder ähnliches. Nirgends ein Imbiss.« Unwillkürlich denkt Waylon an eine knackige Bratwurst mit viel Senf. Wasser läuft ihm im Mund zusammen. Jetzt wird Waylon bewusst, nicht einmal über Geld zu verfügen. *Greif einen nackten Mann in die Tasche!* Und nackt ist er. Naja – fast; bis auf den Slip.

Die nächsten Stunden verwendet Waylon auf das Sammeln von Palmblättern. Davon gibt es ausreichend. Einen großen Teil legt er unter die Palme aus. Es soll sein Nachtlager werden. Mit dem Rest will er sich zudecken. Zwischendurch pflückt er Beeren, die in den Magen wandern.

Gegen Mittag ertönt lautes Gekreische. Es kommt aus dem Landesinneren. Aufgeschreckt vom anhaltenden Lärm horcht Waylon auf. Instinktiv schrillen die Alarmglocken. Was ist das? Verhaltener atmend duckt er sich. Hinter einem Busch findet er Deckung. Vorsichtig lugt er vor. Die Vögel sind von etwas aufgeschreckt worden. Aus allen Richtungen dringt dramatische Unruhe heran. Nirgends ist der Herd dafür erkennbar. Es kann alles sein. Menschen! Tiere in diesem Paradies aber kennen keine! Sollte der Grund so simpel sein?

Jetzt plätschert es laut. Stille. Nichts dringt zu ihm außer dem leichten Wind. Dann erneut ein Plätschern. Lauter, intensiver, anhaltender. Wieder kehrt Ruhe ein. Holz splittert. Waylon legt sich auf die Erde, die Hände schützend über den Kopf legend. Jederzeit kann etwas noch schlimmeres geschehen. Wilde! Und er auf dem Präsentierteller! Was wurde nicht alles in der Literatur beschrieben. Mit überschäumender Fantasie zeichnet sein Hirn einen fürs Kopf Kino bestimmten Film, der Waylon kurzatmig werden lässt.

Mal sieht er sich an einem Marterpfahl gefesselt, um den in wirrer Kriegsbemalung die Einheimischen herum tanzen. Im

Anschluss hängt er über einen überdimensionalen Grill. Der Rauch des Feuers fährt ihm in die Nase und er bekommt kaum Luft. Ein anderes Bild taucht auf. Plötzlich ist er das Ziel eines ausgestorbenen Riesentieres. An den Zähnen tropft der Speichel herab. Ein bescheidenes Gefühl, ein Leckerli zu sein!

Doch nichts dergleichen geschieht. Mehrere Minuten hält der Krach an. Dann ist alles wie vorher – still. Ein bisschen Zeit verstreicht, bis er aufsteht. Etwas jedoch bleibt: Das Gefühl ausgeliefert zu sein. Ohne schützende Mauern mit einer abschließbaren Tür kann von Privatsphäre keine Rede sein. Sein übertriebenes Sicherheitsbedürfnis bleibt wohl auf unübersehbare lange Dauer unerfüllt.

Unbemerkt schleicht etwas um Waylons Lager. Auf leisen Pfoten, stets wachen Blickes. Im Lebensraum zuhause ist der Fremde eine willkommene Abwechslung. Nie vorher hat ein Mensch diesen Boden betreten. Ein seltsamer Geruch geht von ihm aus. Das Tier hebt schnüffelnd die Nase, zieht heftig die Luft ein. Wohl etwas zu heftig; angewidert schnaubt der Vierpfötler und wischt sich mit den Vorderpfoten die Nase. Doch der Geruch bleibt haften. Zwischen Neugier und Ekel hin- und hergerissen überwiegt der Fluchtdrang. Mit einem heftigen Satz springt das Tier in den nahe liegenden Dschungel.

Etliche Meter von der Lichtung entfernt, kann das Auge kaum noch der eingeschlagenen Richtung folgen. Dicht und urwaldgleich verliert man rasch die Orientierung. Wer einigermaßen auf geradem Weg ankommen möchte, braucht Instinkt und Geschick. Als Mitglied der selbsternannten Hochspezies neigt Waylon eher dazu, einen großen Bogen um diesen Wald zu machen. Da aber noch genügend Zeit bleibt, bis es dunkel wird, geht er auf Erkundungstour. Erinnert an alte Meister wie Stevenson oder Defoe mit ihren weltberühmten Helden, huscht ein Lächeln über sein Gesicht. Mittlerweile sieht Waylon es als ein Rollenspiel. *Löse die Aufgabe und komme ein Level weiter!*

Strategie und Aufbau, ernten und säen. Den Weltenlauf erkennen, um danach zu handeln. *Befolge das Gesetz, dann überlebst Du!* In der Gamer Welt funktioniert dies genauso. Simulation wird eingesetzt, um mögliche Gefahren im Vorfeld naturgetreu zu erkennen und zu bekämpfen. Steuerungen in der Raumfahrt zum Beispiel folgen nur Programmcodes. Warum also nicht die Vorstellung von einen Spiel?

Waylon bahnt sich freie Bahn zwischen den immer dichter werdenden Dschungel. Ohne Hilfsmittel ein schwieriges Unterfangen. Zudem wird die Luft schwüler. Zweige brechen. Zurückschnellende Äste zerkratzen seinen Oberkörper. Schimpfend kommt er nur langsam voran. Aus seinem Munde hervor gepresste Flüche werden an dieser Stelle wohlweislich nicht wieder gegeben. Unsagbar lang wird der Kampf mit der Fauna. Besonders die Schlingpflanzen behindern Waylon enorm. Dennoch ist er über jede weitere Meter in der grünen Hölle dankbar. Dadurch angespornt kommt er für seine Verhältnisse überraschend gut voran.

Glücklicherweise hält der Dschungel keine nennenswerten Überraschungen für ihn bereit. Mag es daran liegen, dass er voller Adrenalin und zu allem entschlossen ist, sei dahin gestellt. Auf alle Fälle gelingt es Waylon den Pflanzen ein Schnippchen zu schlagen.

Als er ungehindert wieder gehen kann, traut er kaum seinen Augen. Wie angewurzelt verharrt er mitten in der Bewegung. Alles hätte er erwartet, nur das nicht …

Neun

Grandios und überwältigend zugleich der Anblick. Waylon schnappt nach Luft. Die stickige Schwüle setzt ihm zu. Schweiß perlt an Stirn und Wangen. Blaurote Striemen überziehen den Oberkörper des Mittsechzigers. Schmerzen spürt er nicht. Dafür ist die Aussicht zu atemberaubend.

Waylon steht am Fuße einer ellenlangen Steintreppe, die direkt in den Fels geschlagen worden ist. Vermutlich vor über mehreren Hunderten von Jahren, wenn nicht gar tausenden. Von dem Bauwerk geht eine angenehme Frische aus. Sie lässt ihn alle voran gegangene Anstrengung vergessen. Verschwitzt wie er ist, gönnt er sich eine Pause des Staunens.

Im Gegensatz, was TV-Dokumentationen zeigen, ist dieses Bauwerk mächtig. Beinahe *übermächtig.* Voller Ranken sind die Stufen fast verdeckt. Nur etwas seitlich gelingt wohl der Aufstieg. Waylon wundert es, wieso niemand hier ist. Alles in allem ist die Ruine seit Urzeiten unberührt. Wer wohl die Erbauer waren?

Bei genauerem Betrachten bemerkt er die exakte Bearbeitung des Felsens. Einige der Schlingpflanzen drückt Waylon auf die Seite. Darunter ist das Gestein feucht. Kein Wunder, das sie dermaßen üppig bewachsen sind. In seiner naiven Denkweise gelingt es Waylon nicht, den Bau irgendeiner Ära oder eines bestimmten Volkes zu zuordnen. Er ist einfach fasziniert. Ohne tiefere Kenntnisse ein Ding der Unmöglichkeit. *Ruinen sind stumme Zeugen menschlichen Scheiterns.* Wie wahr!

Stufe für Stufe erklimmt Waylon ehrfürchtig. *Ich habe Zeit, alle Zeit der Welt.* Bald schon erreicht er einen Vorsprung. Hinter einem Vorhang aus Pflanzen, deren Resten und vereinzelte Luftwurzeln bietet dieser ausreichend Platz. Waylon setzt sich auf die letzte Stufe. In einer Höhe, die über denen der Bäume liegt, gibt die Sicht einiges her. Klar erkennbar die Weite des Meeres, auch wenn noch nicht das Ausmaß des überwundenen Dschungels überschaubar ist. Eine Ahnung hat er aber bereits.

Weiter geht's!

Immer mehr Stufen führen Waylon in die Höhe. Etwa nach fünfunddreißig wurde eine Nische angelegt. Ob sie zum Verweilen einladen oder etwaige Geheimnisse bergen ist bislang nebensächlich. Je weiter er vorankommt, behindern weniger Pflanzen seinen Aufstieg. So kommt es, dass er schneller als erhofft die Mitte der Felstreppe erreicht. Auch hier eine Nische. Breiter als vorherige. Zudem kaum Feuchtigkeit. Spürbar zieht es. Er sucht weiter hinten etwas Schutz, denn Zugluft verträgt Waylon nicht. Einen Schnupfen kann er jetzt gar nicht brauchen. Neben Essen und Trinken benötigt er dringend Kleidung. Doch woher nehmen …

Tief durchatmend genießt Waylon ein wenig Ruhe. Dabei klopft sein Herz laut und eingehend. *Bin nicht mehr der Jüngste.* Seufzend geht er in die Hocke. Aus dem leichten Lüftchen ist inzwischen eine ausgewachsene Brise geworden. Wohltuend, wenn man mit dem tropischen Klima – so wie vermutlich jeder Mitteleuropäer – auf Kriegsfuß steht. Im Wasser spiegelt sich der azurne Himmel. Keine einzige Wolke unterbricht das tiefgründige Blau. Urlaubsfeeling pur!

In der nächsten halben Stunde stapft Waylon weiter, legt dabei zwei weitere Abschnitte zurück. Jetzt wird er stutzig. Sind es bislang normale Nischen gewesen, so ist die hiesige eindeutig anders. Auch die Stufen führen nicht wie bisher, nach hinten versetzt, weiter. Stattdessen mündet der Aufstieg an eine Art Plateau. Zehn Fuß von ihm entfernt, ist eine verschlossene Öffnung erkennbar. Flankiert zu beiden Seiten mit jeweils Resten von Statuen. Ansonsten ist der glatte Untergrund weitestgehend sauber. Über der Öffnung ragt ein Vorsprung bis fast über das gesamte Plateau. Im Halbdunklen ist fein säuberlich eine Sitzgelegenheit eingelassen. Erschöpft nimmt Waylon darauf Platz.

»Ein ausgesprochen *fürstlicher* Platz«, stellt er fest. »Hier lässt sich's aushalten.«

Seine Finger fühlen den glatten Stein. Nicht eine einzige Unebenheit. Fantastisch! Unentwegt wandern seine Augen über die Wände. Außer dem Fels kann er nichts entdecken. Hinweise auf den Ursprung sind somit ausgeschlossen. Halt, was ist das?

Während seine Augen weiter die Felswände abtasten, fährt der Zeigefinger der rechten Hand in eine Vertiefung. Überrascht zieht er die Hand zurück und beugt sich vor.

»Ein Loch«, sagt Waylon laut. »Mal sehen was du so bietest.«

Kreisrund, wie es nur eine Bohrmaschine bewerkstelligen kann. Selbst der kleine Finger kann den Grund nicht erreichen. Ohne Licht schwer abschätzbar, wie tief es ist. Und scheinbar leer. Kraftvoll pustet er hinein. Eine Staubfontäne schlägt ihm entgegen. Glücklicherweise hat er den Kopf rasch beiseite drehen können. Nun gut; muss es eben warten …

Erst mal ein kleines Nickerchen. *Gähn.*

Während Waylon erschöpft weg ratzt, nähert sich etwa fünfzig Meter tiefer der Vierpfötler der steinernen Treppe. Galant geschmeidig ist er dem Fremden im sicheren Abstand gefolgt. Es war ein leichtes. Wenn das Tier gewollt hätte, sich dem Zweibeiner erkennen zu geben, wäre der vermutlich davon gejagt. So würde es nie herausfinden, was dieses seltsam riechende Exemplar will. Im Beobachten und abwarten ist das Tier geübt. Wenn es sein muss, dann über viele Stunden. Dschungeltiere haben die nützliche Gabe von Ausdauer. Selbst für einheimische Arten sind sie oft unsichtbar.

So etwas wie den Zweibeiner hat das Tier noch nie gesehen. Auch wenn dieser außer Sichtweite ist, kann er ihn riechen. Irgendwo hier muss er sein. Wieder beginnt der Vierpfötler mit dem Schnüffeln. Hoch die Nase reckend kann es den Fremden jedoch nirgends entdecken. Seltsam.

Je höher der Vierpfötler die Nase reckt, desto mehr scheint er zu riechen. Im Folgenden huscht das Tier weiter. Schnüffelt am Boden, dann wieder in der Luft. Jetzt verharrt es in einer für den außenstehenden Betrachter ungewöhnlichen Pose. Nur die in alle Richtungen zuckende Nase verrät dessen aufmerksame Witterungsaufnahme.

Tatsächlich scheint es eine bestimmte Richtung im Sinn zu haben. Unentwegt zeigt die Nase empor. Wenige Sprünge weiter ist das Tier an den Stufen angelangt. Wieder verharrt es in der unerwarteten Pose – blitzschnell steht der Vierpfötler auf den Hinterbeinen.

Traumlos wacht Waylon auf. Gewohnheitsgemäß schaut er auf die Uhr. *Mist, wo ist das Ding nur wieder!* Eigentlich ist er fanatischer Armbanduhrträger. Egal zu welcher Tages- oder Nachtzeit – die Uhr darf nicht fehlen. Diesen Spleen hat er seit frühester Jugend. Zeit im Blick braucht er. Ohne ist er nackt. Apropos nackt. *Wo hab ich meine Sachen?*

Träge vom relativ kurzen Schlaf ist eine gewisse Orientierungslosigkeit spürbar. Ihm ist, als habe er einen Schatten gesehen in wahnsinnigem Tempo. Er streckt und reckt sich, gähnt unbekümmert. Verschwommen sein Blick. Und wieder dauert es eine geraume Weile, bis Waylon klar und deutlich erkennt, wo er sich befindet. Kopfschütteln folgt dieser Erkenntnis. Langes, unverständliches Kopfschütteln. Erneut entschlüpft ein Seufzen dem alternden Mann. Lang gedehnt und nach Hilfe schreiend. Alles ist, wie vor Minuten noch, am gleichen Platz. Das Meer, der grüne Dschungelring, das Plateau mit dem Vorsprung, die in die Tiefe gehenden Stufen aus Fels, die Sonne. Und als sei dies nicht genug, hängt sein rechter Mittelfinger im Loch neben ihm fest. Im Schlaf muss er hinein geraten sein, anders ist es nicht vorstellbar. Es erfordert einiges an Mühe, ehe Waylon die Hand frei bekommt. Der sonst so beherrschte Waylon verdammt mit harten Worten seine Situation. Langsam reicht es! Wieso er? Weshalb jetzt? Was hat dies für einen

Sinn! Vergeblich sucht er nach Antworten. Ob es sie überhaupt gibt? Bekanntlich stirbt die Hoffnung als Letztes. Ginge der Alptraum weiter, dann sieht es schlimm aus. Wirklich schlimm. Schlimmer geht's nimmer.

Waylon bleibt sitzen. Ergeben im eigenen Mitleid gibt er sich diesen abgöttisch hin.

Zehn

Tausende und abertausende alte Geschichten existieren in der Welt. Weitergegeben von den Alten an die Jungen. Jede Generation hat eigene Ansichten und Erfahrungen. Der Weltenlauf nimmt den gewohnten Gang, unbeachtet des Chaos, welches Drumherum herrscht. Die Grundordnung bleibt bestehen. Nur die Entwicklung ist veränderlich. Ebenso unterscheiden sich die Wege. Erscheinen sie auch grundverschieden, manches ändert sich nie.

Aus der Geschichte lernen die Kleinen in der Schule meist das, was irgendwann einmal Gelehrte zusammen trugen. Diese Bilder sind Indizien ohne Zeitzeugen. Niemanden von heute ist es möglich, einen Nero oder Cäsar, Alexander den Großen oder Cleopatra interviewen. Wie wäre es, wenn originale Filme aus uralten Epochen vorhanden wären! Mit Original Stimmen, Geräuschen. Sozusagen ein *Ägypo*-Wood oder *Rom*-Wood. Vielleicht gäbe es dann ein anderes Bild aus den untergegangen Ären. Stattdessen beginnt nach Überwindung konfliktreicher Zeiten die Ära des Verdrängens, die später durch die Ära der Verklärung abgelöst wird.

Leider wurden laufende Bilder erst im 19. Jahrhundert erfunden. Jedenfalls sind sie erst seit damals nachweisbar. Somit bleibt nur eins: Weiterhin mit subjektiver Betrachtungsweise objektiv bewerten. Für Enthusiasten bleibt immerhin der Gang in die Bibliothek, deren alte meist handgeschriebenen Bücher wenigstens einen Hauch von Originalität aufweisen.

Als Achtjähriger hatte Waylon noch keinen Schimmer, was Bücher für eine wahre Bedeutung haben. Des Lesens mächtig konnte er keinen Draht herstellen. Langweilig, unverständlich, nervig. Geschenkte Bände wanderten ins Regal und verstaubten. Zweieinhalb Jahre brauchte es noch. In der Schule bekamen die Schüler ein Buch, das zu lesen sie vier Wochen Zeit hatten. Schrecklich der Gedanke. Mit Unbehagen legte er es ins Regal. Doch etwas war anders. Vom Exemplar ging etwas aus, was er nicht beschreiben konnte. Es war zerschlissen, fleckig, einzelne Seiten waren lose eingelegt. Das Papier war glatt, roch alt. In einer vor Langeweile strotzenden Minute gab er den unnatürlichen Drang nach. Er legte sich aufs Bett und begann zu lesen.

Dann war er mittendrin im Geschehen. Entführt von jetzt auf gleich von dicht beschriebenen Seiten. Die Welt darin war nicht so viel anders. Aber anders doch. Beschrieben mit einfachen Worten, die ein zwölfjähriger Junge verstand. Und dieser Junge war ebenso wie er auf der Suche. Unbewusst verglich er sich mit dem Jungen im Buch. Auch wenn die Vergleiche weder Hand noch Fuß hatten, und mehr als hinkten. Schließlich spielte es zu einer Zeit, die anders war, als die seine. Längst veraltete Lebensweisen übten einen vehementen Reiz aus.

Jede der Zeilen war überraschend. Waylon liebte es, wie der Held im Buch ein Geheimnis auf die Schliche kam. Wie er winzige Puzzleteile zusammensetzte. Wie seine drei Freunde ihn dabei unterstützten. Ob in der Gemeinschaft oder allein, nichts konnte dem Jungen im Buch aufhalten. Mehr als einhundertachtzig Seiten voll von spannenden Geschichten, deren Ursprung am Ende des Zweiten Weltkrieges in Deutschland lag, verwoben mit normalen Jungen und Mädels. Und dann kam nach vier Tagen das Aus.

Seit diesem Zeitpunkt war Waylon wild auf Bücher. In seiner naiven Überlegung mussten alle so spannend sein, wie sein erstes. Dass es nicht immer so ist, lernte er schnell. Dann hieß es aussortieren. Spannung ist nicht gleich spannend, auch wenn es darauf steht! Und es wurde ein langes suchen!

Der Junge aus dem Buch war ein guter Freund geworden. Nach den vier Wochen Frist, musste er es wieder abgeben. Somit auch den Freund. In der Erinnerung aber blieb dieser verankert. Jahre später kam es zu einem erneuten Zusammentreffen. Denn dann gab es dieses Buch in einer Neuauflage. Obwohl er den Inhalt noch genau kannte, musste er es kaufen. Nun gab es den Freund wieder, auch wenn er nie weg war.

In seinen wilden Jugendjahren änderte sich auch der Geschmack am Lesen. Aus Abenteuergeschichten und lahmenden Krimis wurde gehobene Literatur. Daneben kamen Reiseberichte aus aller Welt und Epochen, die im Klappentext mit Originalität warben. Schwer lesbar, da im handschriftlichen Altenglisch geschrieben, aber es gelang die Flucht aus dem tristen Alltag. So lernte Waylon recht schnell, über den eigenen Tellerrand zu blicken. Phantasiereich war er stets mittendrin. Im wahren Leben dagegen meist außen vor. Was aber nicht wirklich störte. Die Welt bestand aus mehreren. Um ehrlich zu sein, aus unzähligen. Mehrheitlich stehen sie noch heut gut sortiert in seinem Bücherregal.

Elf

Der Vierpfötler springt von Stufe zu Stufe, den langen Schwanz dabei zum ausbalancieren nutzend. Auf dem ersten Plateau schnüffelt er neugierig am Boden. Die Spur ist richtig. Überall der ekelhafte Geruch. Also weiter.

Auf jedem Absatz wird der Geruch stärker. Lautlos kommt das Tier voran. Es kennt sich aus im Dschungel, hat dessen Geheimnisse ergründet, ohne zu wissen, dass es welche sind. Für Menschen mag es eine gewisse Bedeutung haben, für den Vierpfötler allerdings ist es nichts weiter, als Nahrungssuche. Manchmal haben solche Bauwerke einen großen Vorteil; sie dienen vorzüglich als Versteck. Jeder im Busch ist Jäger und Gejagter zugleich. Ausgewogen die natürliche Auslese. Große Tiere, sind sie auch noch so stark und gefährlich, werden wenn sie krank sind, überwältigt. Das Gesetz der Wildnis kennt kein Erbarmen.

Auch der Vierpfötler findet Gefallen an der Ruine. Im dichten Gebüsch gibt es unzählige geheime Wege ins Innere. Als er einmal verletzt war fand er drinnen sicheren Schutz. Einer Genesung, ganz gleich wie lang sie währt, kommt sie sehr entgegen.

Mit Eleganz erreicht das Tier die Ebene genau unterhalb, wo der Fremde sich gerade aufhält. Seltsame Geräusche verursacht dieser. Erst leise und gleichmäßig, kurz darauf ist Ruhe. Dann, wie ein Donnerhall, setzt ein überlautes Kratzen ein, schwillt an, dass es in den Ohren des Vierpfötler schmerzt. Ruckartig duckt er sich, zieht den langen Schwanz ein, verharrt. Seine Ohrmuscheln radarähnlich bewegend, wägt das Tier die Gefahrenlage ab. In den Pausen huscht es einige Fuß vor, verharrt erneut. Neugier überwiegt Bedrohung. Jetzt wagt es sich auf die letzten Stufen, die den Vierpfötler von dem Fremden trennen. Flink und wachsam lugen die großen Augen über die einzelnen Stufenkanten.

Ratz!

Deckung suchend und abwartend, um in einer Phase der Ruhe weiter vor zu preschen. Eine sich bewährte Strategie. Im Zweifel eines unvorhersehbaren Angriffs ist das Tier allemal schneller unterwegs, als der Fremde. Außerdem sind scharfe Zähne eine gute Verteidigung.

Noch drei Stufen. Penetrant der Geruch. Suchend und die Lage peilend ist von oben nur ein schwarzer Punkt zu sehen, der zuckend hin und her huscht, kurz verharrt, verschwindet. Kräftig im Sprung ist schemenhaft ein länglicher Körper erkennbar, der sogleich aus dem Blick entschwindet. Und das Spiel beginnt von vorn.

An der letzten, beide trennenden Kanten verharrt das Tier ausdauernd. Fast scheint es, als müsse es sich Mut abwarten. Würde Waylon jetzt in seine Richtung schauen, wäre es unmöglich, den heimlichen Anschleicher zu entdecken. Klug und bedacht handelnd, wartet der Vierpfötler in Ruhe ab. Von hier aus sind die Geräusche des Eindringlings noch intensiver. Immer wieder erschrickt sich der Dschungelbewohner davor. Zuckt sichtlich zusammen. Entspannt er sich folgt sogleich wieder Anspannung.

Den behaarten Anschleicher kann nichts erschüttern. In einer Schnarch Pause, in der Waylon leise atmet und den Kopf auf die Seite legt, wagt das Tier sich vor. Prescht katzenartig über die Kante und landet im Halbdunkel der Nische. Aufgeregt atmend schnüffelt und schnüffelt es. Kommt einen Zentimeter näher. Bleibt stehen. Stets die Nase erhoben und bereit zur Flucht.

Weit spreizt der Fremdling die Beine. Wie ein Götze, den der Vierpfötler im Inneren des Baues einmal sah. Da schlich er sich genauso an. Einen Unterscheid gibt es allerdings, und zwar einen gravierenden: Der Götze bewegte sich nicht, gab auch keine Geräusche von sich. Also muss das gewitzte Tier der Sache nachgehen. Praktisch, dass es hier oben einige dunkle Ecken gibt. Dadurch ist die Gefahr, entdeckt zu werden nahezu gleich null.

Selbstverständlich gehen dem Vierpfötler nicht genau diese Gedanken durch den Kopf. Er folgt ausschließlich seinem ureigenen angeborenen Instinkt. Ohne diesen stünde er auf verlorenen Posten.

Lebt der Fremde? Regungslos bleibt der Körper gleich. Mut fassend springt das behaarte Tier mit dem ebenso langen buschigen Schwanz näher heran. Unter einem Bein des Menschen sucht es sicherheitshalber Deckung. Als nichts geschieht beäugt das Tier den Schlafenden genauer. Argwöhnisch behält es die Position bei. Das kleine Schwarze Näschen schnüffelt unermüdlich. Wenn Waylon einatmet bleibt es besonnen und gelassen. Eine ernsthafte Bedrohung ist nicht erkennbar.

Geraume Zeit wird Waylon mit großen, runden und aufgeweckten Augen beobachtet. Da der Fremde keine feindlichen Anstalten macht, setzt der Vierpfötler zum Sprunge an. Anvisiert ist der winzige Platz neben Waylon. Aber das Tier verkalkuliert sich. Es kommt ungewollt an das nackte Bein des Menschen, der wiederum heftig aufschreckt. Darüber mehr als bestürzt wittert das Tier elementare Gefahr für Leib und Leben. Ein erneuter Satz, direkt über Waylons Körper, bringt es zu den Steinstufen. Und entschwindet.

Zwölf

Zwischen Steinquader und Wand gibt es einen schmalen Spalt. Also sollte die Tür geöffnet werden können. Irgendwo muss es also einen Öffnungsmechanismus geben. Fragt sich nur wo! Für die bald herein brechende Nacht erscheint dieser Platz als geeignet. Den Weg bis zum Bach kann Waylon im hellen nicht mehr erreichen. Und neben dem Durst plagt ihn der Hunger. Nun steht eine weitere Nacht bevor, eine Nacht, voller Dunkelheit und Einsamkeit. Bis es jedoch soweit ist, will Waylon noch etwas Nützliches tun und nichts unversucht lassen.

Zentimeter um Zentimeter sucht er das Plateau ab. Etwa nach einem Hebel oder einer Vertiefung. Da fällt sein Augenmerk auf die Überreste neben der Tür. Was genau sie einmal waren wird ewig ein Rätsel bleiben. Unter einer dicken Staubschicht liegen verfallene Trümmerstücke. Daraus ließe sich nichts mehr rekonstruieren. Mit bloßen Händen schient Waylon den Dreck beiseite. Dabei bemerkt er winzige glasähnliche Bruchstücke. Witterung und feuchtwarmes Klima haben ihnen die Schärfe genommen. Ein Hinweis mehr auf das legendäre Alter dieser Stätte. Mehr wird er an diesen Tage jedoch nicht erfahren.

Enttäuscht denkt Waylon nach. Den Weg bis zur Lichtung erachtet er als schwierig. Ohne zu trinken wird schwer werden. Bei diesen Gedanken tritt er bis an die Stufen heran. Hinunter braucht er länger, als das letzte Stück nach oben. Sollte nichts Besseres auffindbar sein, wäre es ein leichtes, wieder hierher hinabzusteigen, um die Nacht zu verbringen.

Schätzungsweise gibt es noch zwei dieser Plateaus. Ergo macht das siebzig Stufen bis in die Spitze. Erst jetzt fällt es Waylon wie Schuppen von den Augen. Er steht auf einer Pyramide! Wow! *Wollte ich da nicht schon immer mal hin?*

Motiviert steigt er weiter empor. Ob es die Inkas waren oder doch die Tolteken? Dagegen spricht, wenn all die Doktoren und Professoren alter Geschichte Recht haben, diese Exaktheit.

Es ist schwer zu glauben, dass die damaligen Möglichkeiten, sprich Technologien, ausgereift genug waren, diese glatte Oberfläche herzustellen. Verschiedene Theorien besagen, dass selbst im alten Ägypten tausende von Sklaven nötig waren, überhaupt eine Pyramide fertig zu stellen. Und soweit es Waylon beurteilen kann, ist die Präzision zwar für die damalige Zeit modern, dafür gibt es aber eindeutige Spuren von Menschenhand. Hier dagegen wirkt alles – steriler. Was für ein Aufwand war wohl dafür notwendig!

Noch zwei Stufen, dann erreicht er den vorletzten Absatz. Der ist weit weniger geräumig, bietet dennoch genügend Raum. Inzwischen hat die Sonne fast den Horizont erreicht. Das Hereinbrechen der Nacht ist absehbar, eine Abkühlung nicht.

Waylons Beine zittern ein wenig. Diese unerwartet körperliche Anstrengung fordert ihren Tribut. Jetzt rächt sich wie unsportlich er ist. Seit der Schulzeit verweigert er sich vehement den Sport. Gehetzt vom Willen eines einzelnen, der nur eines im Sinne zu haben schien: Ihn und seinesgleichen Leiden zu sehen. Wie oft hat Waylon diesen Zwang verflucht. Und heute? Erschlaffte Muskeln, Speckbauch, kaum Kraft und Ausdauer. Hatte er sich so den Ruhestand vorgestellt?

»Jeder ist seines Glückes Schmied!«

Da hab ich wohl wenig erreicht ...

Dem zum Trotz, geht Waylon die letzte Felstreppe an. Im Stillen zählt er die Stufen. Goldfarbenes Licht umhüllt den Suchenden.

Vierzehn.

Was das Leben ihn im Laufe der Jahre lehrte ist eine gewisse Ausdauer.

Fünfzehn.

Schlägt das Herz auch noch so laut, wird sich noch weiter getraut. Naja, das mit dem Dichten muss er noch üben.

Sechzehn – siebzehn ...

Sah er beim Treppensteigen bisher gedankenverloren auf den Boden, registriert Waylon erst allmählich, wie abrupt der Aufstieg doch endet. Die letzte Stufe ist gar keine Stufe – die Steintreppe mündet auf eine abschließende Felsplatte, ebenfalls fein säuberlich bearbeitet. Drei Meter von Waylon entfernt, steht ein Quader. Mächtig und gewaltig! Waylon hat die Spitze der Pyramide erreicht. Ganz anders wie in seiner Vorstellung. Leider ist auf den ersten Blick kein vernünftiger Unterschlupf sichtbar.

Hätte ich mir ersparen können!

Die Abschlussplatte bietet viel Platz. Am besten jedoch ist die Aussicht. Jetzt sieht er auch das Ausmaß des Bauwerkes. Die gewaltige Höhe, der relativ steile Aufstieg, macht Waylon schwindelig. Respekt zollend tritt er an den Felsquader. Hier ist es sicherer. An einen Abstieg denkt er im Moment nicht. Vielmehr findet er sich damit ab, die Nacht hier oben zu verbringen.

Plötzlich ist er müde. Fehlendes Essen raubt Waylons letzte Energiereserven. Schlafen als Heilmittel? Dafür ist er zu aufgewühlt. Sich die Ruhe nicht gönnend geht Waylon dicht am Quader gedrängt entlang. Er ist pompös. Vielleicht knappe acht Meter breit und ihn um mindestens drei Meter überragend. An der Ecke schielen seine Augen in den vier Meter vor ihm liegenden Abgrund.

Nur nicht hinsehen.

Waylon war gar nicht klar, wie viel Schwierigkeiten allein der Blick in die Tiefe bereitet. Rücklings schiebt er sich weiter. Diese Wand ist genau so lang und beschaffen, wie die andere. Inmitten der aufkeimenden Angst fällt es schwer, unbekümmert weiter zu gehen. Da helfen nur Zähne zusammen beißen und durch!

Okay! Geht doch …

Zwischenfälle bleiben aus. Außer heftig gegen die Brust schlagende Herzschläge gibt es keine Vorkommnisse.

Bereits nach den ersten Schritten gibt es eine Veränderung. Der Felsen wird porös. Und zusehends verliert die Oberfläche ihren erhabenen Glanz. Stattdessen tauchen verwitterte Einkerbungen, in Form von waagerechten Strichen und einige Kreise, auf. Und noch etwas verwirrt Waylon: Anstatt angenehm kalt ist der Felsblock lauwarm. Irritierender denn je ist die Feststellung, dass es sich um die Nordseite handelt. Moosgeflechte überziehen das Gestein. Der Boden wird glitschiger. Gleich darauf ist es jedoch verschwunden; wie abgeschnitten mit einer ganz klaren Linie. Nachdem Waylon einen Schritt vorwärts macht, spürt er auch am Boden die unerklärbare Wärme.

Vergessen sind die Entbehrungen. Nun überwiegt bei ihm die Neugier. Alle bisherigen Vorsichtsmaßnahmen sind mit einer rein zufällig gemachten Entdeckung hinfällig. Der Kreislauf kommt in Schwung und somit auch der Adrenalinspiegel.

Wie ein Jäger auf der Pirsch geht er langsam, den Oberkörper tief gebeugt, weiter. Ab und an sind auch am Boden eingeritzte Zeichen vorhanden. Einen Sinn sieht Waylon darin nicht. Sie könnten auch viel später eingemeißelt worden, oder anderweitig per Zufall entstanden sein. Komisch sind die allemal.

Während er so weiter geht kommt das Wand-Ende in Sicht. Dieses wirkt von weitem wie unvollendet, abgehackt.

Im letzten Sonnenstrahl des Tages sieht Waylon, was er für nicht möglich gehalten hätte. Der Felsblock ist nur als Teilstück vorhanden. Unzählige tiefe Rillen auf dem Boden nach zu urteilen, wurde der andere Teil weggezogen. Bis an die Kante der Abschlussplatte. Die ganzen neun Meter entlang ist ein zerkratztes Muster erkennbar. Zweifelsohne neueren Datums. Doch was Waylon noch mehr verblüfft ist die Rückseite des antiken Baues. Wenige Zentimeter tiefer, als die Oberkante, auf der sich Waylon gerade befindet, führt eine aus Geröll bestehende Aufschüttung direkt an den daran anschließenden Berg.

Wurde das Werk etwa nie vollendet?

Neben den Geröllmassen gibt es alle mögliche Vegetation. Selbst auf dem Weg treiben vereinzelt Sprösslinge. Drüben am Berg sieht der verdutzte Waylon einen geschlängelten Pfad hinab gehen. Was wohl dort zu finden ist …

Auf der Treppenseite sitzt an den Quader gelehnt Waylon die Nacht über. Kaum Schlaf findend döst er meistens und ist bei Sonnenaufgang alles andere als ausgeruht. Er fühlt sich wie nach einer durchzechten Nacht. Es fällt schwer geradeaus zu sehen, geschweige denn zu gehen. Kein Wunder, wenn an diesem Morgen alles ein wenig schleppend beginnt.

Das größte Problem muss schnellstens gelöst werden, sonst verbleibt Waylon die nächsten hundert Jahre an der Stelle. Sollte er die Treppe nehmen (ehrlich gesagt, dies würde Stunden dauern) oder Traute besitzen und den Weg ins Unbekannte über den Berg nehmen? Momentan ist beides keine Idealvorstellung. Aber etwas muss er unternehmen, wollte er nicht als Mumie enden.

Krachend melden seine Gelenke, nachdem er endlich sich aufrafft, dass sie derartige Übernachtungen ablehnen. Endlich stehend ist ihm kalt. *Weichei!* Früher hätte es Waylon nichts ausgemacht. Verweichlicht vom modernen Leben, ist früher selbstverständliches vergessen und verdrängt worden. Da gab es nämlich keine heiße Dusche am frühen Morgen. Im Schlafzimmer herrschte im Winter tiefster Frost. Und an einem Bad mit integrierter Toilette war sowieso nicht denkbar. Apropos Klo. *Schlechtes Stichwort am falschen Ort.*

Diesen Umstand entsprechend wählt Waylon das – wie er glaubt – kleinere Übel und somit den neuen Weg. Das Bedürfnis ist derartig stark, dass er vermutlich sonst nicht unbeschadet unten ankommt.

Mitten auf der Aufschüttung testet er deren Festigkeit, indem er mehrmals mit dem Fuß kräftig stampft. Doch was schon sehr lange besteht sollte seine siebenundachtzig Kilo leicht aushalten. Zwischen zerkleinerten Felsstücken ragen wenige Größere heraus, die von Wind und Wetter stark erodiert sind. Je weiter Waylon den Berg näher kommt, umso mehr ist Mooswuchs zu beobachten.

Sicher und zielstrebig gelangt Waylon drüben an.

Leichter als gedacht.

Er grinst. Gleich kann er sich erleichtern!

Wie gegenüber ist der Übergang beinahe eben. Gras wächst an dieser Stelle und ist kniehoch. Mit einem großen Schritt betritt er den nicht ganz so hohen Berg. Kurz bevor Waylon den Fuß auf festem Boden setzen kann, verheddert er sich und stolpert. Gott sei Dank kann er das Gleichgewicht halten. Dadurch entsteht jedoch ein Ruck und er ist frei.

Im selben Moment ertönt gellend eine Glocke zu läuten. Es scheppert und dröhnt in den Ohren. Innerlich zieht sich alles Mögliche zusammen, das Herz rast. Die Hände schützend auf die Ohren drückend, geht er geschockt zu Boden.

Minuten vergehen. Schrecklich lange und vor allem betäubend laute Minuten. Eine subjektiv geprägte Zeitspanne, die im Augenblick des Moments nicht greifbar ist. Die Augen fest zusammen gekniffen – das Gesicht dabei fratzenartig verziehend – schreit Waylon seinen Schmerz heraus. Vergeblich das Geläut zu übertönen; doch das ist nicht das erstrebende Anliegen. So merkt er nicht, dass die Glocke plötzlich verstummt. Weitere Sekunden noch brüllt Waylons Stimme weiter. Erst als in einer Atempause erträgliche Ruhe herrscht, öffnen sich seine Lider einen winzigen Spalt. Kann er es wagen, die Ohren ungefiltert *hören* zu lassen?

Er wagt es, indem er wieder die Augen schließt und argwöhnisch die Hände sinken lässt. Elend lang dehnende Sekunden vergehen. Als fest steht, dass der Lärmpegel die normale Naturlautstärke erreicht hat, setzt seine Atmung reflexartig wieder ein. Und jetzt muss Waylon erst einmal richtig durch atmen! Ein – aus – ein – aus. Was für ein Tag! Sollte dieser Ort mehr von solchen Überraschungen Bieten, dann Gute Nacht, Alter!

Zischend entweicht ausgeatmete Luft zwischen den Zähnen. Eine Angewohnheit, die seine Exfrau stets auf die Palme brachte. Denn dabei macht Waylon ein recht eigenartiges Gesicht, um es human auszudrücken. Heißt: Seine Mimik wirkt ausschließlich aggressiv und angriffslustig.

Wie dem auch sei, hier gibt's keine Beobachter, die ihn ausgiebig analysieren.

Tatsächlich ist die Glocke verstummt. Es muss eine Glocke gewesen sein, allein vom Klang her. Doch wer hat sie aufgestellt? Und weshalb? Moment! Ist es etwa eine – Alarmanlage?! Das hieße ja …

Aufgescheucht springt Waylon auf; kommt mit einem Satz auf die Füße. Innerliches Zittern lässt ihn kurz wanken. Aufgewühlt und Gefahr witternd dreht er sich gehetzt mehrmals um die eigene Achse.

Die sind hier! Verdammt – wo stecken die …

Aufgeschreckt von dieser Erkenntnis, fühlt er unendliche Angst aufsteigen. Selten ist er ehrlich zu sich selbst. So etwas wie Angst kennt er nicht. Angst ist eines Mannes nicht würdig! Die Erkenntnis verblüfft Waylon gerade. Verstärkt das bedrohliche Gefühl des Ausgeliefertseins.

Ich muss mich verstecken! Die sind hier!

Doch wohin? Zurück auf die Pyramide? – Eine Möglichkeit, doch kein wirkliches Versteck. Bleibt der Wald mit dem Pfad.

Ein Rascheln ertönt. Elektrisiert zuckt Waylon zusammen. Hält die Luft an, geht in die Hocke. Kurz währt die Stille. Jetzt – da … deutlich sichtbar werden, wie von Geisterhand, Zweige eines Busches auseinander gezogen. Sämtliche Muskeln verkrampfen. Da, wieder. Blätter erzittern. In der Magie des Schreckens gefangen, erstarrt Waylon vollends zu einem Götzen. Das Geraschel deutet auf ein ungewisses Schicksal hin. Es wird stärker, verstummt blitzartig, beginnt von vorn. Und dann, das Ende schon vor Augen, kommt hoppelnd ein graubraun ge-färbtes Fell zum Vorschein.

Hyperventilierend ringt Waylon nicht nur um Fassung, sondern in erster Linie um Sauerstoff. Er springt wie eine Sprungfeder auf, fächert sich Luft zu. Die Anspannung blättert von ihm ab, wie alter Putz von der Mauer. Und das Gesicht des Geprüften bekommt endlich gesunde Farbe.

Der Wild Hase beäugt das befremdliche Treiben. Auch er hat diese Rasse noch nie vorher gesehen. Gemächlich und un-beeindruckt mümmelt er am Grashalm weiter.

»Ein Hase … Ich … Ich fass es nicht!« Er verfällt über-gangslos in ein erleichtertes Lachen. Bald wird es hysterisch, dann wütend. Gefühlsausbrüche wie eben sind neu. Ob er da-rauf oder auf etwas anderes wütend ist, bleibt ein Geheimnis.

»Und das auf nüchternen Magen«, grummelt er bösen Bli-ckes. »Hättest du nicht ankündigen können!«

Unbeirrt rupft der Hase an einem Grasbüschel.

»Wieder mal typisch. Nicht eingeladen auftauchen und dann schweigen.«

Als hätte der Rammler, um so einen handelt es sich näm-lich, verstanden, hält er inne.

»Ach, das stimmt nicht? Ich strample mich hier ab – Und für was? Für mir nichts, dir nichts!«

Sich in Rage redend, setzt der Rammler seine Mahlzeit fort.

»Ist immer das Gleiche, mit euch … Und dann sagen, wir täten nichts tun.«

Den Sinn in der eigenen Rede erkennt Waylon kaum. Doch dies ist eine Möglichkeit, sich Luft zu machen. Ohne Kaffee und Frühstück fühlt er plötzliche Kraftlosigkeit. Matt kniet er nieder.

Hoppelt kommt daraufhin der Rammler neugierig näher. Beschnuppert Waylons Oberschenkel.

»Kannst ja nicht für«, versucht er als Entschuldigung. »Bist hier zuhause, und ich der Eindringling.« Wie von selbst strei-chen die Hände über das Fell. Tränen der Erleichterung laufen über Waylons Gesicht. Von den Gefühlen überwältigt richtet er den Blick empor. Bekommt nicht mit, wie der Wild Hase sich an den Schenkeln höher zieht, die Nase dabei unermüdlich bewegt. Eindringlich streichelt Waylon das Tier weiter.

»Entschuldige, Bunny. Ich bin ein Ochse. Nimm 's nicht so schwer.«

Seine Worte sind für ihn selbst bestimmt. Und sie wirken. Mit jedem weiteren Atemzug wird Waylon ruhiger. Dann schaut er herab. Sieht den Hasen zwischen seinen Beinen schnüffeln. Spürt ein Zwicken und Kneifen. Und dann ist da dieser riesige, feuchte Fleck im Schritt.

Dreizehn

Am Morgen war der Fremdling nicht mehr da gewesen. Jetzt sitzt das Tier mit dem langen Fellschwanz auf den Sitz des überdachten Plateaus. Waylons Geruch haftet noch immer auf den Fels. Intensiv und prägnant. Dann muss der Dschungelbewohner nur der Spur folgen, um den Fremden ausfindig zu machen.

Neugier plagt das Tier. Ungemeine und ungezügelte Neugier.

Die Spur führt den Vierpfötler nach oben. Über die Stufen flink springend gelangt er sehr rasch auf die Abschluss-Platte. Hier überlagern mehrere Düfte die von Waylon. An dessen Nachtlager schnuppert der Vierpfötler besonders lang. Irgendetwas kommt ihm komisch vor. Zwischen Bäumen und Büschen verborgen, hat er das zweibeinige Wesen seit dessen Ankunft beobachtet. So richtig gelingt es ihm nicht, Waylons Art einzuordnen. Er scheint sich nicht wohl zu fühlen in der Umgebung. Des einen trautes Heim, des andren quälende Pein. Und Waylons reges Treiben, mal abgesehen vom irrenden Wandel am Strand, ist nicht nur hochinteressant, sondern lustig obendrein.

Es gipfelt an bestialisch anmutenden Gestank, wenn der Zweibeiner über einen längeren Zeitraum an ein und demselben Ort verbringt. Auf die Hinterbeine sitzend putzt der Vierpfötler sich gründlich Nase und Barthaare.

Nun muss eine Entscheidung getroffen werden. Dem Geruch nach wirkt der Fremdling abstoßend. Also ab in den Dschungel? Schon rennt der Vierpfötler einige Stufen hinab, hält jedoch ruckartig inne.

Sein feines, von der Wildnis geschärftes Gehör nimmt etwas Ungewöhnliches war. Rasch gilt es, den Grund dafür zu untersuchen. Schnell hastet er um Waylons altes Nachtlager die Wand entlang, an deren Ende er abrupt bremst. Eine ungeahnte Gefahr witternd, bleibt der Vierpfötler in Deckung. Abwartend und mit großen, kugelrunden Augen harrt er der kommenden Dinge. Und die kommen schnell.

Der Zweibeiner strauchelt. Es liegt an dieser dünnen Schnur, die der Vierpfötler von früheren Streifzügen kennt. Jetzt weiß auch er, weshalb sie da ist. Scheppernder Krach durchdringt die Stille. Der Lärm-Tsunami überrollt alles gewaltig. Und der Vierpfötler ist mit schnellen Sprüngen verschwunden.

Zwischen Erdreich und Stufen existiert ein schmaler Spalt, durch den der Vierpfötler in einen Hohlraum schlüpft. Es ist völlig dunkel. Abgeschottet von der Außenwelt dämpft der alte Bau soweit alle Geräusche gut ab, sodass der Vierpfötler etwas Ruhe findet.

Nach einer kleinen Ewigkeit ist der Spuk vorbei. Sicherheitshalber wartet der Vierpfötler noch eine Weile ab, bevor er die Nase heraus streckt. Die Luft ist rein!

Huschend gelangt er bis an die Ecke, die eine gute Beobachtungsposition abgibt. Der Fremde gestikuliert wild und schreit dazu in die Gegend. Nicht nur ein schrecklicher Geruch hat der Zweibeiner, auch seine Stimme ist Furcht einflößend. Ein sehr – wie der Vierpfötler findet – exotisch anmutendes und befremdliches Verhalten.

Obwohl sämtliche Sinne geschärft, widmet der Dschungelbewohner sich erst einmal der Körperpflege. Dies ist eigentlich eine ganztägige Prozedur, die genau und mehrmals täglich wiederholt wird, aber auch durchaus auch zwischendurch Anwendung findet. Parasiten haben es demzufolge schwer.

Auf einmal verstummt der Zweibeiner. Der Vierpfötler unterbricht interessiert die Morgentoilette. Während der Fremde in die Hocke geht, stellt der Vierpfötler sich auf die Hinterbeine; so kann er besser dem Geschehen folgen. Sehr leise und behutsam spricht der Fremde. Streicht den kleinen Nager das Fell. Und dann, mir nichts dir nichts, wechselt die Stimmung.

Wieder schreiend und noch wilder gestikulierend rennt der Zweibeiner den Pfad hinab.

Vierzehn

Waylon ist auf alles wütend. Auf den Hasen, die Pyramide, über sich selbst. Murmelnd folgt er dem zum Teil überwucherten Pfad, ungeachtet der stacheligen Pflanzen, die einmal mehr hässliche Striemen am Körper hinterlassen. Die nasse Hose treibt ihn noch mehr auf die Palme. Wäre er doch einfach gestern wieder die Treppe hinunter zum Strand gegangen, hätte das hergerichtete Lager aufgesucht. Dann wäre das Missgeschick sicherlich nicht passiert. Aber alles wenn und hätte zählt bekanntlich wenig. Geschehen ist geschehen. Trotzdem könnte er sich die Haare raufen, oder besser gleich jedes einzelne heraus reißen. Nützt zwar auch nichts, aber egal.

Der Pfad wird schmaler. Kaum das er ohne Berührung durch kommt. Schwüle, stickige Luft setzt ihm zu. Überall strömt der Schweiß aus den Poren. Jede kleine Unebenheit im Boden verlangt den Irrenden einiges mehr ab. Wenn Waylon nicht bald etwas zu trinken bekommt, sieht es nicht gut aus.

Durch das Chlorophyll gefiltert kommt nur wenig Sonnenlicht auf die Erde. Im diffusen Schein nimmt Waylon den Weg kaum wahr. Flüssigkeitsmangel zehrt an den Kräften und Wahrnehmungen. Noch hält er sich wacker auf den Beinen, wenn auch schwankend.

Es kommt ihm vor, als befände er sich in einem Traum. Der Körper gehört ihm nicht. Arme und Beine sind seltsam schlaksig, wollen seinem Willen nicht richtig gehorchen. Das kommt Waylon bekannt vor. Als er mal so richtig betrunken nach Hause ging. Es hatte frisch geschneit. Die Beine fühlten sich wie Stelzen an. Statt zehn Minuten, brauchte er für den Weg über eine halbe Stunde. Dann fiel er matt aufs Bett und schlief den Rausch aus.

Irgendwo muss ich mich hinlegen, denkt er.

Alles ist vergessen; die ganze Vorsicht, die alte Pyramide, den kleinen Hasen. Übelkeit und Schwindel machen Waylon träge. Allein der natürliche Überlebenswille hält ihn auf den Beinen.

Etliche im Nebel verhüllte Meter weiter, gibt der Dschungel nach. Schwer atmend erkennt Waylon verschwommen einen Wasserlauf. Er holt tief Luft, spannt dabei alle Muskeln an.

Das Wasser fließt langsam. Erschöpft stapft er hinein und setzt sich. *Was für eine Wohltat!* Waylon nimmt eine Handvoll der kühlen Erfrischung. Trinkt. Unmöglich aufzuhören. Nie hat er vorher etwas Köstlicheres getrunken. Allmählich bekommt sein Gesicht wieder gesunde Farbe. Die Übelkeit vergessend kehrt er zurück ins Leben. Zu guter Letzt streckt er sich einfach im seichten Bach aus.

Kühlende Minuten vergehen. Das Plätschern wirkt beruhigend. Schon sind alle Entbehrungen vergessen. *Eigentlich ist das Leben doch schön,* denkt er. *Die Seele baumeln lassen und alles andere sein lassen, so wie es ist.*

Vereinzelte Wolken ziehen dahin. Es sieht nach Regen aus. Rasch setzt Waylon sich auf. Was, wenn wirklich ein Unwetter überraschend aufzieht? Wohin dann?

»Ich brauche 'nen Unterschlupf.«

Wie von der Tarantel gestochen, springt er energisch auf. Ein wenig zu energisch; kaum das er steht, rutscht Waylon aus und fliegt bäuchlings, der Länge nach in den Bach. Dabei gelingt ihm, sich ein wenig mit der Hand abzufedern. Ohne es gleich zu merken, verstaucht er sich das Handgelenk leicht. Der Schreck im Nacken steht Waylon im nächsten Augenblick. Erneut folgt eine Schimpfkanonade besonderen Ausmaßes. Aufgebracht stakst er ans Ufer.

»Wenigstens fällt das mit der Hose nicht mehr auf.«

Ambitioniert wie selten kämpft er mit Schlingpflanzen, widerspenstigen Ästen und unebenen Wegen, die keine sind. Weder einen Trampelpfad noch andere Hinweise gibt es in der Gegend. Nur bloße, unberührte Natur weit und breit. Gottseidank entpuppt sich der Dschungel als nicht ganz so undurchdringlich, wie angenommen. Das Gegenteil ist der Fall. Doch kein geeigneter Unterschlupf.

Die Sonne steht bereitsein Zenit. Inzwischen wird aus unübersichtlichem Terrain unendlich erscheinende Weite, nur gelegentlich unterbrochen durch kleine Hügelgruppen. Auf den Weg hierher hat Waylon von den Beeren gegessen; diese lindern den Hunger, mehr aber auch nicht. Inzwischen hat sich der Dschungel gar nicht als richtiger Dschungel erwiesen. Immer weiter kann Waylon sehen. mehr und mehr steigt die Landschaft an, manchmal unterbrochen durch emporstrebende Hügel. Er beschließt, auf eine der ersten Erhebungen zu gehen, um einen umfangreichen Überblick zu haben.

Auf dem ersten Hügel angelangt, kann Waylon die Spitze der Pyramide sehen. Von hier sieht es weit aus. Er kann es gar nicht so richtig glauben, doch der Mangel an Zeitgefühl scheint eine mögliche Erklärung dafür sein.

In der anderen Richtung ist nur Landschaft zu sehen. Endlose Wiesen, vereinzelt stehende Palmen. Links das Meer, mindestens drei Kilometer entfernt. Nichts deutet auf Menschen hin! Soweit das Auge reicht nur Natur. Als ihm dies klar wird, verlässt Waylon die Kraft. Er sinkt auf den Boden.

Die Hoffnung stirbt zuletzt! Wer hat diese Worte bloß erfunden?! Alles Mist! Ist man allein, so ohne alles, dann kann einem schon himmelangst werden. nichts ist mehr so, wie es war. Wenn wenigstens ein Dach mit einem Bett vorhanden wäre … Aber nein! Wie verhält man sich in solch einer Situation? Darüber gibt es garantiert zahllose Abhandlungen. Und Waylons geistige Anstrengungen sind ungenügend. Eine Erkenntnis, die ihn noch mehr schmerzt. Sein Gehirn ist leer!

Vor zehn, zwanzig Jahren hätte er gelacht. Da war der Körper vitaler, sehniger. Kaum ein Gramm zu viel. Da wären die Gedanken nur so aus ihm heraus gequollen. Da hätte er probiert und gesucht. Heute? Gedanklich winkt Waylon ab. Vom Alter gedemütigt, durchfährt es ihn. Warum musste es so kommen, wie es gekommen ist! Was hat er falsch gemacht? Resignierend!

Genervt und angespannt wegen der ausweglosen Situation steht er auf. Da der Tag sich neigt, will er versuchen, wenigstens den Bach zu erreichen. Der Magen knurrt ebenfalls bedrohlich. Vielleicht kann er ja das gestern errichte Lager erreichen und sich ausstrecken. Jeder Knochen knackt. Ausschlafen, wenn es denn geht, Ruhe zu finden – das wär's.

Tatsächlich gelingt es, das Gebiet, durch das der Bach fließt, aufzusuchen. Sein Lager findet er dagegen nicht. Schon ergibt sich Waylon in die aussichtslose Lage, als seine müden Augen etwas Ungewöhnliches entdecken.

In einer Palmengruppe steht ein alter, knöchriger Baum, dem die Jahre anzusehen sind. Sein Wuchs ist verkrüppelt, wirkt bis weit in die Krone abgestorben. Das dicht bewachsene Blätterwerk sprießt dagegen nur so von Leben. Der Stamm hat eine Neigung von etwa dreißig Grad. Eine Idee pflanzt sich in Waylons Kopf. Zaghaft geht er näher heran.

»Zu dunkel.«

In Höhe des Beckens macht der Stamm einen Knick. Hieran sich festhaltend, besteigt er die Pinie. *Leichter als erwartet.* Nachdenken gilt nicht. Waylon zieht sich immer weiter nach oben. Als er nach unten sieht, wird ihn für einen Moment schummrig. Doch so wie es gekommen ist, verschwindet es auch wieder. Mehrmals greift er um und gelangt schließlich am unteren Teil der Baumkrone an.

Einen Augenblick brauchen seine Augen, das Zwielicht zu durchdringen. Und dann verschlägt es Waylon beinahe die Sprache …

In gut verarbeiteter Art wurde ein Holzplateau regelrecht geflochten. Zu Waylons Überraschung entdeckt er eine zusammen gerollte Flechtleiter. Ein prüfender Griff bestätigt, dass sie funktionstüchtig ist. Der Platz scheint für eine Person ausgelegt zu sein. Vielleicht fünf mal sieben Meter misst die Fläche. Der Erbauer hat sogar an eine gewisse Sicherheit gedacht. Ein Flechtwerk umgibt die Plattform mindestens bis auf Schulterhöhe.

Mit offenem Mund starrt Waylon hinein. Langsam erkennt er die Umrisse eines Gestelles, was einem Bett ähnelt. Rechts davon ein aus demselben Material geflochtener Tisch.

Gänsehaut schauert über den Körper. Was wohl aus dem Erbauer geworden ist? Sogleich bekommt er Angst. Ob er hier gestorben ist?

Sofort schreckt Waylon zurück. Fast verliert er dabei das Gleichgewicht, was ihn bewusst werden lässt, wo er sich befindet. Argwöhnisch schaut er sich um. Keine Bewegung, kein Mensch, kein Tier in Sicht. *Allein auf weiter Flur, fern der Heimat.* Was tun?

Mit mulmigem Gefühl steckt Waylon den Kopf wieder in die Pinienbehausung. Die Aussparung dafür ist vorhanden. An beiden Seiten gibt es jeweils einen stärkeren Ast, an dem er sich beim Betreten gut festhalten kann. Mit *Schmackes* ist er im Geflecht. Ein wenig zu viel davon, wie es sich jetzt zeigt. Denn kaum drinnen und den Flechtboden unter den Füßen, schwankt verdächtig stark das Gebilde. Herzklopfen und Schweißausbruch lassen Waylon den Atem anhalten. Es fühlt sich wie eine Lianen-Brücke an.

Krampfhaft hält er sich am *Geländer* fest. Doch allen schrecklichen Gedanken zum Trotz, hält alles. Schnell beruhigt er sich.

Das Innere ist sehr geräumig. Durch vier quadratische Schlitze dringt Tageslicht ein. Erst jetzt bemerkt er, dass es sich um ein Fenster handelt, das mit einer dünneren Seilschlaufe zu gehalten wird. Waylon hängt diese aus und kann den *Fensterladen* abnehmen.

»Ein Zimmer mit Meeresblick. *Wow*.«

Nun kann er viel besser die *Inneneinrichtung* begutachten. Bei dem Gestell handelt es sich tatsächlich um eine Pritsche, die nach einer Probe relativ komfortabel ist. Neben dem Tisch steht eine richtige, aus gutem Holz gezimmerte, Truhe. Anhand der beiden Scharniere schätzt er sie als alt ein. Knarrend lässt sie sich öffnen.

Ein anerkennendes Pfeifen stößt Waylon aus.

Fein zusammengelegt liegt eine Decke oben auf, die mit einigen Löchern jedoch noch brauchbar ist. Muffig im Geruch, aber sie wird ihre Dienste noch leisten können. Darunter kommt eine kleine Schatulle zum Vorschein. Den Inhalt hebt er sich für später auf. Stattdessen ergreift Waylon einen alten, stark angelaufenen Dolch.

Darunter kommt ein kleines, vergilbtes und zerschlissenes Büchlein zum Vorschein. Viele lose und geknickte Blätter fallen Waylon entgegen. Blätter, die einst in alter englischer Handschrift dicht beschrieben wurden.

Ganz unten liegen noch einige Kerzen, zwei Kerzenständer und ein uraltes Feuerzeug. Unter einem von der Zeit verhärteten Lappen schließlich befinden sich zwei Feuersteine.

»Mein lieber Mann, nicht übel.«

Ehrfürchtig wiegt er das Messer in der Hand, dessen schlichte Verarbeitung beeindruckt. Damit kann etwas angefangen werden.

Die letzten Stunden zollen ihren Tribut. Geschafft von neuen Eindrücken und der Verzicht auf Gewohntes wirken ermüdend. Wahrscheinlich liegt es auch daran, dass Waylon einen annehmbaren Unterschlupf gefunden hat, der augenscheinlich sicher ist. So legt er sich auf die Flechtpritsche und entschlummert in einen schweren Schlaf.

Fünfzehn

Blitze zucken grell. Gefolgt vom tiefen Donnergrollen frischt der Wind auf. Unruhig wälzt sich Waylon im Bett hin und her. Er nimmt das aufkommende Gewitter wahr, kann es aber nicht einordnen. Es passt nicht in den Traum, in dem er auf am Strand steht und sehnsuchtsvoll nach einem Schiff Ausschau hält. Mehrmals hintereinander blitzt es gleißend. Da es hier keinerlei künstliches Licht gibt, durchdringen die Blitze die Dunkelheit besonders hell. Schatten suggerieren ein wildes Eigenleben. Nach einem nicht aufhören wollenden Blitz grollt es mindestens ebenso lang anhaltend. Die einzelnen Schläge hallen nach, werden von weiteren übertönt. Dann trifft der Sturm aufs Land. Die Pinie wird hin und her geschüttelt. Das Wanken des Baumes wirkt auf Waylon sehr beruhigend.

In den Tropen treten oft Gewitter ohne Regen auf. Der Volksmund nennt diese »trockene Gewitter«. Ungefährlich sind sie nicht. Sollte der Blitz einschlagen, wäre das Feuer verheerend. Unzählige Städte fielen so im Mittelalter den Naturgewalten zum Opfer.

Waylon ist weit abgerückt in seinem Traum gefangen. Er steht nicht mehr am Strand, vielmehr befindet er sich im Park unter dem alten Baum. Die zwei geschwätzigen Zicken besetzen immer noch *seine* Bank. Ärgerlich umrundet er den Baum, wie er es an dem Tag getan hatte. Sollte es regnen, würde er klitschnass werden. Ein unbehagliches Gefühl, wenn man bedenkt, wie weit es bis nach Hause ist. In nassen Klamotten ist es eklig zu gehen. Man friert unentwegt, fängt sich gar noch einen Schnupfen ein; nicht zu vergessen die saublöden Blicke der Passanten, die ihn für einen Penner halten. Und die beiden Frauen kichern weiter, halten ihren Tratsch. *Mein Gott!*

Schlagartig ertönt ein ohrenbetäubender Knall. Baum-Holz splittert. Kurz darauf neigt sich der Riese bedrohlich in Waylons Richtung. Ein weiterer, mörderisch lauter Knall folgt. Ihn bleibt nichts anderes übrig, als sich auf die Erde zu werfen. Dann wird es krachend dunkel …

Waylon schreckt empor. Es dauert, bis er sich zurecht findet. Noch glaubt er, dass der Baum ihn begraben hat, doch Fehlanzeige. Stattdessen ertönt ein entferntes Grollen in der nächtlichen Stille. Erst jetzt weiß er, dass es ein Traum war. Plastisch, wie so oft in letzter Zeit, aber nur ein Traum.

Inzwischen ist der Sturm weiter gezogen. Den Himmel erhellen nur noch lautlos Lichtblitze.

»Wetterleuchten. Dann kann ich ja weiter schlafen.« Damit dreht er sich auf die andere Seite. Vögel kreischen aufgeschreckt. Flattern irgendwo wild durcheinander. Zusätzlich zirpen Grillen. Mit der Ruhe ist es erst mal vorbei. Angestrengt horcht Waylon in die Nacht. Sind das Schritte?

Er fährt hoch. Lauscht. Nichts.

Kaum liegt er ausgestreckt auf der Pritsche, hört er es wieder. Durch die Blitze wird kurzzeitig das, wie er es nennt, *Flecht- Appartement* erhellt.

»Die Tür«, flüstert er.

Neben dem Zugang steht genauso eine geflochtene Blende, wie die, die er vom Fenster abgenommen hat. Ehe Waylon aufsteht lauscht er noch einmal angestrengt. Die Luft scheint rein!

Mit so wenigen Geräuschen wie möglich setzt er die Blende vor den Zugang. Sogleich fühlt er sich sicherer und vor allem unbeobachteter. Das gleiche macht er mit dem Fenster.

Gegen Morgen schleicht katzenartig der Vierpfötler um die Pinie. Seit gestern ist der Zweibeiner nicht mehr gesehen worden. Am Wasserlauf hat er dann auch noch die Spur des Fremden verloren. Mehr zufällig fand der Vierpfötler im Morgengrauen die Fährte. Diese führte ihn genau zu diesem Punkt. Leider ist nirgends der Fremde zu sehen.

Halt, was ist das?

Vertraute Geräusche dringen von oben herab. Angestrengt rekelt der Vierpfötler sich in die Höhe, dabei aufgeregt schnüffelnd. Leise dringt Waylons Schnarchen durch die morgendliche Stille. Aber wie kommt der Zweibeiner in den Baum?

Wenige kurze Augenblicke später sitzt der Vierpfötler vor dem künstlichen Geflecht. Es ist verschlossen. Mit einem kräftigen Satz hängt der Vierpfötler an der Balustrade. Geschickt balanciert das Tier aus. Drinnen liegt der Zweibeiner schlafend gekrümmt in der Ecke.

Momente voller neugieriger Blicke vergehen, ehe der Vierpfötler mit einem Satz in die Behausung springt. Grazil landet er auf dem Boden. Extrem steigt ihm der Duft des Zweibeiners in die Nase, sodass er mehrmals niesen muss.

Dies wiederum lässt Waylon erwachen. Er liegt mit dem Gesicht zur Wand, dreht sich etwas mühselig und umständlich herum.

»Nicht mal ausschlafen kann man hier«, murmelt er genervt. Er reibt sich die Augen, reißt den Mund weit auf und gähnt ausgiebig. Dass er dabei interessiert beobachtet wird ist ihm nicht klar. Seitdem Waylon in der Nacht Fenster und Tür geschlossen hatte, fühlt er sich recht heimisch und rechnet nicht mit einem Besuch. Wer sollte hier schon herkommen!

Vom Schlaf noch betäubt setzt er sich auf.

Irritiert beäugen ihn zwei kugelrunde Augen aus dem Halbdunkel einer Ecke. Geduckt sucht der Vierpfötler eine Deckung. Nur nicht gesehen werden! Wer weiß, was der übel riechende Zweibeiner mit ihm anstellt. Vom Instinkt geleitet sollte er so schnell und unauffällig wie möglich verschwinden. Als Waylon sich wiederholt die Augen reibt, schlüpft das Tier rasch unter die Pritsche. Hier ist es vorläufig unsichtbar.

Knarzend wankt der gesamte Flechtbau, nachdem Waylon aufsteht. Durch das Gewicht des Mannes wackelt alles. Der Vierpfötler macht sich noch kleiner. Was der Zweibeiner macht, kann er von dem Platz aus nicht sehen. Ängstlich lugt es hervor. Immer wieder streicht der Vierpfötler sich über die Nase, um nicht Niesen zu müssen bei diesem grässlichen Gestank. Dabei bemerkt er etwas Glänzendes, ganz in der Nähe der Pritsche. Da es gerade ruhig ist schleicht das Tier sich weiter an den Gegenstand.

Waylon schaut indessen verstohlen über die Seitenwand. Dabei fällt ihm auf, dass in einer Höhe von etwa zwei Metern eine breite Rolle existiert. Da um den Baum herum alles in Ordnung ist, untersucht er diese. Ein Seil aus geflochtenen Pflanzenfasern hält die Rolle oben. Vorsichtig öffnet Waylon sie.

Unerwartet entfaltet sich der Rollvorhang, der aus dünnen Fasern genauso verflochten ist, wie das gesamte Bauwerk.

»Oha. 'n Rollo. Nicht übel! Wahrlich nicht übel …«

Anerkennend nickt er über den Erfindungsreichtum des Erbauers. Der hat scheinbar an alles gedacht. Für hiesige Verhältnisse eine Luxushütte!

Daneben in gleicher Höhe, ein weiteres *Rollo*, nur etwas breiter. Es stellt sich heraus, dass die Jalousien ringsherum angebracht sind. An der Unterseite des ausgerollten Flechtrollos, zählt Waylon mehrere Schlaufen. In der Wand selbst findet er ebenfalls welche, mit einem kleinen Querholz versehen, die genau passen.

Als Decke dienen dickere Äste und Stämme, die passgenau eingesetzt wurden. Ohne Zweifel eine langwierige Sache.

»Hier lässt 's sich's aber wirklich aushalten.«

Über die Entdeckung muss er lachen. Der Zufall hat ihm geholfen. Gut gelaunt rollt er das eine Rollo wieder ein, sichert es und öffnet die Tür. Noch einmal zurück schauend rollt er die Leiter aus. Da sieht er im Augenwinkel eine huschende Bewegung.

Erst glaubt er sich getäuscht zu haben. Nach einem Schritt in die Mitte seiner Hütte ist ein Kratzen hörbar.

»Ist da wer?«

Waylon ist sich nicht wirklich im Klaren, was zu tun ist. Ein Mensch kann nicht da sein – den würde er sofort sehen. Kann also nur ein Tier sein. *Da! Genau dasselbe Kratzen!*

Hoffentlich ist es nicht ein Achtbeiner!

Ein heftiger eisiger Schauer jagt ihn über den Rücken. Dann würde er nie mehr diese Hütte betreten! Nein! Oh nein!

Allen Mut fassend macht er einen Schritt Richtung Truhe. Keine Bewegung, alles am Platz. Okay! *Glück gehabt, alter Junge.*

Tief einatmend dreht er sich zum Bett. Ihm wird bewusst, dass ein Eindringling nur darunter sein kann. Relativ gutes Versteck, muss Waylon zugeben.

Sehr, sehr langsam geht Waylon in die Hocke, auf alles gewappnet. Unter dem Kopfteil gähnt ihm Leere entgegen. gut so, macht er sich selbst Mut. In der Mitte ebenfalls nichts. Er atmet hörbar aus. Unter dem Fußende, ganz hinten in der dunkelsten Ecke, glaubt er einen Schatten wahr zu nehmen. Nur ein dunkler Fleck, der von seiner Warte aus den gesamten Raum zwischen Liegestatt und Fußboden ausfüllt. Er muss schwer schlucken. Um besser sehen zu können, muss er auf die Knie. Oder solle er einfach die Bude verlassen? Er zögert. Dann schiebt er die letzte Idee wirsch weg. *Wär' ja noch schöner!*

Den Kopf soweit wie möglich nach unten haltend, dabei jederzeit bereit aufzuspringen, sieht er etwas funkeln. Was is 'n das? Sieht aus wie der – Dolch! Verwirrend. Schon streckt er die Hand danach aus. Jählings schaut Waylon in zwei runde Augen!

Sechzehn

Sekunden verstreichen, in denen keiner der Beiden sich rührt. So, als sei der Film stehen geblieben, oder man schaut ein Bild an. Wie dem auch sei: Tier und Mensch beäugen sich. Ganz nach dem Motto: Wer sich zuerst bewegt, hat verloren! Waylon hält den Atem an. Noch immer die Hand ausgestreckt und in der Bewegung eingefroren, wagt er noch nicht einmal, mit der Wimper zu zucken. Als das Tier zaghaft schnüffelt, zuckt Waylon sichtbar zusammen. Am liebsten würde er schreiend aufspringen und wegrennen. In sehr unbequemer Haltung ist es schwer, keine unkoordinierten Bewegungen zu machen. Schließlich steht einiges auf den Spiel. Jeder könnte sein Gegenüber angreifen, mit ungeahnten Folgen. Angefangen von einem ungewollten Biss bis hin zum … Doch daran will Waylon keine Gedanken verschwenden. Vor ihn ist kein menschenfressender Löwe oder Tiger. Es handelt sich schlicht um einen kleinen Affen.

Sein Fell ist rötlich braun. Waylon ist nicht ganz so bewandert, dass er sagen kann, um welche Art es sich handelt. Wie es da hockt – er wird später hoch und heilig schwören, dass das Äffchen am ganzen Leib erbärmlich zitterte – mag es so lang sein wie Waylons Unterarm. Erst nach Beendigung dieses Abenteuers wird er erfahren, dass der Affe ein Mohrenmaki (in der Fachsprache *Lemur macaco*) ist. Und die Farbe verrät das Geschlecht: weiblich!

Scheinbar behalten beide die Nerven. Aber nur äußerlich, jedenfalls was Waylon betrifft. Im Stillen hofft er, der Spuk wäre gleich vorbei.

Tatsächlich hält Waylon durch. Der Mohrenmaki erschnüffelt wahrscheinlich keinerlei vom Menschen ausgehende Gefahr, und beginnt – sichtbar zaghaft und mit zuckender Nase – sich zu regen. Da Waylon weiter götzenartig verharrt, selbst als der Affe dessen Hand leicht berührt, getraut der Mohrenmaki sich weiter vor.

Waylon folgt seinem *Besucher* nur mit den Augen. Als der Affe aus sein Blickfeld verschwindet, spürt er sämtliche Nackenhaare aufsteigen. Vorsorglich schließt er die Augen. Jemand hat mal erzählt, wenn man die Augen zu macht, bekommt man mehr von der Umwelt mit. Doch alle sinnliche Anstrengung versagt. Unwohl in der Haut und mit einem wilden Tier im Rücken, ist gewagt und riskant zugleich. Ruhig bleiben ist in der jetzigen Situation eine enorme Mutprobe, und ungeheure nervliche Belastung obendrein.

Leise Kratzgeräusche verraten den etwaigen Punkt, an dem der Affe gerade ist. *Was macht der da?* Millimeter um Millimeter lässt Waylon die noch immer ausgestreckte Hand sinken, bis sie endlich auf dem Boden liegt und er besser ausbalancieren kann. Mit dieser Belastung hält er es bestimmt noch eine Weile in der Stellung aus. *Nur gut, dass mich keiner so sieht!*

Jäh spürt Waylon eine weitere Berührung in Gesäß Nähe. Sofort reißt Waylon die Augen weit auf, bleibt aber weiter unbeweglich. Kurze Haare des Felles kitzeln ihn am rechten Oberschenkel extrem. Am liebsten würde Waylon die Stelle ausgiebig kratzen, jedoch beherrscht er sich. Ja, die Hose trägt er schon etwas länger – peinlich, peinlich! Schamesröte steigt ins Gesicht. Oh weh! Unangenehm. Ertappt schließt er die Augen. In den Boden versinken, das wär's!

Irgendwann – für den Geplagten eindeutig viel zu lange – lässt das Äffchen vom aufgetragenen Stoff ab. Stattdessen spürt Waylon dessen Nase (besser gesagt, die Barthaare) in Nierenhöhe.

Ein Zucken wegen des hochgradigen Kitzel Faktors ist nicht vermeidbar. Der Mohrenmaki zuckt seinerseits zurück, fährt aber mit seiner schnüffelnden Erkundungstour fort. Bald hat Waylon die winzigen Füße mit noch winzigeren Krallen im Rücken. ›So muss sich Piercing anfühlen‹, denkt er schelmisch. ›Für eine private Massage ist es zu wenig.‹

Jetzt gibt es Ganzkörperkontakt; der Maki stützt mit den Vorderbeinen an Waylons Nacken, während er mit gestrecktem Körper den Rücken berührt.

Wo willst du denn bloß hin?

Als ob dies nicht reicht, springt der Maki kurzerhand auf die Schulter des Beschnüffelten. Dabei verzieht Waylon wegen des Kitzelns, der doch ach so winzigen Krallen, das Gesicht. Bleibt aber still, wobei im Inneren er mörderisch schreit.

Was ... Was soll das denn ...? Mich laust der Affe!

Ja. So ist es. Der Maki, obwohl der menschliche (also Waylons!) Geruch nicht sehr berauscht, findet Gefallen an dem unter ihm hockenden Individuum. Da er Waylon anscheinend mag, beginnt der Maki mit der sozialen Prozedur des Lausens. Und Waylon kann sich glücklich schätzen, als Mann in seinem Alter noch die volle Haarpracht sein eigen zu nennen.

Langsam schlafen Waylon die Knie ein. Blödes Gefühl! Aber noch blöder was der Affe da macht. Dabei scheint es in dessen Kreisen dazu zu gehören. Waylon holt richtig tief Luft. Länger kann er es bei aller Liebe nicht aushalten. Dennoch strengt er sich an, um ruckartige Bewegungen zu vermeiden.

So kommt es, dass der einsame Gestrandete zeitlupenartig zum Sitzen kommt – mit einem Affen! Den Maki stört die Regung gar nicht. Im Gegenteil. Als Waylon in eine (für den Affen) gefährliche Schräglage kommt, schmiegt sich dieser wie selbstverständlich an ihn an. Wie ein kleines Kind, was auf dem Rücken von Papa sitzt.

Es folgt die Zeit geduldigen Abwartens. Manchmal dreht Waylon den Kopf in die Richtung des Mohrenmakis. Irgendwann schauen sie sich kurz gegenseitig in die Augen. Vermutlich mag es der Affe nicht ganz so gerne, denn er dreht sich weg, laust aber anderer Stelle weiter.

Okay, wenn du nicht willst.

Nach wartenden Minuten versucht es Waylon erneut. Wieder dreht der Maki sich weg, setzt das Lausen fort.

Hm. Ein echter Lauser ...

Da fällt scheinbar zufällig des Affen Schwanz ihm über die Brust. Behutsam berührt Waylon den Schweif, streichelt ihn sanft. Zuckend wird er zurückgezogen. Kurz warten. Nochmal streichelt Waylon die Spitze. Mit beiden Vorderhänden fasst der Maki jeweils einzelne Haare zu einem Büschel zusammen und plärrt Waylon hell an. Es erinnert an einen Delphin, nur viel heller und nicht so lang gezogen.

»Gefällt dir nicht, hm …«, spricht Waylon so zart wie möglich. Als Antwort geht das Lausen weiter.

»Angenehm, Waylon.«

Abermals dreht er den Kopf, um den Maki zu sehen. Das gleiche Spiel wie vorhin. Diesmal wendet Waylon den Kopf mehrmals in die jeweilige Richtung. Stets wendet der Affe sich ab, als würde ihn stören, beobachtet zu werden. Waylon hat das Gefühl, dies stundenlang weiter fortzusetzen.

»Bist nicht grad gesprächig, oder? Macht nichts. Ich bin 's auch nicht. Willkommen im Club.«

Unhöflich will Waylon nicht sein. Menschen scheint es nicht zu geben. Wer weiß, wozu das gut ist. Es soll ja Kannibalen geben. Ehrlich gesagt, glaubte er das nie. Aber man weiß ja nicht! In konfliktreicher Zeiten mit wenig Nahrung. Sollte es Einheimische geben, wüsste er noch nicht mal, wie eine Verständigung stattfinden könnte. Mit Händen und Füßen, ja. Waylon schmunzelt. Ähnlich wie jetzt. Auch der Maki reagiert nur auf seine Gesten, höchstenfalls auf die Stimmlage. Das war's. Einseitige Kommunikation. Sehr einseitig. Aber besser wie gar keine …

Hunger treibt Waylon hinaus. Will er die neue Freundschaft auch nicht aufs Spiel setzen, muss er doch etwas essen. Behutsam redet er auf den Maki ein. Bereitet diesen sozusagen darauf vor, auf das, was gleich geschieht. Nämlich – genau, Waylon steht langsam auf. Irritiert schaut das Äffchen, sich um den Hals festklammern, zu.

»Wird dir nicht gefallen, Kleiner. Es wird gleich mächtig schwanken.«

Jede Bewegung sachte ausführend und dem *Kleinen* alles genau erklärend, kommen beide unten an. Dem Maki gefällt sichtlich diese neue Art der Fortbewegung. Sie ist bequem, wenn auch holprig. Oft gleicht der Schwanz extremere Bewegungen aus, manchmal wechselt der Maki die Seite. Doch stets hält er sich zutraulich fest.

Über Stock und Stein geht es. Als erstes schlägt Waylon die Richtung ein, wo die Beeren wachsen. Im Anschluss geht's an den Bach. Hier springt der Affe galant herunter und trinkt ebenfalls. Ohne Umschweife erklimmt er gleich darauf den nächstbesten Baum, knickt kleine Zweige mit zahlreichen Knospen ab und kommt zurück. Auf Waylons Schulter angekommen, nagt er genüsslich an den Ästen. Dies wiederholt der Mohrenmaki mehrmals, ohne auf Waylon Rücksicht zu nehmen. Es ist wie selbstverständlich!

Winzige Haare an den Wangen fallen Waylon mit der Zeit auf. Wenn der Maki isst, lässt er Blicke zu. Somit sei geklärt, dass Affen nicht multitaskingfähig sind! Jedenfalls nicht Waylon seiner.

Daran Gefallen findend, nicht mehr allein zu sein, geht es auch ihn gemütstechnisch besser. So vergeht der Vormittag wie im Flug.

Als die Sonne immer höher steigt, wird der *Kleine* unruhiger. Immer öfter entfernt er sich von Waylon. Erst nach ellenlanger Zeit kommt er zurück. Bis plötzlich der Affe einfach im Dschungel verschwindet.

Verdutzt sieht ihm Waylon nach. Wehmütig, könnte man denken. Denn danach, als ihm klar wird, sein Freund kommt nicht wieder, wird er depressiv und freudlos. Traurigen Blicks durchstreift Waylon einsam und ziellos die Umgebung.

Siebzehn

Als es Abend wird hat Waylon sein *Appartement* für die Nacht vorbereitet. Gründlich untersucht auf eventuelle Mitbewohner und für sicher erklärt, sitzt er am geöffneten Fenster. Auf einem Palmwedel Blatt liegen gesammelte Beeren. Für Morgen hat sich Waylon vorgenommen, endlich etwas Fleischiges zu finden. Das Meer sollte davon einiges bieten. Ob es essbar ist, steht auf einem anderen Blatt.

Die Sonne versinkt hinter dem Horizont. Waylon lauscht den Geräuschen da draußen. Gezirpe, Rascheln, das Rauschen der Wellen, vereinzelte Schreie von Möwen und viele nicht identifizierbare Laute bilden eine beruhigende Atmosphäre.

Solch einen Urlaub hat er sich immer vorgestellt. Nur der übertriebene Zeitmangel machte ihm stets einen Strich durch die Rechnung. So kam er für höchstens eine Woche in drei Jahren einmal an überfüllte Strände.

Umso mehr genießt er jetzt. Träumenden Blickes wird ihm wehleidig ums Herz. Soviel ist passiert bis hierher. Wesentliches jedoch blieb – wie so vieles – auf der Strecke.

Waylon schließt die Fensterklappe.

»Genug für heut'.«

Im dunklen tastet er sich zum Bett. Noch lang liegt er mit offenen Augen. Er lässt längst vergessen geglaubte Erinnerungen freien Lauf. Zeit hat er ja jetzt. Keine Termine, kein *Was-weiß-ich-noch-alles*. Waylon schmunzelt. Und mit einem Grinsen schläft er ein.

Mehrmals scharrt es. Waylon schreckt auf. Einen Moment dauert es, bevor er es lokalisieren kann. Dann ist er sicher: Auf der Decke muss ein Tier zu Gange sein.

Da Neumond ist bleibt so gut alles im dunklen. Doch Waylon ist überzeugt davon, alle *Rollos* herab gelassen zu haben. Eindringen dürfte nichts! Dennoch steht er auf und überzeugt sich selbst. Das Türgeflecht klappert; aber nicht so, wie es

Klappern würde, wenn der Wind hinein fährt. Es ist ein Klappern, das einer gewissen Gleichmäßigkeit folgt.

Hätt' ich doch die Kerze parat gelegt ...

Jetzt wird er sie nicht finden; zu unvertraut ist der Unterschlupf. Doch, wie heißt es so schön – probieren geht über Studieren.

Die paar Schritte zur Truhe legt Waylon ohne Hürde zurück. Auch die Truhe selbst ist rasch und nahezu geräuschlos geöffnet. Ganz unten bekommt er eine der Kerzen zu fassen. Für das Feuerzeug hingegen braucht er länger. Damit verbunden verursacht seine Sucherei einen Lärm, der Waylon jedes Mal zucken lässt. Endlich findet er, was er sucht. Das Feuerzeug!

Schnipp!

Blauweiße Funken sprühen. Mehrmals hintereinander. Mehr bekommt Waylon nicht hin. Liegt es daran, dass er vielleicht aufgeregter ist, als zugegeben? Je länger er probiert, umso ungeduldiger wird er.

»Herrgott nochmal«, flucht er leise, aber nicht weniger inbrünstig. »Brenn' endlich!«

Derweil wird das Klappern intensiver. Waylon verharrt. Sich bewusst, einen möglichen Eindringling seine Anwesenheit verraten zu haben, pocht der gesamte Brustkorb unter der Anspannung. Oder ist es doch Angst?

Wirsch schüttelt er den Kopf.

Mit einem zischenden Laut springt der Funke über und eine zehn Zentimeter hohe Flamme erhellt gespenstisch den Raum. Nach und nach wird sie kleiner, bis sie ihre übliche, vorbestimmte Größe erreicht. Waylon beruhigt sich. Wieder mal zeigt es sich, wie wichtig es ist, Ruhe zu bewahren. Innerlich ist er es überhaupt nicht. Schwer atmend wendet er sich der Tür zu. Das Klackern hält an. Er stockt. Noch immer brennt das Feuerzeug, welches inzwischen sehr warm wird. Ohne weitere Überlegungen entzündet er die Kerze, die laut knistern die Flamme übernimmt.

»Jetzt zu dir.«

Waylons Flüstern klingt verschwörerisch. Im Unterbewusstsein quillt Kraft für die Verteidigung. Und bei Gott, er wird sich verteidigen!

Leise knistert der Boden und seinen vorsichtigen Schritten. Er überlegt, ob es vielleicht besser sei, einfach los zu stürmen, die Tür aufreißen und zu brüllen. *Kindisch?!* Warum nicht! Abstruser kann eine Situation nicht sein …

»Also los!«

Äußerst behutsam macht Waylon die Schlinge auf.

»Auf drei! Eins – zwei – drei …«

Wusch!

Ein sehr bekanntes Augenpaar starrt Waylon genauso verdutzt an, wie er selbst drein schaut. Statt des geplanten archaischen Schreis kommt nur ein zaghaftes »Hu« über seine Lippen. Vor dem Geplagten steht sein *Kleiner*, der Mohrenmaki.

Gleich nach dem malerischen Sonnenaufgang gehen Waylon und der Maki an den Strand. Das Äffchen natürlich auf dem bequemeren Wege, nämlich auf Waylons Schulter. Als Waylon jedoch dem Meer recht nahe kommt und sich gefährlich bückt, springt der Kleine herunter, um aus sicherer Entfernung dem Geschehen zu folgen.

Als zivilisiertes Mitglied einer nicht ortsansässigen Gemeinschaft nimmt Waylon erst einmal ein ausgiebiges Vollbad. Schweiß und Staub abspülend, schielt er beflissen hinüber an den Sandstrand.

»Bist also wasserscheu«, ruft er neckisch. »Du weißt gar nicht, was dir entgeht.«

Kräftig ausholend und mit großen Zügen schwimmt er einige hundert Meter, ehe er erfrischt aus dem Wasser geht. Als er dem Maki recht nah ist, kann er einer Spritzattacke auf diesen nicht widerstehen. Gackernd schimpfend flüchtet das Äffchen auf die nächstbeste Palme.

Lauwarm die Brise an diesem Morgen. Seitdem Waylon hier *gestrandet* ist, fühlt er eine gewisse Aufbruchstimmung. Wohin ihn das führen wird, erahnt er noch nicht einmal im Ansatz. Dennoch weiß er, es geht bergauf.

Während er umherwandert, sammelt er einige Muscheln, von denen er der Meinung ist, sie seien essbar. Zehn Minuten entfernt vom Baumhaus gibt es eine seichte Bucht, deren Zufluss Waylon ausfüllt. Im nicht einmal knöcheltiefen Wasser, gelingt es ihm einen mittelgroßen Fisch in die Enge zu treiben, dass er diesen leicht ergreifen kann.

Waylon schreit seine Freude darüber überglücklich heraus. Der Maki, der (in sicherer Entfernung zum Meer versteht sich) auf gleicher Höhe das Treiben neugierig beäugt, klettert erschrocken noch ein Stück die Palme höher. Wild pocht vor Aufregung sein kleines Herz.

Endlich wieder, nach langer Entbehrung, ein ausgesprochenes Festmahl! Muss nur noch ein Feuer gemacht werden.

Zwei Stunden später weht ein brutzelnder Duft frisch zubereitenden Essens die Luft. Auch der Maki sitzt unweit und stibitzt sich ein Häppchen. Der Fisch wird bis auf die Gräten weggeputzt. Kein Verlangen nach Salz und Pfeffer. *Köstlich!*

Der Verdauungsspaziergang mit dem Maki nutzt Waylon ausgiebig den Durst zu stillen. Unterdessen frischt der Wind auf, dicke graue Wolken vor sich hertreibend.

»Scheint gleich ein Gewitter zu geben.«

Der Maki lässt ein Gaggern als Antwort ertönen.

»Lass uns heim gehen.«

Das Äffchen springt zutraulich auf Waylons Schulter. Auf der Pinie angekommen, zieht Waylon vorsorglich die Flechtleiter ein. Im Inneren schließt er bis aufs Fenster alle Öffnungen, die ausgeklügelt für die richtige Belüftung sorgen. Dann setzen sich beide auf die Pritsche.

Kein Quäntchen zu früh. Ein Donner grollt in der Ferne. Kaum verhallt das Echo, setzt Platzregen ein. Windböen lassen das geflochtene Bauwerk vibrieren. Knarrend reiben die

Stämme aneinander, die der Behausung als Decke dienen. Manche Bö erfasst den ganzen Baum, lässt ihn hin und her wiegen, dass es Mensch und Tier sichtlich Angst und bange wird. All widrigen Umständen zum Trotz hält alles. Wäre ja auch ein Wunder, das ausgerechnet, wenn Waylon darin wohnt, es zerstört werden würde. Sicherheitshalber schließt er das Fenster. In der halbdunklen Atmosphäre wirkt das Gewitter dagegen doch etwas unheimlich.

»Die Decke muss ich ändern. Das ist ja fürchterlich, dieses Knarzen. Nimmt einen die letzte Ruhe.«

Bei genauerem Hinsehen bemerkt Waylon einige lose Stämme, die dafür ursächlich in Betracht kommen könnten.

»Ans Werk, Way!«

Richtig. Genau über dem Fußende des Bettes liegen die Stämme so lose auf, dass sie ganz leicht verschoben werden können. Die Zwischenräume sind gegenüber den anderen viel größer. Als Waylon die Finger in einen der Spalten schiebt, hebt er gleich den gesamten Stamm an, der – aus der Lage befreit – vollends herausspringt und quer obenauf zum Liegen kommt.

»Mist«, entfährt es ihm.

Jeglicher Versuch, den Stamm zu ergreifen, scheitert bereits im Ansatz. Stattdessen hebt er einen weiteren Balken aus.

»Mensch! So ein *Shit*!«

Genervt hebt er den Dritten und Vierten ebenfalls an, legt sie einigermaßen nebeneinander, sodass sie während des Sturmes nicht herunter rollen können. der breite Spalt wirkt bedrohlich.

»Kann denn nicht ein einziges Mal etwas glatt gehen! Mann!« Das letzte Wort Betont er besonders wütend.

Aus dem Stand springt der Affe, der mit besonderer Aufmerksamkeit Waylon zuschaut, in die Lücke.

»Was machst du denn da!«, ruft er verärgert.

Dessen ungeachtet, verschwindet der Maki scheinbar im Nichts. Waylon bleibt nichts anderes übrig, als nachzusehen.

Selbst hier oben ist vom Wind nicht viel mehr spürbar als unten. Und erneut traut Waylon kaum dem, was er sieht ... Eine zweite Etage! Genau wie der untere Bereich geflochten, nur weniger genauer gearbeitet und das Blätterdach des Baumes als Abschluss. Und kleiner. Trotzdem kann er ein *Wow* sich nicht verkneifen.

Er holt die Kerze, entzündet sie, um einen Überblick zu bekommen. Gleich neben der Öffnung liegt ein dickerer Ast mit auffälligen Astansätzen. Interessiert nimmt Waylon ihn an sich. Das Stück Holz ist etwas länger, als der untere Raum hoch, und passt perfekt in die eingelassene Aussparung der Decke sowie einem Loch im Boden. Fest im Stand dienen die Astfortsätze als Stufen, was Waylon wiederum staunen lässt. Mit der Kerze in der einen, an der Leiter die andere Hand, erklimmt er recht komfortabel das obere Stockwerk.

Der Maki hat bereits einen Platz gefunden. Stolz sitzt er im Geäst, sieht erwartungsvoll auf Waylon.

»Hier bist du ja.«

Das Äffchen nimmt Maß und springt.

»Wollen wir doch mal sehen, was es hier so gibt.«

Sich um Waylons Hals schmiegend empfängt der Maki erste zarte menschliche Liebkosungen, die er wiederum dankend annimmt.

Im Schein der Kerze wird ein Regal sichtbar mit diversen Sachen. Abermals staunt Waylon.

»Was haben wir denn da ...«

Zwei Felle liegen darin. Der Fund ist wie eine Morgendämmerung. Vielleicht lassen die sich ja umfunktionieren! Er packt sie und lässt beide hinunter in die Hauptetage fallen.

Blitze zucken, tauchen alles in gespenstisches Licht. Noch immer regnet es nicht. Daheim würde er so schnell wie möglich nach Hause gehen. Was, wenn der Blitz in den Baum einschlägt? Erschrocken darüber löscht Waylon die Kerze. So sicher wie geglaubt, darf er sich nicht fühlen. Nachdem nur die Blitze die zwielichtige Atmosphäre beleuchten, sieht er, dass die eine Seitenwand nur etwa brusthoch ist. Waylon beugt sich darüber. Ein weiteres Versteck inmitten des an dieser Stelle ausgehölten Baumes. Wahllos greift er nach etwas, was sich als hölzernes Trinkgefäß entpuppt.

»Sieh mal einer an.«

Zwischen diversen Gegenständen, deren Bestimmung nicht unbedingt sofort erkennbar ist, findet Waylon einen mit Holzstaub überdeckten Stoffbeutel. Das Gewebe ist löchrig. Für dessen Größe erweist sich der Inhalt als ungewöhnlich schwer. Er stutzt. Mit beiden Händen zugreifend, hebt er den Fund herüber.

Fürs erste genug gesehen und gestaunt, zieht er es vor, bei Tageslicht weiter zu forschen. Soviel Zeit muss sein, auch wenn Waylon am liebsten sofort alles auf den Kopf gestellt hätte. Doch erstens sieht er nicht viel und zweitens muss er jetzt wissen, was der Soff verbirgt.

Übertrieben bedächtig steigt er hinab, verzichtet aber darauf, die entstandene Luke sorgfältig zu verschließen. Schließlich will er baldmöglichst noch einmal hoch, und von oben droht keine Gefahr.

Auf der Pritsche sitzend sehen, im flackernden Kerzenlicht, Waylon und der Maki gleichermaßen neugierig auf den Beutel.

»Wollen wir?« Diesmal kuckt das Äffchen nur mit kreisrunden Augen auf ihn.

»Okay.«

Aufgeregt schält er eine Lage des Stoffes nach der anderen ab. Es muss ein länglicher Gegenstand sein, der Form nach. Spürbar schneller wird Waylons Herzschlag. Völlig im Jagdfieber ringt er um Fassung.

Noch eine Lage trennt ihn vom Inhalt. Ein Kribbeln durchdringt seinen Körper. Irritiert hält er inne. Selbst der Maki scheint etwas gespürt zu haben. Erstaunte Blicke treffen sich, halten einen Moment inne, ehe Waylon sich entschließt, den Gegenstand doch freizulegen. Kaum ist der Stoff entfernt, schlägt ihnen blaues Licht entgegen.

»Ein Kristall!«

Kaum ausgesprochen klettert der Maki Schutz suchend auf Waylons Schulter.

»Keine Angst, Kleiner. Ich kenne so was. Hab daheim einen gefu ...« Er verstummt. Der Kristall! Dieser hier ähnelt dem, den er unter dem Baum gefunden hatte. Halt, ein Unterschied sticht hervor: Das Ende bei dem hier ist exakt rund!

Die Ähnlichkeit ist verblüffend. Genau wie der andere kommt das Licht leicht pulsierend aus dem Inneren des Kristalles. Waylon glaubt schon, davon eingesogen zu werden. Intensiv und doch beruhigend. Die Zeit scheint still zu stehen. Ohne dass er etwas entgegen setzen kann, berührt er den Kristall. Ist das Kribbeln bisher oberflächlich, wird es nun lebendiger, ja irgendwie leidenschaftlicher. Dann erlischt das Licht, wobei auf der Netzhaut von Waylons Augen ein greller Punkt nach glimmt. Völlige Ruhe herrscht. Schemenhaft sind vereinzelt verwaschene Konturen erkennbar. Nichts Greifbares.

Kurz darauf durchfließt etwas den Körper, was dem am nächsten kommt, wenn man einen Stromschlag bekommt. Waylon will zurück weichen. Doch etwas hält ihn davon ab. Plötzlich wird es ihm schwindelig. Stöhnend triftet er ab in die Bewusstlosigkeit.

Achtzehn

Im Strudel gefangen, der immerzu in die Tiefe führt, kann Waylon schwer entrinnen. Jede Kraftanstrengung scheint vergebens. Mal fühlt es sich an, als schwanke das Schiff extrem, ein anders Mal drückt schwere Last auf die Brust. Übelkeit kommt und geht. Die Welt rotiert ohne Ende. Und mitten drin Waylon, der diesem Treiben völlig hilflos ausgeliefert ist.

Wie betäubt öffnet er die Lider. Ihm ist kalt – eiskalt. Der Blick getrübt, bekommt er von der Umwelt nichts mit. In den Ohren rauscht das Meer; nein, eher hört es sich wie eine heftige Brandung an. Ungehörig dieser Kopfschmerz! Hat er etwa gestern Abend zu viel getrunken? Aber einen Kater von reinem Wasser zu bekommen, hat er noch nicht gehört.

Er lächelt.

Au!

Nicht einmal Lachen ist ohne Schmerzen möglich. Ist vielleicht die Pinie durch den Sturm beschädigt worden? Oder hat der Blitz doch eingeschlagen? Er hat es gewusst! Meide jeden Baum bei Gewitter! Oh Mann!

Waylon erkennt trotz offenen Augen nichts. Er weiß, dass er sie auf hat. Oh mein Gott! Etwas Schreckliches muss geschehen sein. *Ich bin begraben!* Also doch der Sturm ...

Nun konzentriert er sich auf das Naheliegende, den Körperfunktionen. Linker großer Zeh – geht. Ebenso der rechte. Auch Hände und Arme nimmt er bewusst wahr. Okay! Soweit gut. *Warum aber seh ich nichts?*

Die Nacht! Logisch. Dann ist es in diesen Breiten besonders finster. Yep! So muss es sein. Einfach noch ein bisschen schlafen. Der Kleine wird schon aufpassen und Alarm schlagen, wenn was ist. – Genau. – Schlafen. – Nur schlafen ...

Ungewohnter Radau schmerzt in Waylons Ohren. Nicht einmal ausschlafen ist mehr möglich! Träge wechselt er die Seite. Doch der Krach will nicht vergehen. Er blinzelt. Im Raum ist es taghell. Befremdet setzt er sich im Bett auf. Neben ihm liegt der Kristall. Das an- und abschwellende Leuchten ist verschwunden. Er liegt einfach nur so da, wo er ihn hingelegt hatte. Nicht ganz, wie Waylon sogleich feststellen muss. Denn das Bett hat ein Laken. Purpurrot und samtig. Dann fällt sein Blick auf das Kissen.

»Ich bin in meinem Bett!«

Rasch steht er auf. Geht ins Bad. Ja, das ist sein Zuhause! Alles war nur ein Traum! Ein blöder Traum! Erleichtert schlüpft er aus dem Slip, geht in die Dusche. Wie wundervoll es doch ist, vom warmen Wasser berieselt zu werden. Lang räkelt er sich unter der Brause.

Anschließend kleidet er sich ein. Die alte Hose wandert in den Wäschekorb. Frischer Toast, ein paar Scheiben Wurst, Marmelade und zwei Eier landen in Waylons Magen.

»So ein Traum kann schon schlauchen«, murmelt er. »Aber eben nur ein Traum ...«

Nach dem herzhaften Frühstück geht er ins Schlafzimmer. Der Kristall liegt noch immer an Ort und Stelle. Er belässt ihn auf dem Bett. Beim Hinausgehen jedoch kommt ihm etwas merkwürdig vor. *Hier stimmt was nicht! Oder bin ich paranoid?* Mit den Augen den Kristall fixierend geht er näher. Ist doch in Ordnung. Aber ... Moment mal ... Was ist denn d...

»Der Stoff ...«, flüstert Waylon. Er schwankt zwischen einem archaischen Schrei oder Ohnmacht. Die Entscheidung treffen die Knie, die einfach so weg knicken. In letzter Sekunde fängt er sich ab. Kommt mit dem Kopf kurz über der Matratze zum Stillstand. Betroffen sieht er auf den Kristall.

Ohne Zweifel, es ist der Kristall, den er im oberen Stock gefunden hatte. Doch wie kommt der hierher? Rechts auf dem Nachttisch liegt der erste Kristall. Ihm wird schlecht. Würgend rennt er zur Toilette.

Gleich ist es Mittag. Waylon sitzt im Wohnzimmer, beide Kristalle vor sich auf dem Tisch. Mehr als eine Stunde sitzt er da.

Er begreift die Welt nicht mehr. Wie ist das möglich, dass er über Nacht zwei der Kristalle vorfindet? Es hieße ja, dass die letzten Traumerlebnisse real waren! So fühlten sie sich ja auch an. Dennoch kann er es nicht wahrhaben. Wenn diese Geschichte jemand hört, schüttelt der Zuhörer energisch mit dem Kopf. Stempelt Waylon als Spinner ab! Nein! Logisch ist es nicht erklärbar!

Innerlich zerrissen und am Verstand zweifelnd vergeht eine weitere Stunde. Eigentlich ist nichts Schlimmes passiert. Außer vielleicht, dass er auf seine alten Tage schlafwandelt, oder völlig geistig vergreist.

Abwesend im Geiste, geht die Tür einen Spalt auf. Das wohl bekannte Augenpaar schielt in den Raum. Jede ach so winzige Ecke im Haus untersuchend, schleicht er Samt-Pfoten-gleich von Raum zu Raum. Der Maki wurde viel früher wach. Alles rütteln und wehleiden half nicht, um Waylon zu wecken. Deshalb machte er sich auf den Weg, um neues Terrain zu erkunden.

Zuerst ging es, naturgemäß, nach oben. Eine Treppe führte bis an eine verschlossene Tür. Schnüffeln allein nützt nichts, also retour.

In der Küche findet der Maki eine Tüte voll Nüsse. Daran knabbernd verlässt er diese wieder. Jeder Raum und jeder Winkel wird ausgiebig inspiziert. So kommt er ins Wohnzimmer, indem Waylon gerade nachdenkt.

Ohne einen Laut tapst das Äffchen zu ihm. Unter dem Stuhl hält es still. Auch dem Maki ist die Anwesenheit der Kristalle nicht entgangen. Dies hält davon ab, auf geradem Wege auf Waylons Schulter zu springen. Von den Kristallen geht eine – im Augenblick zwar weniger – enorm spürbare Energie aus. Unbekanntes wird im Dschungel erst gemieden. Eine alte Weisheit der Wildnis. Wäre da nicht dieser Zweibeiner, zu den er sich hingezogen fühlt, als habe das Schicksal mit beiden etwas ganz bestimmtes vor, würde er die Nähe zu den Kristallen tunlichst meiden.

Waylon murmelt unverständliches Zeug. Es hört sich eigenartig bedrohlich an. Starr ist sein Blick auf die Kristalle gerichtet.

Während er sich voll darin ergibt, zupft der Maki an seinem Hosenbein. Null Reaktion. Ununterbrochen wird Waylon gestupst, gestoßen, beschnüffelt. Der Maki reckt sich sogar am Bein empor, sodass sein kleines Näschen als schwarzer Punkt direkt am Knie sichtbar ist. Mit kugelrunden, flehenden Augen beobachtet das Tier Waylons Starre. Kurzerhand springt er zögernd auf den Oberschenkel, verharrt dort in der Bewegung, da er die Regung des Menschen nicht einzuschätzen vermag. Im Anschluss geht er weiter auf Tuchfühlung. Exakt neben Waylons Kopf hält der Maki inne. Quietschende Laute erzeugend, möchte er Waylon seine Anwesenheit kundtun. Doch alle Bemühungen fruchten nicht. So hilft nur eines …

Sich erinnernd, wie der Zweibeiner reagiert, wenn er auf dessen Schulter sitzt und sich festklammert, nimmt er Anlauf. In einem Satz kommt er daraufhin auf der Schulter auf, rutscht aber ein bisschen ab. Und umschlingt Waylons Hals.

Aus dem Nichts aus den Gedanken gerissen zu werden, hat meist einen ungeheuren Schreck zur Folge. Im Bruchteil einer Sekunde merkt Waylon die schnelle Bewegung neben sich aus dem Augenwinkel. Als auch noch eine Berührung ihn trifft, glaubt er, sein Herz bleibe stehen. Im Zurückzucken verliert er die Koordination und rutscht plump vom Stuhl, stößt sich – schwer am Boden aufschlagend – den Kopf. Sterne wirbeln, vollführen einen wild chaotischen Tanz. Das Steißbein wummert. Schmerzen durchdringen den Körper. Hinzu japst Waylon hektisch nach Luft.

Für den Maki kommt diese panische Reaktion aus heiterem Himmel. Schreiend sucht er Deckung unter dem Stuhl. Beide sehen sich beklommen in die Augen …

Neunzehn

Unerklärbare Dinge werden meist als Märchen, Fantasien oder viel Schlimmeres abgetan. Kein Mensch wird sie jemals aus freien Stücken zugeben. Öffentlich sowie so nicht, vielleicht austauschen mit Gleichgesinnten. Widerfährt einem eine derart geartete Situation, will man sie selbst kaum glauben. Ein Ergebnis von gesellschaftlichem Umgang. Scharlatanen werden bei solchen dargelegten Anliegen Tür und Tor geöffnet. Es ist die Rede von parallelen Universen, fremder Sphären und anderen, weit her geholten Erklärungsversuchen.

Nun – die Lage ist für Waylon nicht einfacher. Science Fiction, Fantasy sind einfach Buchgenres. Die haben mit der Wirklichkeit nichts zu tun. Sind einfach für die Unterhaltung bestimmt. Gut gegen Böse. Perfekt. Und das Gute gewinnt meistens. Das allgegenwärtige Denken unterscheidet gerade mal zwischen schwarz und weiß.

An diesen Punkt stehen auch Waylon und der Maki. Immer wieder schaut er das Äffchen kopfschüttelnd an, da er immer noch nicht dessen auftauchen begreift. Es muss mit dem Kristall zu tun haben, da ist er sich sicher. Nur wie kann das sein? Wie soll es funktionieren? Diesbezügliche Berichte gibt es nicht. Jedenfalls keine offizielle. Das Netz ist voll von ähnlichen Texten, die stets das Thema ins lächerliche ziehen. Allenfalls taugen sie für mittelmäßige Romanvorlagen. Aber nicht mehr.

›Vielleicht muss ich das Pferd von hinten aufzäumen?‹

Eine Idee keimt. Im dichten Nebel werden langsam Schemen deutlich, die immerzu im Wandel sind. Allein der Hauch einer Idee reißt ihn aus lethargischem Gleichmut.

Niemals hätte er sich als Versuchskaninchen hergegeben. Etwaige Experimente an Lebewesen, gleich welcher Art, sind ihm suspekt, haben einen faulen Nachgeschmack. Jetzt grübelt er selbst über ein *Experiment* nach, dessen Ausgang sehr fraglich ist. Ohne notwendige Kenntnisse steht das Ergebnis auf »Messers Schneide«, wie man so schön sagt. Ein Risiko besteht, auch wenn es nicht auf Anhieb erkennbar ist. Dafür winken neue Erkenntnisse, die nirgends dokumentiert sind.

Waylon hat die Struktur des Planes im Kopf. Seit langem endlich wieder eine Aufgabe, der er sich mit Herzblut verschreiben kann! Wie ausgewechselt sein Ego. Er betritt Neuland, von der eigenen Warte aus betrachtet. Enthusiastisch geht er ans Werk. Um wenigstens den Schein wissenschaftlicher Arbeit zu wahren, holt er die Digitalkamera. Etliche Bilder werden auf Chip gebannt. Von allen Seiten lichtet Waylon die Kristalle ab. Erst getrennt voneinander, anschließend zusammen. Um kein weiteres Risiko einzugehen, vermeidet er den körperlichen Kontakt. Sollten sie zerstört werden, wollte er wenigstens Beweise haben.

Es folgen unzählige Makroaufnahmen. In der Vergrößerung erhofft er sich, weitere Details zu entdecken, die bisher verborgen blieben.

Akribisch werden Datum, die genaue Zeit, der Ort – einschließlich Längen- und Breitengrad – notiert. Bis zum Abend ist ein Bericht verfasst, der die Ereignisse grob umreißt. Es folgen eine Reihe von Notizen, die als Gedankenstütze – wie er glaubt – festgehalten werden müssen. Nur nichts vergessen! Jetzt ist alles noch frisch und greifbar.

Inzwischen ist es Abend geworden. Schon seit längerem fällt ihm nichts weiter Nennenswertes ein. Waylon nutzt die Pause zum Essen. Auch der Mohrenmaki bekommt seine Häppchen, wobei Waylon immer noch unklar ist, was das Äffchen überhaupt frisst. Doch das Tier ist nicht wählerisch und nascht aus Neugier beinahe alles. Was es nicht mag, fällt einfach auf den Boden. Im Stillen hofft Waylon, dass sein kleiner Freund, angesichts der Größe, eh nicht viel essen kann.

Die Nacht über schlafen beide tief und fest. Achtsam hat Waylon die Kristalle im Wohnzimmer belassen und abgedeckt. Er wollte sicherstellen, nicht erneut ungewollt in etwas *hinein-*

gezogen werden. Während des Schlafes regeneriert sich der Körper, das Gehirn selektiert aus, wichtiges von weniger wichtigen getrennt. Dies sollte reichen, um am nächsten Morgen weitestgehend unvoreingenommen mit dem Experiment zu beginnen.

Frühstück? Fehlanzeige! Ein Pott Kaffee genügt. Er fühlt sich frisch und ungewohnt motiviert. er strotzt regelrecht vor Kraft. Gleich nach dem Sonnenaufgang duschte Waylon sich – und zwar kalt. Alle Muskeln spürend, empfand er es als Wohltat. Vor ein paar Tagen hätte er geprustet und wär in den samtenen Bademantel geflüchtet. Jetzt dagegen rennt er nackt durch die Wohnung, genießt die Frische auf der Haut.

Der kleine Maki ist auch beschäftigt; beinahe scheint es, sie arbeiten Hand in Hand. Er hält mehrere Notizblätter fest und ›bewacht‹ die Kristalle. Alles in allem herrscht allgemeine Aufbruchsstimmung.

»Es ist soweit. Bereit?«

Ein scheinbar bestätigender Blick aus aufgeweckten kugelrunden Augen ist die Antwort.

Zaghaft ergreift Waylon einen der Kristalle. Erwartet wird ein elektrischer Schlag, der jedoch ausbleibt. Kurz legt er die ganze Handfläche auf, um sie sofort wieder zurück zu ziehen. Wieder bleibt aus, was gedacht.

»Komisch«, sagt Waylon mehr zu sich selbst. »Hat der vielleicht nichts mit zu tun?«

Schon befürchtet er, alles sei vergebens. Hat er vielleicht doch nur geträumt? Dagegen spricht des Affen Anwesenheit! Wie sollte dieser hier ins Haus gekommen sein? In der tiefsten Erinnerung sucht er vergebens nach Antworten. Enttäuscht lehnt er sich zurück.

»Ich hab mich geirrt.« So muss es sein! Einbildung als Ergebnis unverständlicher Sachverhalte. Wiederholt fasst er den Kristall an. Diesmal länger. Mit geschlossenen Augen umschließen die Finger ihn sogar. Waylon zählt bis zehn, öffnet die Augen.

»Nun sag du doch auch mal was dazu, *mein* Kleiner!«

Hat der Maki bis eben noch interessiert zugeschaut, dreht er den Kopf zum Fenster.

»Was soll das denn jetzt? Du bist genauso betroffen. Also geht es dich etwas an, und ich will, dass du dir Gedanken machst!«

Dieses *Flipper*-Geräusch klingt nach Entschuldigung, welches das Äffchen hervorstößt. Nach dem Motto ›Ich weiß doch nix‹. Irgendwie bringt es Waylon auf die Palme. Bei diesem Begriff jedoch stutzt er. Sofort ist ihm klar, wie wenig die letzten Tage auswärts ein Traum waren.

»'tschuljung. Bin bisschen nervös oder so …«

Der Mohrenmaki sieht ihn mit verstehendem Blick in die Augen. Vermutlich erblickt er darin Waylons wahre Aufwühlung, denn er klettert auf die Schulter und schmiegt sich an.

»Hast ja Recht.« Waylons Stimme klingt einfühlsam zart. »Wir Menschen sind schon ein bisschen *gaga*. Wollen alles wissen, erklären. Kommen wir nicht weiter, dann sind wir enttäuscht und benehmen uns recht seltsam.«

Geräuschvoll atmet Waylon ein. Ungekannte Traurigkeit nagt an der Seele. Er könnte heulen! Ja, er ist traurig. Angesichts fehlender Einfälle, stürzt das Häufchen von Hoffnung ein. Betrübt sieht er auf den Kristall.

Moment!

Das ist doch der, den er mit brachte. Was wäre, wenn einer ›hinaus‹ und der andere, also der Erstgefundene, ›hinein‹ führt? Dann müsste der Zweite immer am Mann getragen werden!

Waylon wickelt den besagten Kristall ein und steckt diesen in seine Hemdtasche.

»Pass auf«, flüstert er. »Halt dich gut fest!«

Sobald Waylon die Hand ausstreckt, spürt er bereits erwähntes Kribbeln bis in die Zehenspitzen fließen. Erschrocken nimmt er sie zurück. Er fühlt wie das Kribbeln verebbt. Mehrmals wiederholt Waylon die Prozedur. Je weniger Abstand zum Kristall, umso heftiger dieses *Elektrisieren*. Auch der Maki scheint dies zu spüren. Denn immer, wenn es kribbelt, umschlingt er stärker Waylons Hals.

»Das ist die Lösung. Was meinst? Wollen wir?«

Aufmunternd nickt Waylon seinem kleinen Freund zu.

»Die ›Reise‹ kann beginnen …«

Zehn Zentimeter trennen Hand und Kristall voneinander. Unerwartet leuchtet der schwach.

›Jetzt oder nie!‹

Waylon presst die Augen zusammen. Er nimmt nur am Rande wahr, wie heftig der Maki zittert – unerwartet heftig trifft ihn das ›elektrische‹ Kribbeln (eine bessere Beschreibung fällt Waylon nicht ein).

Überall sattes Grün. Exotische Blüten verströmen einen für Stadtnasen eigenartig, fremden Geruch. Vereinzelt stehen Palmen auf der Ebene. Von einer der Palmen kommt der Schrei eines Kakadus. Von der Ebene aus führt ein leicht abfallender Abhang hinunter, an dessen Fuß reiner weißer Sand mündet. Unzählige Muschelfragmente sind vom Meer angespült worden. Am Übergang vom Sand zum Wasser liegen dünne Streifen Meeresalgen. In der Nacht musste es weit draußen einen Sturm gegeben haben.

Nachdem das Gefühl durchfließender Energie vergeht und er klarer sehen kann, denkt er: »Das kenn ich doch!« Ein Déjà-vu?

Geplättet steht Waylon inmitten des Strandes. Er fühlt sich – wieder einmal – in Trance versetzt. Alles sehen, jedoch kaum begreifen. Er atmet würzige Meeresluft. Hört das Rauschen des Wassers, spürt den Wind. Auf der Haut fühlt er die Sonne. Die Fußsohlen haben Kontakt mit dem Sand. Tropische Wärme umfließt ihn. In der Nähe kreisen Möwen.

Waylon schaut nach dem Maki. Außer winzigen Fußstapfen im Sand ist nichts von dem Äffchen zu sehen.

Endlose Minuten vergehen. Im Hirn herrscht vorrangig Leere, die es gilt, aufzufüllen. Langsam dringen Erinnerungsfetzen an die Oberfläche, die wie Klippen aus dieser Leere herausragen. Mahnend und aufrüttelnd zugleich. Einige Schritte geht Waylon auf das Meer zu. Da macht er eine weitere Entdeckung. Betroffen bleibt er stehen. Im Sand sind tiefe Fußspuren von jemand hinterlassen worden.

»Hallo! Ist da wer?!«

Der Ruf verhallt unbeantwortet. Die Spuren stammen von einem Menschen, der keine Schuhe trägt. Gedankenverloren schaut er auf seine Füße. Er trägt Schuhe, Hose und ein Hemd, aus dessen Brusttasche ein alter Stofffetzen hängt.

»Was zum Teufel ...«

Überrascht nimmt er das kleine Päckchen heraus. Seltsam vertraute Bilder erscheinen blitzartig am geistigen Horizont. Waylon wird übel. Ein Schwindelanfall lässt den Mittsechziger straucheln. Mit weichen Knien kann er sich nur mühsam auf den Beinen halten. Ihm bleibt nichts anderes übrig, als inmitten des Sandes Platz zu nehmen.

Weitere Minuten verstreichen. Das ungeöffnete Päckchen in der Hand denkt er nach. Versucht die geistigen Bilder einzuordnen. Waylon kommt die Gegend bekannt vor, auch wenn er vergeblich in der Erinnerung kramt. Irgendetwas sagt ihm, dass er es sogar wollte, hierher zu kommen.

Von weitem beobachtet der Mohrenmaki Waylons Treiben. Genauso verdutzt wie der Mensch, muss auch er sich erst mal sammeln. Einen Vorteil jedenfalls hat der Maki: Er ist hier zuhause.

Dunkel kommen die Ereignisse wieder. Waylons krampfhaftes Bemühen zahlt sich aus. Wenn das stimmt, dann sind das die eigenen Fußspuren, die er hinterlassen hatte. Die kleineren stammen dann vom Maki. Alles schön und gut. Doch wo steckt der Kleine jetzt?

›Der wird schon auftauchen.‹

Weitere Überlegungen schiebt Waylon beiseite. Vielmehr interessiert ihn brennend, ob das Baumhaus dort ist. Vage kann er die Richtung bestimmen und läuft los. Alles Mögliche schießt ihn in den Sinn. Wie ein Buch, welches schnell durchblättert wird und man nur einzelne Bilder etwas eingehender betrachtet. Ausladende Schritte bringen eben nicht nur den Kreislauf in Schwung.

Waylon schmunzelt. Allem Anschein nach hat er einen Weg entdeckt, den bisher niemand kennt. Außer der Erbauer dieses *Flecht-Apartments*. Welcher Sinn dahinter steckt muss erst noch herausgefunden werden. Guter Dinge das Geheimnis zu lüften erreicht Waylon die Pinie.

»Als wär ich nie weg gewesen«, stellt er fest. Sogar die Flechtleiter scheint unberührt. Das gleiche Gefühl, wie das erste Mal, als er an dieser Stelle stand, erfüllt ihn.

»Was für 'ne Arbeit das bedeutet haben muss.«

Geschmeidig gelingt ihm der Aufstieg. Skeptisch wirft Waylon einen Blick durch die offene Tür. Niemand da! Im Inneren schlägt ihm schwüle Luft entgegen. Es muss sehr warm gewesen sein, dem Luft Stau nach. Unter Waylons Achseln wird der Schweißfleck immer größer, und auch im Brustbereich klebt das Hemd.

Nachdem er die Fensterpalisade entfernt hat, zieht er Hemd und Hose aus.

»So ist's besser«, schnauft er.

Nichts hat sich geändert. Alles steht am gleichen Platz. Sogar die vier ausgehängten Deckenpfosten liegen genauso da, wie von Waylon hinterlassen. Beruhigt darüber entspannt er.

Schmunzelnd über seinen ersten Aufenthalt nimmt Waylon das kleine Büchlein in die Hand. Die Schrift ist sauber und gleichmäßig. So eine, wie von einer Frau. Weiter hinten findet Waylon eine Änderung vor. Plötzlich wird die Schrift krakelig und verschmiert. Klein- und Großbuchstaben sind identisch in der Größe. Entziffern geht ohne Brille nicht – zu kurz der Arm.

Waylon legt das Buch auf die Seite; wird es aber mit nach Hause nehmen. Dort, so sein Gedanke, hat er mehr Zeit und die nötige Ruhe. Jetzt will er viel lieber das ›obere Stockwerk‹ untersuchen. Dort herrscht vorrangig Zwielicht, obwohl es draußen Tag ist. Nach ein paar Minuten kann er einige Einzelheiten erkennen.

Da steht ein Schemel, genauso gearbeitet wie alles hier. Eine dicke Staubschicht überzieht die Sitzfläche. Daneben steht ein ebenso gefertigter Bogen, allerdings fehlt die Sehne. Etliche Rohlinge liegen am Boden, die wahrscheinlich als Pfeile dienen sollten.

In der Baumaushöhlung sind Gefäße gestapelt. Eines davon hat er letztens mit nach unten genommen. Inmitten der Schalen ragt ein ähnlicher Stoff hervor, in den auch der Kristall eingewickelt gewesen ist. Als Waylon an ihn zieht reißt ein Stück Fetzen ab und er verliert fast das Gleichgewicht.

»Langsam, alter Junge. Wär beinah schief gegangen.«

Alles ziehen hilft nicht, der Stoff lässt sich nicht anheben.

»Was da wohl drin ist …«

Das Jagdfieber erfasst Waylon. Nur zu gern möchte – nein *will* er wissen, was hier verborgen liegt. Ein Gefäß nach dem anderen nimmt er heraus, legt sie auf den Boden. Zählt er sie anfangs noch, gibt er es jedoch bald auf.

»Das müssen mehrere Dutzend sein«, stellt er überrascht fest. Und in der Aushöhlung liegen nochmal so viele.

Er braucht lange, Waylon meint eine knappe Stunde, bis alle auf dem Boden verteilt liegen. Neben Schalen in jeglicher Größe und Form, sind etliche Platten, Tassen und Schüsseln darunter. Jedes Teil ein Meisterwerk für sich. Die Mehrheit wurde aus Bambusholz geschnitzt. Ganz unten im Baum, etwa in zwei Meter Tiefe, liegen weitere Teile, dessen Sinn Waylon noch verborgen bleiben. Dafür müsste er hinab steigen. Da der Stoff, der sich als Sack entpuppt, frei liegt, hält er es nicht für sinnvoll, alles herauszuholen. Jedenfalls jetzt nicht. Er fasst fest zu und zieht.

»Was ist denn da drin!«

Stöhnend und alle Kraft aufbringend, kann Waylon den Sack gerade einmal wenige Zentimeter anheben.

»Das gibt's doch nicht! Ist da Blei drin?«

Der Sack ist oben mit einer feinen Kordel zugeschnürt. Auch hier lässt er Nerven. Angespornt vom inneren Drang, endlich den Inhalt zu sehen, muss Waylon vorläufig kapitulieren.

»Was scharfes wär nicht schlecht«, sagt er laut. »So was wie 'n Messer …«

Messer! Das ist es! Irgendwo hatte er doch einen Dolch gefunden. Eilig geht er den Treppenstamm hinunter. Genau! ›Da war doch der Dolch in der Truhe.‹ Vergeblich kramt Waylon in der Truhe. Kein Dolch! Zerknirscht hält er inne, versucht sich zu erinnern. In jeder Ecke, jeder Fläche die er daraufhin mit den Augen absucht, glaubt er den Dolch zu sehen. Es ist zum Verrücktwerden! Angespannt und genervt schließt Waylon wütend die Truhe und setzt sich schwer auf ihr.

›Ruhig Brauner. Denk nach. Wo ist das verflixte Ding. Ich bin doch nicht blöd …‹

Den Kopf auf die verschränkten Hände stützend, suchen seine Augen gehetzt weiter den Raum ab, bleiben am dusteren Bereich unter der Pritsche hängen.

Schlagartig weiß er, wo er suchen muss!

»Du kleiner Strolch«, presst er über die Lippen. »Du hast ihn mir stehlen wollen.«

Auf die Knie sich niederlassend und mit den Händen abstützend, nimmt Waylon den Boden unter der Schlafstätte unter die Lupe. Er muss nicht lange suchen. Ganz hinten an der Flechtwand glitzert es metallisch. Erleichtert erfasst er die alte Waffe.

»Da bist du ja. – Und ich bin doch nicht blöd!«

Gleich darauf und abgehetzt schneidet Waylon die Kordel auf. Etwas zittrig vor Aufregung öffnet er den Sack – und Waylons Kinnlade fällt herunter …

Zwanzig

Gold! Ein Sack voller Gold! Reines güldenes Gold! Unfassbar! Waylon verliert den Stand und kippt hinten über, worauf ein heftiges, den Baum erschütterndes, Poltern folgt. Gottseidank steht er nicht vor der Bodenöffnung, ansonsten wäre er im freien Fall tief gefallen. So bleibt er relativ, dank der Flechtkonstruktion, unversehrt. Aber sein *Licht* ist vorläufig ausgeknipst.

In genau diesen Augenblick kommt Sturm auf. Dicke schwarze Wolken werden aufgetürmt. Weit über dem Meer tosen Wellenberge gegeneinander. Elektrische Entladungen zucken am Himmel, verleihen dem Unwetter ein mörderisch bedrohliches Gesicht. Hunderte Kilometer weiter bekommen die aufsteigenden Wolken eine dem Hurrikan eigene Drehung. Aufgesogenes Wasser peitscht gegeneinander.

Vogelschwärme begeben sich kreischend flüchtend in Formation. Überall hallt deren wildes Flattern wieder. Unter den Windböen ächzen Bäume. Die Pinie selbst wird durchrüttelt, dass man glauben könnte, sie würde sogleich entwurzelt werden. Dann setzt schauerartiger Regen ein. Minutenlang ist die Sicht gleich null. Loses Blattwerk und Geäst trägt der Sturm mit sich fort. Blitze zucken in einem fort. Ununterbrochen und mit göttlicher Gewalt. Und als ob dies nicht genügt, fährt ein nicht enden wollender Blitz in die naheliegenden Pyramide.

Nach endlos anmutender Zeit wird es heller. Aus dem Regenguss wird leichter Nieselregen. Aus dem Hurrikan eine sanfte, bald verebbende Brise. Als Waylon die Augen öffnet ist es ruhig wie vorher.

Er stöhnt. Der Fall kam überraschend und obwohl abgefedert spürt er sämtliche Knochen. Am Hinterkopf wird es eine Beule geben. Benommen vom neuen Fund und dem darauf folgenden Sturz, räkelt er sich auf.

»Oh man«, stöhnt er leise. »Was war das denn.«

Sich die leicht schmerzende Beule reibend kommt er auf die zittrigen Beine.

»Nichts passiert«, sagt er mit hoher Stimme, betont laut. »Alles gut.«

Um nicht erneut zu fallen, setzt er sich auf den Schemel. Blass im Gesicht, denkt er nach. Ein komischer Geruch erfüllt den Raum. Waylon schnuppert. Es riecht versengt. Panisch beeilt er sich, hinunter zu kommen. Seltsam. Der Geruch ist extremer, doch nichts, was brennt. Oder schwelt.

Er schnuppert wieder, lässt den Geruch auf sich wirken, um erneut an andrer Stelle diese Prozedur zu wiederholen. Derartig arbeitet er sich vor, bis es intensiv nach Qualm stinkt, dass er sofort husten musste. Kaum sichtbare Wölkchen schweben über seinem Hemd. Sollte hier eine spontane Selbstentzündung stattgefunden haben? Kann er kaum glauben. Davon hört man nur in den Medien, die meist im Sommerloch nicht wissen, was sie drucken sollen. Aber die kleinen Wolken sind vorhanden.

Übertrieben vorsichtig packt er das Hemd und hält es zwischen Daumen und Zeigefinger hoch. Dem Geruch nach stinkt es nach Polyester und anderen chemisch verarbeiteten Materialien. Dabei war das Hemd nicht gerade billig! Bei genauem betrachten ist ein schwarzer, verbrannter Fleck an der Brusttasche sichtbar, blau-gelben Rauch verursachend. Es stinkt bestialisch, löst Hustenreiz aus bis zum Abwinken.

In der Tasche steckt noch der alte Stofffetzen mit dem Kristall. Nun wird Waylon einiges klar. Ursächlich verantwortlich ist der Kristall, warum auch immer!

Geistesgegenwärtig trägt er Hemd mitsamt Kristall hinaus und lässt alles zur Erde fallen. Einen Brand im Flechtwerk will er nicht riskieren. Unten angekommen, steigt er die Leiter hinab, ergreift das Hemd und geht zum Strand. Selbst an der frischen Luft stinkt es drastisch.

Auf den Weg ans Wasser bekommt Waylon ein ungewohnt chaotisches Bild zu Gesicht. Überall liegen abgebrochene Äste.

Lose Palmenwedel, die vor Leben nur so strotzen, liegen zuhauf herum. Am Ufer selbst sind angespülte Algen aufgetürmt, deren Geruch wiederum den des Hemdes bei weitem überlagern. Zudem hat Waylon den Eindruck, dass all die Gerüche irgendwie nicht so recht zusammenpassen mit dem sich ihm bietenden Bild.

Während er sich beunruhigt umsieht, zieht er den eingewickelten Kristall aus dem Hemd. Abgelenkt von den Eindrücken ringsherum, kommt der nicht erwartete Hitzeschmerz zeitverzögert im Gehirn an, dem die Finger plötzlich ausgesetzt werden. Schreiend fällt der Stoff mit dem Kristall in den Sand. Beim Aufschlag rutscht der ein Stückweit aus dem Fetzen Stoff. Und da ist es wieder – das atmende, blauschimmernd lumineszierende Licht!

* * *

Kurz vorher, während der ungewöhnliche Sturm tobte, suchte der Mohrenmaki Schutz. Gerade befand er sich in der Nähe der Pyramide, als das Unwetter losbrach. Bis zu seinem heimatlichen Baum, der inmitten des Dschungels steht, ist es einfach zu weit. So schlüpfte er in einen dieser Ritzen des alten Bauwerks. Auch für den Urwaldbewohner war der Sturm bedrohlicher, als vorherige. Nachdem der Regen einsetzte, floss das Wasser in Bächen der Pyramide hinab, sammelte sich im unteren Bereich und dringt durchs Mauerwerk. Der Maki bekam alsbald nasse Füße. Und das Wasser stieg weiter.

Zitternd vor Kälte und Angst, verlässt er den Unterschlupf. Draußen erkennt er die Welt nicht mehr. Es ist finster und es regnet ununterbrochen. Überall fliegen Dinge umher, die nicht hierher gehören. Wohin kann er? Das Wasser indes stieg immer weiter, führte neben treibenden Ästen auch anderes Geröll mit. Die Lage wurde immer bedrohlicher für den Dschungelbewohner. Ängstlich springt er instinktiv die ersten Stufen hinauf. Platschnass gelang es dem Maki, das erste Plateau zu erreichen. Hier kam Wasser nur noch von oben. Fest in eine Ecke gedrückt wartet er ab.

Blitze erhellten gleißend die Düsternis. Das Äffchen machte sich ganz klein. Jeder weitere Blitz ließ es unweigerlich zusammen zucken. Wild war nicht nur der Sturm, wild raste auch das kleine Herz.

Als der Regen schwächer wurde, nutzt der Maki die vermeintliche Gunst der Stunde und eilt die weiteren Stufen hinauf. Mit letzter Kraft erreichte er das oberste Plateau mit dem überhängenden Felsvorsprung. Hier drückt er sich ebenfalls zitternd in eine Ecke.

Aus heiterem Himmel passierte es dann. Der Knall des einschlagenden Blitzes in der Pyramiden-Spitze war markerschütternd. Einschlag, höllischer Lärm und herumspritzende Trümmerstücke war alles eins. Herab rieselnder Staub überzieht alles. Verschüchtert war der Maki zu keinerlei Regung fähig. Und dann bebte die Pyramide und ein alles durchdringendes Rumpeln ertönte.

* * *

Trotz des Sonnenscheins ist das kristallene Licht gut sichtbar. Waylon weiß damit nicht allzu viel anfangen. Aber es muss einen triftigen Grund dafür geben; welcher ist unklar. Er belässt ihn an Ort und Stelle.

Der Algengestank ist erbärmlich. Die Nase gerümpft und flach atmend wandert er zwischendurch. Bis kniehoch sind die in den Tiefen des Ozeans fortgerissenen Reste aufgetürmt. Soweit das Auge reicht ist der gesamte Strand überhäuft. Dunkelgrün mit schäumenden Wasserpfützen bildet ein seltsames Bild.

Inmitten der sterbenden Algen befindet sich so manch anderes Strandgut. Lang im Meer treibende Bretter zum Beispiel, zerrissene Plastiktüten oder sonstige vom Menschen erschaffene Dinge. Vieles davon ist nicht mehr wieder zu erkennen; sie müssen jahrelang im Wasser getrieben haben.

Neben Algenrückstände findet Waylon tote Fische, kaputte Muschelsegmente und zerfetzte Tiefseefisch-Kadaver. Erschüttert über die Wucht der Natur, will er wieder zurück ins Baumhaus gehen. Das Paradies zeigt plötzlich ein surreales Bild, was nicht wirklich in die Vorstellung von Südsee und Palmen passen will. Leben heißt auch Zerstörung. Und wie schnell es gehen kann, zeigt dieser Anblick.

Geknickt wandert Waylon schlendernden Schrittes und hängenden Kopf zurück. Ohne es gemerkt zu haben, befindet er sich nun mitten im Algenteppich, der glitschig seine Beine umschlingt. Waylon muss arg aufpassen, dass er nicht stolpert oder sich völlig verheddert. Sehr langsam kommt er voran. Ausrutschen wäre mehr als unangenehm. Und was unter den Algen verborgen liegt will niemand wissen. Angeekelt schüttelt er sich. Im Kopf erscheinen irgendwelche Horrorbilder, die sein Hirn im Laufe der Jahre einmal aufgeschnappt haben.

Jeder weiß, dass beim besonders vorsichtigen Vorgehen meist doch etwas schiefgeht. *Murphy's* erstes *Gesetz* besagt: ›Alles geht schief, was nur schiefgehen kann; nur ausgerechnet dann nicht, wenn man zeigen will, dass etwas schiefgeht.‹ Also: Wenn ich nicht will, dass ich stolpere, stolpere ich erst recht. Leider sollte dieser Murphy Recht behalten. Beim nächsten Schritt rutscht Waylon aus. In Zeitlupe stürzt er. Die Tücke ist eben das Objekt selbst.

Bäuchlings klatscht Waylon auf. Gerade noch dreht er den Kopf auf die Seite. Extrem prustend wirbelt Waylon wie ein Aal im Glas auf der Stelle, nicht beachtend, dass er sich noch mehr verheddern könnte. Bei seinem Glück allerdings kommt ihm dies nicht in den Sinn. Und so kommt, was kommen muss.

Waylon verfällt in eine extrem laute Schimpfkanonade, die ihresgleichen sucht. Mehrmals nimmt er Anlauf zum Aufstehen. Aber er verheddert sich immer mehr in seiner Wut. Erst nachdem er ruhig liegen bleibt, bis zwanzig zählt und einen weiteren Versuch startet, gelingt es ihm. Hätte es einen Beobachter gegeben, wäre dieser aus dem Staunen nicht mehr heraus gekommen. Denn Waylon sieht nicht aus wie Waylon, wohl eher wie ein aus einem alten amphibischen Kinofilm entsprungen. Am ganzen Körper Hängen Algen und Seetang.

Demonstrativ langsam, dennoch nicht weniger energisch, schält er sich aus dem grünen stinkenden Zeug. Grimassen schneidend und dreckig watet Waylon aus dem Schlick direkt ins Wasser. Es folgt ellenlanges Waschen. Zum abreagieren schwimmt er so weit hinaus, dass ihm himmelangst wird, als er die Entfernung bemerkt. Sich weiter beruhigend, gelangt er, etwas abgetrieben zwar, aber weniger aggressiv an Land. Und das Glück bleibt ihm Hold, denn an dieser Stelle gibt es einen schmalen Durchgang durch die angespülte Algenwüste.

Rasch trocknet, beziehungsweise verdunstet das Wasser auf der Haut. Als Waylon bemerkt, wie weit er tatsächlich bis zur Pinie laufen muss, wird er ärgerlich. Griesgrämig wie schon lange nicht mehr, geht er los. Wüste Beschimpfungen verlassen maulend seinen Mund. Dabei fallen auffallend viele obszöne F- sowie W-Wörter. Auf halbem Wege muss er mangels Puste innehalten. Keuchend wischt er den mittlerweile im Fluss befindlichen Schweiß mit der Handrückseite ab.

›Wenn ich nicht aufpasse, krieg ich gleich ‘nen Hitzschlag.‹

Der nächste schattenspendende Baum ist näher als seine Pinie. Nur raus aus der Sonne, das reicht schon mal! Ergo ändert er die Richtung und lässt sich an besagter Stelle nieder.

* * *

Aus der entstandenen Öffnung weht feuchte, muffige Luft heraus. Sobald der Maki dies realisiert hat, springt er kurzerhand durch die Öffnung. Aus Erfahrung weiss er, dass es drinnen sicherer ist, als draußen. Zumal der Sturm mit gleicher Intensität wütet. Im Schein fahlen Tageslichts ist eine gewisse Weite im Inneren nicht zu verhehlen. Der Raum ist großzügig angelegt.

Nach einigen Metern gibt es ebenfalls große und breite Stufen, die hinab führen. Der Maki hat natürlich kein Gefühl für den altertümlichen Bau. Nur bis das Unwetter vorbei ist, will er hier warten. Deshalb bleibt er in Sichtweite der ›Tür‹.

Einundzwanzig

Auf den Weg zum Pinienhaus nascht Waylon ein paar Beeren. Da er eh nicht länger bleibt, so hofft er wenigstens, muss er sich den Bauch nicht übermäßig voll schlagen. Vor den Algenablagerungen liegt das Hemd. Dieses an sich nehmend, begutachtet er misstrauisch den Kristall. So friedlich er auch aussieht hat Waylon doch ein komisches Gefühl. Darauf bedacht, den Kristall nicht mit der Haut zu berühren, umwickelt er ihn zusätzlich mit dem Hemd. Jederzeit kann der Kristall wieder Hitze entwickeln, doch Waylon ist sich des Risikos bewusst. Sollte das passieren, wird er ihn sofort fallen lassen. Im Flechtgemach wird er den Kristall dort positionieren, dass dieser keinen Schaden anrichten kann. Schließlich lagerte das Teil etliche Jahre, wenn nicht gar Jahrzehnte. Jetzt fühlt Waylon keine Wärme. Gelassener nimmt er alles mit.

In einer ruhigen Minute denkt Waylon an den Maki. Wo könnte der sein? Vielleicht bei seinem Rudel? Diese Affen sind ja weitestgehend für eine enge familiäre Bindung bekannt. Das soziale Verhalten ähnelt auffällig dessen der Menschen. Ein Grund dafür, dass man sich ihnen ab stämmig fühlt? Wer weiß. Forscher haben ja durch Beobachtungen und Studien sich lange Jahre mit ihnen beschäftigt. In Abhandlungen bis ins Kleinste beschrieben, ist alles irgendwie plausibel. *Naja, die werden schon wissen, wovon sie reden!*

Waylon geht zum Bachlauf. Sein Durst ist mächtig, was bei der tropischen Temperatur kein Wunder ist. Unzählige abgebrochene Zweige liegen am Boden verstreut.

Gierig nimmt Waylon einige Schluck Wasser. Nie hätte er gedacht, einmal so genussvoll diese mineralangereicherte Flüssigkeit zu trinken. Daheim gibt es genügend Auswahl an diversen Getränken. Mundgerecht verpackt und für jede Geschmacksrichtung. Reines naturbelassenes Wasser schmeckt eben nach Wasser. Ohne chemische Zusätze, ohne Kohlensäure – pur eben. Ganz besonders empfindet er heute den Geschmack besonders intensiv.

›Ist schon idyllisch hier‹, kommt Waylon in den Sinn. ›Man muss es einfach mögen.‹

Mehrere Möwen zetern. Es sieht nach einer Jagd aus. Waylon kann beobachten, wie zwei von ihnen eine andere schimpfend verfolgen, und die Verfolgte lässt bald Federn. Das ganze verlagert sich ans Ufer. Nun dreht die Verfolgte den Spieß um, greift selbst an. Es ist wie ein Spiel. Mal hat der eine die Oberhand, dann der andere. Abseits dieser drei zankenden, stolzieren andere Möwen pickend durch den Algenschlick.

›Sieht nach Festmahl aus.‹

Waylon schaut fasziniert zu. Die Zänkerei ist schnell beendet. Die augenscheinlich unterlegene Möwe landet weit ab inmitten der Algen, bleibt dort stolz stehen, ehe sie überzeugt ist, in Ruhe gelassen zu werden. Kurz hat Waylon den Eindruck, dass sich ihre Blicke treffen. Doch der Abstand zwischen ihm und der Möwe ist zu groß, als dass dies möglich wäre.

Angenehm weht lauer Wind vom Meer herüber. Waylon beschließt, noch ein Stück zu gehen. Davon überzeugt, keinen menschlichen Wesen zu begegnen, verzichtet er darauf, die Flechtleiter einzurollen.

Er folgt der eigen, beim ersten Begehen hinterlassener Spur. Stellenweise versperren vom Sturm geknickte Palmen das ungehinderte Weitergehen. Einmal muss er einen großen

Umweg hinnehmen. Dieser führt Waylon in unbekanntes Terrain und er muss aufpassen, sich nicht völlig zu verlaufen.

Mannshohe Schlingpflanzen behindern freie Sicht.

›Hätt ich doch nur den Dolch dabei …‹

Eine typische grobe Nachlässigkeit eines Stadtmenschen. Für nichts gewappnet!

»Ich muss noch viel lernen. *Sehr* viel!«

In Filmen sieht das Ganze ziemlich einfach aus. Steht man aber allein da …

Dann gibt's noch die leisen, unsichtbaren Tierchen, die schon Gänsehaut verursachen, wenn man an sie denkt. Bisher hatte er Glück gehabt, ist keinen dieser *Grabbler* begegnet. Aber man soll ja nie den Tag vor den Abend loben!

Weit ist er noch nicht gekommen, da ragt ein übermächtiger Urwaldriese empor. Der Stammumfang ist ebenso wie die Höhe schwer abschätzbar. An der Nordseite wachsen Moosteppiche. Waylon ist nicht gerade klein, wenn er auch manchmal etwas gebückt geht. Gegen den Baumriesen aber wirkt er winzig.

Um sich nicht ganz zu verlaufen, kehrt er um, folgt seiner Spur und landet unweit des Bachlaufes. Im Dschungel hätte Waylon keine Chance. Was für ein Glück, die Pinie gefunden zu haben! Und dorthin will er jetzt gehen.

* * *

Der Sturm ist endlich vorbei. Zwischen einer Wolkenlücke scheint die Sonne hindurch. Sofort wird es wieder schwülwarm. Der Maki lugt aus seinem Versteck. Geblendet von der Sonne zwinkert er. Einmal kurz geschnüffelt, dann springt er aus der noch immer offenen ›Tür‹.

Unbeeindruckt vom Unrat, der überall herumgewirbelt wurde, reckt sich der Maki. Die Luft ist rein. Gefahrlos könnte er sich auf den Weg zu seiner Meute machen. Gerade als er die Stufen hinab springen will, dringt aus der Pyramide ein eigenartiges, schimmerndes Licht. Neugierig blickt er dorthin, wohin die innere Treppe führen musste. Das Licht sieht genauso aus, wie das des Kristalls.

Der Maki fühlt sich seltsam angezogen davon. Wider seinen Instinkt betritt er abermals die Pyramide. Die Stufen sind genauso hoch wie die äußeren, die er mühelos überwand. In kurzer Zeit hat er den ersten Absatz erreicht; dieser mündet in einem Stollen.

Das bläuliche Licht läßt etliche silberfarbene Punkte im Stollen aufblitzen. Leider kommt der Maki an keine heran, dafür ist er viel zu klein. Das Interesse verfliegt schnell. Vielmehr verspricht das kristallähnliche Licht. Kein Wunder, dass er weiter springt.

Viele Sprünge weiter hat das Äffchen den Eindruck, dem Licht nicht näher zu kommen. Dafür befindet es sich wieder an einer weiter nach unten führender Steintreppe. Er scheint unsicher zu sein, was er jetzt tun soll. Als das Licht dann noch zu tänzeln scheint, ist Neugier stärker als Furcht.

Flink hüpft der Maki von Stufe zu Stufe. Klettern kann er gut, war sein Lebensraum ja der Dschungel mit unzähligen Bäumen.

Die Treppe erscheint endlos. Ringsherum ist alles im Dunkel gehüllt. Als er die Hälfte erreicht hat, funkeln wieder silberne Punkte. Diesmal schwirren diese mitten im Raum. Doch auch diesmal kann er keinen fangen.

Der Maki beginnt sich zu putzen. Von irgendwoher dringen Schritte, begleitet von schleifenden Lauten. Schwere Schritte, ähnlich denen des Zweibeiners. Der Zweibeiner! Wo mochte der wohl stecken? Das letzte Mal hat er ihn schlafend gesehen. Vor Hunger ging er in den Dschungel. Seither hat er ihn fast vergessen.

Hier nicht unbedingt weiter kommend, macht er kehrt, springt behände nach oben. Im Stollen mit den vielen Punkten macht er nochmal kurz halt. Dann geht es weiter. Nur noch die eine Treppe, dann hat er es geschafft.

Nanu? Kein Tageslicht erhellt den Raum! Es ist stockfinster. Nur das Licht von unten wirft ein eigentümliches Schattenspiel an die Wand.

Der Maki schnüffelt. Genau hier ist er gewesen. Genau hier ist er durch die Öffnung herein gekommen. Und jetzt ist da glatter Fels.

* * *

»Du kannst jeder Zeit heim«, spricht Waylon seine Gedanken laut aus. Er weiß, wie er auf der Stelle tritt, einfach nicht weiter kommt. »Was willst du überhaupt beweisen? Das du was schaffst, was kein anderer Mensch fertig bringt?«

Eine Art der Herangehensweise an Probleme ist das sogenannte Eigen-Disput-Gespräch, was nichts anderes bedeutet, als einen Monolog zu führen. Waylon hat selbst diesen Begriff geprägt, und fährt gut damit.

»Du musst logisch denken, Way«, fährt er fort. »Auch wenn dein Bauch was anderes will! Denk an damals! Da wurdest du auch übervorteilt. Und was kam dann?«

Waylon atmet laut zischend ein. Daran sich zu erinnern fällt ihm heute noch schwer, auch wenn es mehr als sieben Jahre zurück liegt. Vieles hätte er anders machen können. Doch dafür ist es zu spät.

Plötzlich wird er still. Seine Aufmerksamkeit gilt dem aufflammenden Glimmen des Kristalls. Es ist insofern ungewöhnlich, dass es nicht ›atmet‹. Fluoreszierend leuchtet es konstant. Auch Minuten später ist es unverändert.

Noch etwas fällt Waylon auf: Lindgrün!

›Sonst war der Kristall doch blau, oder …?‹

Diese Entdeckung könnte von Bedeutung sein. Langsam führt er die Hand über den Kristall. Weder ein Flackern noch Wärme nimmt er wahr.

›Aha … Interessant!‹

Noch hadert Waylon. Darf er ihn anfassen? Sich bewusst, was schlimmstenfalls passieren könnte, vertraut er einer vagen Vermutung. Bereits während er es denkt, senkt sich die Hand und fährt fahrig zurück. Nichts Auffälliges! Vom Material her keine ausgehenden Veränderungen.

Sein Unterbewusstsein reagiert schneller, als er denken kann. Ehe er sich versieht haben die Finger den Kristall umschlossen. Fast überschlägt sich Waylons Herz, so laut pocht es gegen die Brust. Nachdem er kapiert, dass alles in Ordnung ist, muss er laut lachen.

»Hui! Was für 'ne Wendung. Glück gehabt, Brauner.«

Wie eine Trophäe hält er den Kristall in der fest geschlossenen Faust empor. Und seine erleichterte Heiterkeit ist noch weithin vernehmbar.

Zweiundzwanzig

Nach dem mental euphorischen Höhenflug folgt baldige Ernüchterung. Bisher hatte ein Anfassen genügt, um ihn und was er bei sich trug zu *Switchen*. Dieser Ausdruck kommt Waylons Auffassung nach dem am nächsten. Ein Wechsel zwischen diesen Orten von einem Moment zum anderen ist nicht ohne weiteres erklärbar. Irgendeine Verbindung muss es geben. Nur welche? Was für eine Rolle spielt der Mohrenmaki? Weshalb zwei Kristalle? Und die bedeutsamste Feststellung: Wie komme ich jetzt nach Hause?

Fragen über Fragen!

Enttäuscht legt Waylon den Kristall auf den Tisch. Lindgrün! Heftig schüttelt er den Kopf. Schon bereut er, dass er vorhin, als das Licht pulsierte und das Hemd versengte, den Mut nicht aufgebracht hat. Dann wäre er jetzt im trauten Heim.

Überhaupt verurteilt er sein ›Experiment‹. Wie blöd kann man nur sein! Und jetzt? Hier verrotten? Dahin vegetieren?

»Ich bin ein Versager. Ein völlig hirnloser, vergreister Trottel … Mann!«

Er muss raus an die frische Luft. Muss sich abreagieren, sonst platzt er!

Am Ende der Leiter angekommen, stellt er fest, dass es langsam Abend wird. Dies hat zur Folge, nicht ganz so weit zu gehen. Verirren muss nicht sein. So schlendert er bis an den Strand, an dem es bestialisch stinkt.

Der Horizont ist dunkelrot gefärbt. Verträumt schaut Waylon der untergehenden Sonne entgegen. Wie ein Gemälde, das einst ein Künstler auf Leinwand bannte. Ein wahres Kunstwerk! Gern hätte Waylon es festgehalten. So brennt es sich in sein Gehirn. Es wirkt beruhigend, ja anmutig auf den einsamen Betrachter. Ungehindert lässt er sich treiben. Spürt Dinge, die das Leben ausmachen. Die Natur ist voller Schönheit, man muss sie nur sehen. Selten ist er so gebannt von etwas, wie gerade eben.

Waylon ist kein Mann von Romantik. Er kann damit nicht viel anfangen. Jetzt allerdings erfasst er, was Romantik heißt. Zusehends versinkt die Sonnenscheibe im Meer. Sie wirkt größer, gewaltiger als in der Stadt. Klar und deutlich ist das goldene Sonnenrund zu sehen. Die warme Himmelsfarbe entsteht durch die Krümmung und der Verschmutzung des Planeten, hält ihn im Bann.

Noch als die Sonne hinterm Horizont verschwunden ist und es dunkelt, schaut er noch immer fasziniert gen Himmel. Am Zenit funkeln erste Sterne. Überhaupt fällt auf, dass alles ein bisschen intensiver auf Waylon wirkt. Ein heller, grellgelber Fleck wandert in seinem Blick stetig mit. Auch wenn dies als störend empfunden wird, ist es dem direkten Blick in die Sonne geschuldet. Bald wird der Fleck verblassen, weiß Waylon.

Wie friedlich die Welt doch ist. Oder sein kann. Keine Hektik, kein Muss, kein Neid oder Hass. Für viele Menschen mag es langweilig sein; die brauchen *Fun* in der spaßigen Gesellschaft. Verlieren dabei dadurch aber unwiederbringliche Lebensqualität. Denn die Zeit bleibt nicht stehen. Im Gegenteil; unaufhaltsam nimmt sie ihren vorbestimmten Lauf. Bis eines fernen Tages die Zeit aufhören wird zu existieren. Unvorstellbar? Niemand kann dies genau wissen. Computermodelle gehen davon aus. Über Jahrhunderte zusammen getragene Daten und neue interstellare Messungen lassen den Schluss zu. Bilden ein gewisses Fundament, wissenschaftlich ausgewerteten und belegten Wissens. Alles im Universum ist miteinander verknüpft. Die Milchstraße ist ein überschaubarer, doch nicht weniger kleiner Teil vom Ganzen. Die Erde ein winziges Staubkorn, die ohne der Heimatgalaxie nie entstanden wäre. Und der Mensch ist noch unscheinbarer. So greift jedes Rädchen in ein größeres. Wie die Uhr, die uns die Zeit anzeigt.

Bekanntlich kann alle Forschung der Welt aber nicht solche Momente wie diesen konservieren. Sie unterliegen dem Gesetz des Vergehens, oder einfacher, des Augenblicks. Am Übergang von Vergangenheit und Zukunft findet dieses ›Gesetz‹ statt. Ist stets im Fluss, so wie die Zeit.

Aufgenommen von der Gefühlswelt ist es später nur von der Erinnerung reproduzierbar. Jeder hat eine andere Wahrnehmung der Dinge. Auch kommt es auf den Moment an, an dem eine Situation eintritt. Auf die Psyche ebenso wie auf körperliches Befinden.

Waylon geht alles und auch nichts durch den Kopf. Nachdem die Sonne verschwunden ist, bleibt er für lange Minuten still auf der Stelle stehen. Er lässt nachwirken, was ihm eindrucksvoll von der Natur geboten wurde.

Inzwischen deutet ein schmaler silberfarbener Streifen am Horizont auf das vorangegangene Ereignis hin. Gegenüber auf der Ostseite des Himmels, ist es bereits finster. Durch die aufsteigende Wärme flimmern die Sterne besonders stark. Nur der Sand kühlt Waylon angenehm die Füße. Ansonsten bleibt es schwül, wenn auch nicht mehr ganz so drückend.

Langsam schlendert er gedankenverloren, vielleicht auch ein wenig träumend, zur Pinie. Den Algengestank bekommt er nur am Rande mit. Vielmehr ist er der Wirklichkeit entrückt. Sich treiben lassen fällt in diesen Breiten eh leicht. Frei von alltäglichen Pflichten nimmt die Seele gierig auf, was ihr sonst versagt bliebe.

So kommt Waylon am *Flecht-Appartement* an, ohne es wirklich wahrzunehmen. In einem vagen Schreckmoment wird ihm bewusst, wo er sich befindet. Kurzzeitig rast sein Herz. Doch auch das vergeht.

Entschlossen ergreift Waylon die Flechtleiter und will emporklettern, als ein eigenartiger Schein seine Aufmerksamkeit erhascht. In der Bewegung verharrend, erblickt er über den Dschungel grünliches Licht, das einem Polarlicht ähnelt. Eine Meter breite Korona schwebt mit gezackten, auf und ab schwebenden Außenrändern über die Bäume. Waylon läuft aufgeschreckt auf den freien Platz vor der Pinie. Hier hat er eine bessere Sicht.

Das Farbspektrum reicht von sehr hellem Grün bis dunklem Marineblau. Dazwischen strahlen rötliche Streifen, die ein explodierter Feuerwerkskörper hinterlässt. Sofort ist Waylon die Herkunft bewusst.

»Die Pyramide!«, ruft er geschockt.

Ist dies eine Art Botschaft? Jedenfalls muss es einen Zusammenhang geben!

So schnell es Waylon möglich ist, klettert er die Flechtleiter hinauf, verheddert sich dabei, kommt jedoch unbeschadet oben an. Trotz völliger Dunkelheit fällt die Orientierung relativ leicht. Denn die Korona strahlt – dem Gefühl nach – bis zu diesem Ort. Ein Schritt weiter ist er im Baumhaus. Und als ob er es geahnt hätte, empfängt Waylon dasselbe fluoreszierende Licht wie draußen.

Dreiundzwanzig

Kaum die Nacht über ein Auge zugemacht, steht Waylon müde und ausgelaugt am Fuße der Pyramide. Bei Dunkelheit wäre er niemals hier angelangt. Es ist schon bei Tage schwer, den richtigen Weg zu finden. Mit gemischten Gefühlen bahnt er sich einen Weg durch den Dschungelstreifen. Kratzer und Striemen hat widerspenstiges Pflanzengeschling hinterlassen. Nun endlich kann er aufatmen. Nach dem Dschungel ist es ein Klacks, zur Pyramide zu gelangen; schließlich überragt sie alles andere majestätisch. Das vertraute Bild ihres Anblicks beruhigt Waylon. Je näher er heran kommt, umso schlimmer allerdings sieht die Lage aus. Überall liegen Pflanzenreste. War am rechten unteren Rand alles einmal begrünt gewesen, so liegt jetzt eine alles über deckende Schlammschicht darüber.

Da Waylon nicht genau sagen kann, was hier zu finden ist, beschließt er, die Stufen zu erklimmen um einen Überblick zu haben. Die Stufen sind glitschig. Ablagerungen vom Wasser mitgerissenen loseren Gesteines zeugen von einem heftigen Ereignis. Was dies jedoch mit der Korona zu tun haben könnte, die bis in den frühen Morgen hinein leuchtete, bleibt unbeantwortet. Vielleicht hat beides nichts miteinander zu tun, und alles ist nur ein purer Zufall.

Theorien allein führen jedenfalls nicht ans Ziel. Das hat Waylon bereits vor Jahren begriffen. Also bleibt nichts anderes übrig: Er muss kleinschrittig an die Klärung heran gehen.

Der Kristall weist noch das gleiche Glimmen auf, wie ein flüchtiger Blick beweist.

»Dann wollen wir mal. Auf geht's!«

Selbstmotivation ist der beste Antrieb! Gemächlich im Schritt erklimmt er eine Etage nach der anderen. Auf der zweiten Ebene kommt es Waylon vor, als nimmt das Glimmen zu. Nach eingehenden betrachten allerdings ist er unsicher.

Eine halbe Stunde wird er gebraucht haben, bis er das überdachte Plateau erreicht. Schwitzend nimmt er Platz. Die anhaltende Luftfeuchtigkeit fordert ihren Tribut. Und bekanntlich ist ein alter Mann immer noch kein ICE.

»Und das mit leeren Magen ...«

Tatsächlich hat er die Beeren verschmäht, viel zu angespannt war er gewesen. ›Kleine Sünden werden eben sofort bestraft ...‹

»Fünf Minuten sind drin.«

Gesagt, getan. Etwas kraftlos lehnt er sich an die Mauer. Waylon sieht sich oberflächlich um. Die geschlossene Öffnung, die Statuen-Überbleibsel, der glatte Stein – wie beim ersten Mal; keine großartige Veränderung gegenüber dem letzten Besuches. Und der Platz ist wirklich sehr bequem. Ach ja, da ist ja auch dieses komische Loch. Sanft streicht Waylons rechter Zeigefinger um die wirklich glasglatte Aussparung. Keine Ahnung, warum er bei der Berührung an Glas denken muss.

Wacher als eben rekapituliert er. Außer Glas gibt es verschiedene glatte Materialien. Plastik, Samtgewebe sogar Papier kann man, auf ihrer jeweiligen speziellen Art bezogen, auch als ›glatt‹ bezeichnen. Der Boden des Plateaus zum Beispiel ist ebenfalls sehr eben, wie das gesamte Bauwerk.

»Hm«, brummt Waylon nachdenklich.

In der linken Hand wiegt er den Kristall, der im Übrigen immer noch konstant dieses Leuchten aufweist. Da kommt ihm eine wahnwitzige Idee. Am unteren Ende des Kristalls – jedenfalls das, was Waylon als unteres Ende hält – ist ebenfalls kreisrund. Wie ein Kleinkind, das mit unterschiedlichen Formen spielt und sie zuordnen soll, steckt Waylon genau dieses Ende in das Loch neben der Sitzfläche.

Passt!

Und?

›Sieht komisch aus und scheint völlig Sinn frei‹, muss Waylon zugeben. ›Drehen lässt der sich auch noch.‹

Gelangweilt – da ideenlos – bewegt er, gefühlvoll und verspielt, den Kristall zwischen Daumen und Zeigefinger mehrmals hin und her. Auf einmal erklingt ein *Klack*. Aufmerksam hört er mit dem Hin und Her auf. Nimmt schließlich die Hand weg. Sekundenlang herrscht völlige Ruhe. Irgendetwas aber liegt in der Luft. Er kann es spüren …

Kaum gedacht, wird das fluoreszierende, kristallene Licht heller. Und zwar so hell, dass es das Tageslicht bei weitem überstrahlt. Waylon springt auf und hechtet in die gegenüberliegende Ecke. Das Licht behält die gewonnene Intensität bei. Dann beginnt das schon oftmals beobachtete Pulsieren. Automatisch zählt Waylon mit. Beim vierten abflauen ändert sich die Farbe. Statt bisher weiß blau wird es orange bis es weinrot erreicht. Nun verbleibt die Farbe bei minimaler Helligkeit, so, dass man sie noch als Rot erkennt. Plötzlich ertönt ein Knirschen. Sicherheitshalber hält sich Waylon beiderseitig an der Wand fest. Aus dem Knirschen wird ein vibrieren.

Klack!

Stille. Als gäbe es keine Geräusche mehr. Totale, schweigende Stille.

Unvermittelt, und Waylon geht dies durch und durch, erklingt ein deutliches Klacken. Der Kristall verändert wiederum die Farbe in sämtliche bekannte Spektren, nur diesmal in rascher Abfolge. Das Klacken verschwindet, wird aber von einem Knistern abgelöst. Und dann beginnt der Kristall sich zu entfalten.

Moderne Tricktechnik könnte es nicht realistischer darstellen, dennoch wirkt es auf eine gewisse Weise *altertümlich.* Schaute man einem Schnitzer zu, wie er mit einfachen Handgriffen aus einem Holzklotz etwa filigrane Bäume zaubert, wäre dies als noch filigraner zu bezeichnen. Nur das der Künstler mit seinem Werkzeug fehlt, und durch unsichtbare Hände hier eine wundervolle offene, ornamentähnliche Relief-Blüte entsteht. Am unteren Stück des Schaftes, der gerade noch glatt war, bildet sich ein Flechtornament ab. Obwohl die Prozedur vielleicht Sekunden dauert, kommt es Waylon wie mehrere Minuten vor.

Kaum ist die Blüte fertig und vom ursprünglichen Kristall nichts mehr übrig, färbt sich das Material grell Lindgrün und ein schwer schleifendes Geräusch erdröhnt.

Unendlich lang vergeht die Zeit. Der Mohrenmaki verbrachte diese meist damit, die geschlossene Wand zu beschnuppern. Seine Spur identifizierte er eindeutig. Nervös ging es von der einen Ecke hin zur anderen Ecke. Darin schien das Äffchen unermüdlich. Die funkelnden Punkte an den Wänden waren dagegen uninteressanter geworden.

Tiere haben ein anderes Zeitgefühl. Für sie dauern wenige Minuten ohne sinnreiche Beschäftigung ewig. Allein die Witterung aufnehmen, reicht dafür nicht aus. Es dauerte nicht lange und der Maki begann sich zu waschen. Schließlich ist die Körperpflege das A und O für eine gesunde Lebensweise.

Er war so sehr darin vertieft – hier gibt es aber auch hartnäckige Plagegeister –, dass er erst ziemlich spät mitbekam, wie Schritte die Treppe hochkamen. Ängstlich zieht er den Kopf ein. Zuerst dachte er an den Zweibeiner, der vielleicht einen Weg herein gefunden hat. Denn die widerhallenden Tritte hatten eindeutig dessen Gangart.

In der Dunkelheit fällt es ihm als Tag-Tier schwer, genaueres zu erkennen. Die Schritte wirkten in diesem Milieu sehr bedrohlich. Und kein Baum in der Nähe, dessen dichtes Blattwerk als Versteck dienen konnte. Durchs zurück hallende Echo noch verstärkt, wirkten die Schrittgeräusche extrem nah.

Immer panischer sucht der Maki nach einem Ausweg. Fluchtartig springt er in eine noch dunklere Ecke. Dort lehnt eine Steinplatte gegen die Wand, in deren Schräge er sich grazil quetscht. Hier fühlt er sich ein wenig geborgener.

An der Wand liefen dicke Wassertropfen herab. Vor Durst leckte er diese, meist winzigen Tröpfchen, gierig ab. Ansonsten blieb ihm nichts weiter übrig, als abzuwarten.

Bisheriges spielte sich in den letzten Stunden ab. Eingesperrt im antiken Bauwerk ist es dem Maki unmöglich, Tag und Nacht zu unterscheiden. Wenigstens frieren muss er nicht. Dank des dichten Felles und einer angenehmen Kühle kann er es aushalten. Nachdem die Geräusche verstummt waren, übrigens ohne triftigen Grund, fand er Schlaf. Und dann, nachdem draußen ein neuer Tag anbricht, vernimmt er abermals Trittlaute, allerdings weit weg und unnatürlich dumpf. Von Neugier getrieben reckt er den Kopf aus der Deckung. In diesem Moment geht mit brachialer Gewalt und lautem Getöse der Türquader auf.

Erstaunt und nicht richtig glauben könnend, was soeben passiert ist, schaut Waylon auf den Kristall, der eine völlig veränderte Form hat, und auf die riesige Lücke zur linken Hand, aus der abgestandene Luft heraus strömt. Obwohl der Quader still steht, hat Waylon das Gefühl, leise Geräusche zu vernehmen. Liegt es am Nachklang des vorhandenen Mechanismus, der die Tonnen in Bewegung setzt? Oder ›nur‹ am eigenen Zittern? Weiche Knie hat er auf jeden Fall, die ihn jederzeit einsacken lassen können.

Schwer atmend stützt er sich an den Wänden ab.

»Wollt ihr mich denn umbringen«, stöhnt er leise. »Seid ihr denn von allen guten Geistern verlassen?«

Die Situation verarbeiten würde Wochen dauern, so der jetzige Eindruck. Aus dem Kristall war so etwas wie ein ›Hochrelief‹ geworden – mit einem gotischen Ansatz – von deren Schaft aus sich ein konkaves, blütengleiches Gebilde entfaltet. Von solchen Dingen hat Waylon allerdings so wenig Ahnung, wie ein Lemur von Mathematik. Und in Nerv raubenden Momenten wie diesen gleich gar nicht.

»Die sind wahnsinnig!« Den Schock halbwegs verdaut, wird er wütend. »Harmlose ›Touris‹ erschrecken ist unfair! Das ist FIES! … So was von …«

Aber mal ehrlich. Eine gute Geschäftsidee ist das schon! Alles für lau. Waylon muss nun doch grinsen. Tja, ›Galgenhumor sei Dank!‹ wird aus einer skurrilen Situation eine spaßige Lachnummer. Naja, wenigstens äußerlich …

Er stellt sich sein Gesicht und seine wenig vorteilhafte Haltung vor. Beine etwas eingeknickt und rücklings an die Mauer gelehnt. In manchen Ländern wird heute noch auf diese Art die Notdurft vollzogen.

Schallendes Gelächter erfüllt die Dschungel-Idylle. Urplötzlich verstummen die Tiere, halten lauschend inne. Da Waylon sich in Rage lacht, demzufolge auch nicht aufhören *kann*, fliegen unzählige Vögel aufgeschreckt unkontrolliert auf, suchen Fluchttiere im Unterholz Schutz.

Darüber noch mehr erheitert, wird sein Gelächter gestärkt. So muss sich einst Tarzan gefühlt haben! Herr über die Wildnis! »Wie geil ist das denn!«

Dann sehen seine feuchten Augen eine verschwommene Gestalt mitten in der Öffnung. Abrupt verstummt das Lachen …

Vierundzwanzig

Ihm bleibt die Luft weg. Nicht, weil Waylon sich allzu sehr erschrocken hat, vielmehr vergisst er vor Erstaunen zu atmen. Totales Unverständnis steht in seinem Blick geschrieben. Begriffsstutzig ist er eigentlich selten! Doch gerade eben ist sein Hirn leer; so leer, wie selten im Leben. Der Reflex, den die Lunge aussendet, lässt ihn bewusst werden, dass da noch etwas ist. Und der nun folgende Atemzug ist sein bisher längster. Dass er dabei seltsame Röchel- und Quietschgeräusche macht, lässt die immer noch verschwommene Gestalt zurück weichen. Waylon verschluckt sich. Heftig und andauernd prustend, kommt unkontrollierter Sauerstoff in die Lungen, als normalerweise. Manch einer könnte jetzt glauben, er huste sich die Seele aus dem Leib.

Bis der Husten verklingt, bleiben seine Augen unverändert wässrig. Erst allmählich klärt sich der Blick. Aus dem verwaschenen Bild wird unendlich langsam der – Mohrenmaki.

»Wo … wo kommst … du denn her …?«

Verstört schaut der Lemur den Zweibeiner an, dessen weiche Stimme verändert wirkt. Waylon schüttelt ungläubig den Kopf.

»Bist du Einbildung … Oder eine Fata Morgana?«

Quatsch! Das gibt's nur in der Wüste!

»Also? Sag was …«

Was ist denn in den gefahren?, mag der Maki denken. Selbst Waylon fällt dessen Blick auf. So fügt er leise hinzu: »Komm schon her kleiner Stromer.«

Aber erst als Waylon in die Hocke geht und eine Hand ein wenig vorstreckt, setzt das Äffchen sich argwöhnisch in Bewegung. Er braucht für die Distanz ungewöhnlich lang.

»Was hat dich denn so verschreckt, hm?«

Der Maki schreckt bei der kleinsten Bewegung Waylons zurück, der sich noch nicht einmal getraut, Luft zu holen.

»Kleiner …«, säuselt Waylon, »na komm her, Süßer. Ich tu dir nichts. Kennst mich doch.«

Scheinbar nicht. Jedenfalls weicht der Maki stückchenweise zurück.

»Wenn du nicht willst …«

Waylon steht auf. Vielleicht hilft ja, wenn er ihn ignoriert. Also geht Waylon in einem großen Bogen um den Lemur, wirft aber bei dieser Gelegenheit einen Blick durch die Öffnung. Außer einer tiefschwarzen Wand ist dort nichts Bedeutendes. Um dem Maki seine Absicht nicht mittels Blickkontakt zu offenbaren, tut Waylon betont gelangweilt. Die Reliefblume kommt ihm wie gelegen.

So kauert er sich vor ihr nieder, betrachtet das Kunstwerk übertrieben aufmerksam. Das Schaftband kommt ihn dabei sehr bekannt vor. Wie …

»… im Baumhaus«, flüstert er respektvoll. Hatte der Erbauer die gleiche Erfahrung gemacht? War der etwa in der Pyramide gewesen? Da bleibt jedoch die Frage: Weshalb hat Waylon die Kristalle gefunden? Genau *Kristalle*! Wieso gibt es zwei? Stimmt die Annahme, dass eine hierher führt, wobei die andere so etwas wie eine *Rückfahrkarte* ist?

Behutsam fasst er die kristallene Reliefblume an, die eine Kreuzung zwischen Lilie und Rose darstellt, die von einer Rankenpflanze zusammengehalten wird. Das Hauptaugenmerk fällt aber auf die Blüte. Das Material ist kalt.

Waylon dreht die Blüte ein kleines Stück. Dann noch einmal.

Ohrenbetäubender Lärm setzt, verbunden mit einem leichten Beben des Bauwerks, den verborgenen Mechanismus in Gang und der Steinquader schließt die Öffnung.

Voller Panik schreit der Mohrenmaki auf und mit großen Sprüngen ist er auf Waylons Schulter, umschlingt zitternd seinen Hals. Darüber nun ist Waylon seinerseits fassungslos. Auch ihn hat es mitgenommen, und der Maki setzt noch einen drauf.

»Keine Panik«, sagt er cool, wobei Stimme und Wortwahl wohl eher ihn selbst gelten. »Ist doch nur ein … so etwas wie 'ne Tür eben.«

Den ängstlichen Maki kann nichts beruhigen, geschweige denn aufmuntern. Im Gegenteil: Seine Stimme überschlägt sich bald. Da der Maki genau neben dem Ohr kreischt, glaubt Waylon gleich Schaden zu nehmen. Das der kleine Kerl eine dermaßen durchdringende Stimme hat – unglaublich! Gellend und schmerzhaft!

Ohne eine körperliche Regung sitzt Waylon, mit dem Affen auf der Schulter, abwartend, den *Blütenknauf* (wie er das ›Relief‹ im Stillen tauft) in der Hand, da. Um den noch immer zitternden Angsthasen nicht weiter zum Schreien zu animieren, bleibt nichts anderes übrig, als sich abzulenken. Dafür sind Gedanken gut! Doch was tun, wenn keine da sind? ›Ausgerechnet jetzt – wo ich sie brauche!‹

Ein Plan muss her! Definitiv! Ein guter obendrein. Doch mit dem Häufchen Elend, was Waylon mit sich trägt, wird dies schwierig. *Seufz* …

»Du kennst so was nicht, wie?«

Der Maki kreischt wieder, kurz aber intensiv. Sobald Waylon etwas sagt, intoniert das Äffchen artig mit. So entsteht eine Art Unterhaltung mit affigem Charakter. Trotzdem muss ein Plan her! Während Waylon grübelt, entspannt sich der Maki zusehends. Offensichtlich weil auch Waylon ruhiger oder gar ausgeglichener wird.

›Das Flechtband am Sockel kann ein Hinweis darauf sein, dass schon mal einer hier war. – Klar war schon mal einer da, die, die dieses Bauwerk errichtet haben zum Beispiel, Tölpel!‹ Harsch schüttelt Waylon den Kopf. ›Gehen wir doch mal vom Erbauer des *Flecht-Appartements* aus. Also der oder die, nein, keine Frau. Der Erbauer, oder waren's doch mehrere? Hm. Wäre eine Arbeit von … Jahren, wenn's einer gemacht hätte. Okay. Bleiben wir bei *den* Erbauern. Wie sind sie her gekommen? Angenommen so wie ich. Dann wären sie über den Kristall in diese – Welt? – gekommen. Hm. Angenommen … nein, zu viele Annahmen! Ich geh davon aus (das ist besser), dass sie, also die *Flecht-Appartements*-Erbauer die Pyramide – jedenfalls sieht das Ding so aus, also bleiben wir mal bei dieser Bezeichnung – entdeckt. Was hat sie so beeindruckt, dass sie den Baum bewohnbar machten? Sie waren sicherlich lang da gewesen. Wo sind sie jetzt? Es muss Hinweise geben! Hm. Das kleine Büchlein! Sollte ich schnellstens lesen! Genau! Ist vielleicht im ausgehöhlten Baumstamm noch was versteckt? Nach sehen! Unbedingt! – Sind schon mal zwei Punkte auf der Agenda. So!‹

Waylon atmet tief durch. Ein Anfang ist getan, und der will mit Leben gefüllt sein.

»Und bist du damit einverstanden?«

Wider Erwarten bleibt der Maki still, schaut aber Waylon mit großen Augen an. Fast kommt es Waylon vor, als hätte das Äffchen seinen Gedanken gelauscht. In diesem Augenblick ›gackert‹ der Maki wieder.

Bei flackerndem Kerzenschein liegt Waylon mit dem handgeschriebenen Büchlein auf der Pritsche, der Maki mit schläfrigen Augen auf der Truhe. Anfangs hatte er Mühe, die saubere Schrift zu entziffern. An manchen Stellen ist die Tinte ausgeblichen oder das Papier ist einfach von minderer Qualität, was durch vereinzelt sichtbare Holzeinlagerungen wohl eher zutrifft, dass einige Textstellen im hohen Maße vergilbt sind. Doch Waylon wäre keinesfalls Waylon, wenn er nicht konsequent einmal begonnenes zu Ende führt.

Auf den ersten Seiten sind keine Angaben gemacht, die seine dringenden Fragen beantworten. Augenscheinlich hat der Schreiber das Buch unter anderen Voraussetzungen begonnen, die dem Leser verborgen bleiben. Ein, zwei Seiten überblättert Waylon. Hat er sich etwa zu viel erhofft? Müde schaut er auf.

Ein kurzer Blick auf den Maki zeigt diesen, wie er blitzschnell ein Insekt fängt, das vom Licht angelockt, ihm zu nahe gekommen ist. Gut durchgekaut nimmt er wieder die bisherige Dös-Lage ein. Zufrieden seufzt er.

Dann fallen ihm einige unbeschriebene Seiten auf; immer ein komplettes Blatt was leer geblieben ist. Weitere Zeilen belangloser Beschreibungen folgen, mit kurzen Zeichnungen versehen.

»Ein Künstler war aber nicht an die verloren gegangen«, kommentiert Waylon. Wieder blättert er eine Seite weiter.

Neben ihm kaut der Maki abermals; diesmal länger und intensiver. Waylon mag gar nicht aufschauen. Irgendwie graut ihm davor, was er dann sehen könnte. Vielmehr konzentriert er sich auf die weiteren Seiten, die wiederum Zeichnungen darstellen, in denen er hofft, irgendwelche Hinweise zu finden. Inzwischen zählt er sieben weiße Blätter.

Und dann prangt ein minutiöses, ja fast schon pedantisch gewissenhaft gezeichnetes Abbild des Blütenknaufes auf einer Doppelseite! Besonders korrekt empfindet Waylon das Flechtband unten am Schaft, das akribisch genau jede auch noch so kleine Abweichung darstellt.

Seine Vermutung scheint bestätigt! Hochkonzentriert blättert er um.

Fünfundzwanzig

»Im zweiten Jahr dieses grässlichen Krieges, der Europa heimsucht und die ganze Welt in den Abgrund stürzen kann, wird noch lang dauern. Tausende Opfer hat er bisher gefordert. Viele von ihnen starben unbemerkt vom Rest der Welt, die davon erst nach vier Jahren Kenntnis erhält. Nach dem Sieg zerbricht die Koalition der Mächte. Die Welt wird aufgeteilt in zwei Hauptblöcken.«

Waylon fährt wie elektrisiert auf. Mehrmals liest er den Abschnitt. Er zweifelt, den Text richtig zu verstehen. Aber etwas passt nicht. Der Begriff ›Koalition der Mächte‹ klingt sehr modern.

›Stand da kein Jahr?‹

Wenn man etwas Bestimmtes sucht! Da ist es ja: 1897. Waylon ist baff. Das Datum schließt den Eintrag ab, der die Ereignisse des Oktobers im besagten Jahr in der Nähe Londons umreißt. Nichts deutet auf einen Zusammenhang beider Einträge hin. Aber die Schrift Gleicht sich bis aufs i-Tüpfelchen. Waylon hat viele Interessen, unter anderen gehört auch die Graphologie dazu. Natürlich ist er kein Experte, aber es ist erstaunlich, was sie alles über die Person verraten kann. Bei der vorliegenden ist eine gewisse Ästhetik nicht zu verleugnen. Die Zeilen sind akkurat gerade, was darauf schließen lässt, die Person hat eine gewisse Gefühlskälte. Oder sie konnte die Dinge mit Abstand betrachten. Da die Schrift leicht nach rechts neigt, geht Waylon beim Schreiber von einem aufgeschlossenen, extrovertierten Menschen aus. Er könnte auch eine gewisse soziale Stellung inne gehabt haben. Die Schrift an sich ist klein.

»Du warst wohl sehr bescheiden«, murmelt Waylon. Nahmst alles genau, warst äußerst geduldig, unbekannter Freund.«

Beide verglichene Absätze sind also identisch, was dem Schreibenden betrifft.

»Wieder bin ich dort gewesen. Diesmal bleibt es bei Bildern von Landschaften, riesigen Städten, extremen Ansammlungen von Menschen. Keine klare Sicht auf bestimmte Ereignisse, die mich sonderlich berühren.«

Das gibt doch gar keinen Sinn! Auch die Skizze bringt Waylon nicht weiter. Er hasst zusammenhanglose Sätze!

Verärgert legt er das zerfledderte Buch auf die Seite. Inzwischen schläft der Maki, jedenfalls sind die Augen geschlossen und er atmet gleichmäßig.

»Wird Zeit das ich auch schlafe«, flüstert er. Dann löscht er die Kerze.

Lang liegt Waylon noch wach. Starrt in die Dunkelheit. Es hat kaum abgekühlt, die Luft steht und man könnte sie in Scheiben schneiden. Alles ist geschlossen, kein Wunder also. So leise wie möglich nimmt er die Fensterpalisade ab.

›Schon besser.‹

Ruhe findet er keine. Die Stunden sind wie angestemmt. Hat er etwas übersehen?

»Ich hätte weiter lesen sollen!«

Als Waylon die Stimme erhebt, räkelt sich der Maki und schaut verdattert.

»Hast ja Recht. Ich sollte schlafen. Morgen ist auch noch … *Gähn* … ein Tag.«

Gleich früh am Morgen, es ist gerade hell geworden, sind bereits alle Rollos eingerollt sowie Fenster und Tür offen. Der dadurch entstehende Luftzug kühlt das Innere und Waylon bekommt endlich den Kopf frei.

Dann hat er sich frisch gemacht, um kurz darauf das Buch zur Hand zu nehmen.

»Der alte Krämer ist fett und stinkt. Ich muss mir was vor die Nase halten, um den Geruch auszuhalten. Seine Waren stinken

genauso. Die alte Frau, die er gerade bedient, scheint das nicht zu stören. Sie spricht lang mit dem Fetten. 27ter Oktober 1897«

Also stimmt das Jahr! Lass nur ein paar Monate dazwischen vergangen sein, dann wären die Kristall betreffenden beschriebenen Ereignisse achtzehnhundertachtundneunzig gewesen. Ziemlich weit entfernt von modernem Sprachgebrauch.

Da fällt Waylon etwas auf. Wieso hat er das nicht gleich bemerkt? Jeder Absatz erzählt etwas völlig anderes. Daneben stehen seltsame Zeichen, die auch Zahlen sein können. Römische Zahlen mit verzierendem Beiwerk, die auf den ersten Blick auch einfache Kleckse sein könnten. Dafür aber waren auch sie viel zu filigran gezeichnet.

›Jetzt nur noch die richtige Reihenfolge finden …‹

Angespornt von der Idee vergleicht Waylon. Die Seiten absuchend kommt er ins letzte Drittel des Büchleins.

»Als endlich die alte Frau geht, findet der Krämer Zeit für mich. Mit einer Kopfbewegung deutet er mir an, ihm zu folgen. Hinter einer zerfetzten Decke, die vor neugierigen Blicken schützen soll, überreicht er mir den kleinen, länglichen Kasten. Nur kurz öffnet der Alte die Klappe. Endlich bin ich am Ziel …«

Links daneben sieht Waylon im Piktogramm ein Zeichen, das einer römischen Vier nahe kommt. Schnell zurück geblättert und da ist tatsächlich so etwas wie eine römische Drei. Innerlich könnte er jubeln, hält sich aber brav zurück. Vom Fieber gepackt sucht er weiter. Römisch Fünf.

»Gleich geht im Haus jeder zu Bett. Ich werde so tun, als ob auch ich schlafen gehe. Gegen Mitternacht werde ich den Keller aufsuchen. Dort habe ich das Artefakt sicher versteckt. Niemand darf es finden. Ich muss herausfinden, ob die alten

Schriften stimmen, die ich in der Londoner Bibliothek fand. Ich höre Schritte, muss vorsichtig sein.«

»Es ist das *so lang ersehnte Artefakt. Ich kann meine Freude kaum zügeln. Viel zu lang bin ich im Kellergewölbe gewesen. Wäre beinahe entdeckt worden. Muss mich noch mehr vorsehen! Nicht auszudenken, wenn mein Gemahl dahinter käme.«*

Eine Frau! Darf nicht wahr sein! Waylon hätte mit vielem gerechnet, aber eine Frau? Völlig perplex – ja geschockt! – lässt er das Buch sinken. Dann war sie es, die den Baum bewohnbar gemacht hat. Eigentlich einleuchtend, wenn man bedenkt, wie gut das Geflecht gearbeitet ist. Nun sieht Waylon das *Appartement* und die Einrichtung mit ganz anderen Augen. Aber *kann* eine Frau so hart arbeiten, zudem sie allein war? Noch dazu im neunzehnten Jahrhundert!

Da erinnert er sich daran, dass es schon einige Frauen aus dieser Zeit gegeben hat, die mit Durchsetzungsvermögen und Ausdauer es sogar bis in die führende Forschung gebracht haben. Waylon schellt sich. Ist er doch dabei, wie ein unverbesserlicher Macho zu denken.

»Okay. Setzen wir voraus, dass diese Dame physisch und psychisch in der Lage war, dies zu bewerkstelligen. Sind wir wieder ein Stück weiter gekommen.«

Der Maki schaut ihn mit großen Augen an, so, als verstehe er was Waylon sagt.

»Genau dreiunddreißig Tage sind seit dem Erwerb des Artefaktes vergangen. Nun beginnt ein neuer Abschnitt in meinem Leben. Mein Gemahl weiß nichts von meiner Abreise. Er wird es auch nie erfahren, weshalb ich weg bin und wohin. Er würde es auch nicht verstehen. So ist es besser – für ihn genauso wie für mich. Seine Eltern, aber besonders sein Oheim würde alles dran setzen, dass er sich von mir lossagt, mich verstößt. Und ich will in kein Kloster. Deshalb nutze ich seine Abwesenheit.

Nun befinde ich mich auf den Weg zum Hafen. Morgen in der Früh stechen wir in See.«

Römisch Acht und Neun findet Waylon nicht. Fehlen etwa Seiten? Doch so genau er das Buch untersucht, es ist nicht erkennbar, ob Blätter entfernt wurden.

›Überseh' ich da was?‹

Elf findet er sofort. Seltsam, seltsam, seltsam.

Derweil macht der Maki Waylon darauf aufmerksam, wie unruhig er ist. Notgedrungen legt er also eine Lesepause ein.

»Lass uns mal die Beine vertreten«, stimmt Waylon den Affen zu.

Sobald der Maki merkt, dass Waylon Anstalten macht, springt er, vergnügt quietschend, auf. Nachdem Waylon seinen Fuß auf die Erde setzt, schaut er in frohe, leuchtende Augen.

»Na geh schon.«

Wusch! Weg ist der vierbeinige Freund.

An der frischen Luft bemerkt er, wie stark er ›müffelt‹. Im Schweiß baden ist nicht sehr angenehm. Trotz dass er nur den Slip anhat (ist eh keiner da) perlt ununterbrochen Schweiß herab.

Kurz darauf liegt er im seichten Bachlauf. Das Wasser reinigt und kühlt zugleich. Was für ein Gefühl …

Ob die geheimnisvolle Dame auch hier badete? Vielleicht an gleicher Stelle? Wie mag sie ausgesehen haben … Jeder hat ein Bild im Kopf von einer Person, von der er liest oder hört. Bei Waylon ist das so. Früher, als kleiner Mann, stellte er sich den Radiosprecher immer mit Brille und glatten, kurzen Haaren vor. Wie enttäuscht er doch war, als genau dieser Sprecher einmal im Fernsehen war. Nur an der Stimme konnte er ihn erkennen.

Wie war wohl ihr Wesen?

Verträumt sieht er vor sich ins Wasser. Leichte Wellen schlagen gegen die Haut. Sanft und zart. Den entspannenden Genuss sich hingebend, schließt Waylon die Augen. Ein leiser

Windhauch umweht ihn, gefolgt vom sanften rhythmischen Plätschern. Waylon lauscht dem. Wohlig das Gefühl vom aufwallenden inneren Frieden.

Plötzlich vernimmt er eine Melodie. Noch nie gehört, ist sie dennoch sehr vertraut. Bald ist er gewillt mit zu summen. Ein Lächeln zaubert die Melodie ihm ins Gesicht. Völlig entspannt triftet er ab in ungewohnter Sorglosigkeit.

Vogel flieg empor in die Lüfte
Wiesen verströmen allerliebste Düfte
Oh Geliebter, der Du so fern
Wie wär' ich bei Dir so gern

Das Lied im Kopf, gesungen von der liebreizendsten Stimme, die er je vernommen hat. Wer ist sie, die ihr Herzeleid kundtut? Wehmut erfüllt auch Waylon. Liegt es an der Entspannung?

Im Vergessen Deine Spuren verwischen
Tränen fließen, ich muss sie abwischen
Will ich nicht voller Pein in ihn' ertrinken
Im quälenden Sumpf einsam versinken

Die Stimme klingt jung. Wie kann ein Mädchen oder eine junge Frau so erfüllt sein von Traurigkeit? Ihr sollte geholfen werden. Jemanden muss es doch geben, der sie erlöst von der Seelenqual.

›Vielleicht kann ich ihr Mut zu sprechen‹, denkt Waylon bei sich. Lächelnd öffnet er die Augen.

Da sitzt sie, keine Armlänge entfernt, im Wasser. Wie eine Fee, mit langen, wallenden Haaren. Sie lächelt Waylon liebevoll an. Keine Spur von der gerade besungenen Melancholie.

›Hab ich dich gestört?‹, säuselt sie an Waylon gewandt. ›Oder gefällt dir mein Gesang nicht?‹

›Nein, nein …‹, hört er sich sagen. ›Deine Stimme ist wie die einer Fee. Doch weshalb so traurig?‹

›Um das Leid besser ertragen zu können, welches einst mich plagte.‹

›Magst du es mir erzählen, schönes Kind?‹

›Du kennst es doch‹, erwidert sie. ›Nichts, was heut von Belang noch ist.‹

Waylon ist überrascht.

›Ich erinnere mich, Rebecca.‹

Das schöne Mädchen schenkt ihm das bezauberndste Lächeln dieser Welt. Es schmeichelt Waylon wie verliebt sie ihn ansieht. Ihr Haar leuchtet engelsgolden in der Sonne. Sie öffnet halb ihre Lippen. Dann beugt sie sich zu ihm. Sanft zieht er sie zu sich.

Rebeccas Lippen auf den seinen schon spürend, empfindet er beim Kuss aber alles andere, als den Himmel. Jäh öffnet Waylon die Augen und erschaudert. Statt in Rebeccas Antlitz schaut er in das Gesicht des Mohrenmakis …

Sechsundzwanzig

Seit dem Tagtraum geht ihn der Name Rebecca nicht mehr aus dem Sinn. Die Melodie haftet eindringlich im Kopf, dass er glaubt, sie noch immer zu hören. Seine Großmutter meinte immer: Träume sind Schäume! Sie mochte Recht gehabt haben. So real wie heute, dass konnte fast kein Traum sein …

Sobald das Äffchen in Waylons Sichtfeld kommt, fühlt er sich peinlich erinnert. Anschließend wusch sich Waylon intensiv das Gesicht. Immer wieder stieg Ekel hoch. Auch jetzt geht es durch und durch.

Um allein zu sein, geht Waylon am Strand entlang.

»Dieser Vorsprung ist ja auch noch da …«

Richtig. Dort wollte er gleich am ersten Tag hin. Die Entfernung ist schwer abschätzbar, aber drei Kilometer sind es mindestens. Darüber lang zu grübeln bringt nichts. Waylon geht einfach drauf los, vom Maki neugierig beäugt. Wenn der Abstand zu groß wird, springt das Äffchen auf einen der nächsten Bäume. Ob aus reiner Neugier oder ob etwas anderes dahinter steckt, bleibt abzuwarten.

Die Strecke bleibt eintönig. Sand, Meer und der Dschungelgürtel links. Manchmal versinken die Füße ungewöhnlich tief im Sand. Es kostet Waylon unwahrscheinlich viel Kraft vorwärts zu kommen. Bis er einen gewissen Rhythmus findet, vergehen Schweiß triefende Minuten.

›Lauf gleichmäßig, Alter‹, motiviert sich Waylon. ›Eins – zwei – eins – zwei …‹

Zweifelsohne überwindet er so den ›Inneren Schweinehund‹.

Zur Ablenkung summt er Rebeccas Melodie. Von ihrer Eleganz noch immer verzaubert, gibt allein diese Vorstellung ihm die nötige Ausdauer. Er kommt nun besser voran, stapft leichtfüßiger als vorher durch den weißen Sand. Noch einmal in Rebeccas Antlitz sehen! Ihrer zärtlichen Stimme lauschen. Leider muss er feststellen, dass ihr Gesicht in seiner Erinnerung mehr und mehr verblasst. Es vergeht, ohne das er etwas dagegen tun kann. Nur die Stimme bleibt …

Indessen macht der Strand einen langgezogenen Bogen ins Landesinnere. Stellenweise ragen kleine Findlinge aus dem Sand und er muss ausweichen. Barfüßig unterwegs sind Steine außerordentlich hinderlich für einen Stadtmenschen. Selbst ein Muschelsplitter kann verheerende Folgen haben.

Die Palmen werden weniger. Stehen sie weiter hinten in Gruppen, wachsen sie hier spärlich. Waylon folgt dem Bogen. Im Meer schlagen Wellen gegen emporragende Felsen. Schäumende Gischt überdeckt die Wasseroberfläche, die auf und ab tänzelte, bis sie schließlich ans Ufer gelangt und aufgetürmt wird. Es riecht nach Salze und Fisch. Dank des stets lauen Lüftchens verweht der Gestank.

Waylon schaut nicht zurück. Den Felsvorsprung im Auge kommt er sehr langsam vorwärts.

›Ich hab Zeit. Viel Zeit. Soviel wie noch nie.‹

In etwa sieben Meter sitzt der Mohrenmaki mit kugelrunden Augen. Der Zweibeiner macht keine Anstalten, ihn mitzunehmen, was er auch nicht getan hätte. Dieses Gebiet wird permanent gemieden. Auch wenn die Makis keine natürlichen Feinde haben, ist ihnen dieser Lebensraum suspekt.

Die Hälfte des Weges hat Waylon geschafft. Jetzt nagt auch noch der Hunger. War es doch ein Fehler einfach so mir nichts, dir nichts aufzubrechen? Und die Sonne brennt erbarmungslos. Erst mal abkühlen!

Das Wasser ist warm, wirkt belebend und erfrischt. Vergnügt schaut er an Land.

›Wo sind die Algen?‹

Erst jetzt fällt es Waylon auf. Sie könnten doch nicht einfach über Nacht verschwinden! Und doch sind sie weg!

Einmal im Wasser, schwimmt er ein bisschen. Dann kommt ihn die glorreiche Idee, er könne ja ein Stück bis zum Felsvorsprung schwimmen. Gesagt, getan. Mit weit ausladenden, strammen Zügen kommt er gut vorwärts. Im Vergleich sogar bedeutend schneller. Ein derbes Lachen ausstoßend, fühlt Waylon sich überlegen. Er schafft das; er schafft alles!

Zu seinem Glück kommt eine ihn mittragende Strömung, genau in die eingeschlagene Richtung. Er weiß aber auch, kein ungeübter Schwimmer könne die Strecke am Stück schaffen. Viele Jahre muss es her sein, dass er geschwommen ist. Kaum kommt die Erinnerung, schwindet seine Kondition.

Waylon will ans Ufer. Zusehends wird er schwächer, verschluckt sich am Salzwasser, hustet erbärmlich. Von der Strömung noch immer erfasst, fällt es schwer an Land zu gelangen. Dann sieht er rechts neben sich etwas auf dem Wasser treiben, dem er unaufhaltsam näher kommt. Hektischer in der Schwimmtechnik werdend, will Waylon ausweichen. Je näher er heran getrieben wird, umso mehr Details sind erkennbar. Das Gebilde ist scharfkantig, wenn auch ein wenig von Wind und Wasser abgerundet. Gottseidank kein Hai!

Durch die Strömung treibt er beständig darauf zu. Seine hektischeren Bewegungen werden ihn nicht rechtzeitig aus dem Gefahrenbereich bringen. Erneut schluckt er Wasser. Paddelt wie wild. Er fühlt sich vollkommen ausgeliefert. Nur noch wenige Meter …

Nochmals die Anstrengung verstärkend, gelingt Waylon in letzter Sekunde das Unmögliche. Plötzlich ist er aus der Strömung entkommen. Entkräftet schafft er es ans Land, lässt sich atemlos in den Sand sinken.

Obwohl bereits die Haut trocken ist, bleibt Waylon noch geraume Zeit regungslos liegen. Mit den Tücken des Meeres nicht vertraut, hat er gerade Probleme damit, sie zu verdauen. Hätte nicht viel gefehlt und es wäre ihm schlecht ergangen. Wie unvernünftig kann man nur sein! War es Selbstüberschätzung oder ›nur‹ einfältige Dummheit?

Waylon setzt sich auf. Von hier aus sieht alles einfach aus. Dummerweise sind aus der Entfernung und durch die Spiegelung der Sonne die Klippen nicht zu sehen.

»Geh weiter, Way. Mach dich nicht verrückt!«

Unzählige Vorhaltungen später steigt die Landschaft erheblich an und wird auch felsiger. Bald darauf steht Waylon mehr als zwei Meter über den Meeresspiegel. Und es geht weiter bergan.

Wie gehabt läuft der Schweiß in Bächen herab. Durch den Wind bleibt er gut gekühlt, was wiederum motivierend wirkt. Auf den felsigen Grund kann Waylon wider Erwarten gut gehen. Mit Moos überzogene Stellen umgeht er.

Unter einer einsamen Palme findet Waylon ein schattiges Plätzchen. Bis zum Felsvorsprung – der zugegeben jetzt ganz anders wirkt – wird es nochmals ein Drittel des Weges sein, der bisher zurückgelegt wurde. Das heißt, heute noch ankommen, aber nicht mehr ins *Apartment*. Der Gedanke ist beunruhigend. Lässt sich jedoch nicht ändern!

Damit sich langsam anfreundend geht Waylon auf die Suche nach Essbaren. Unweit liegt eine Kokosnuss.

›Besser als nichts‹, kommt es ihn in den Sinn. Er weiß wie schwierig es sein kann, diese Frucht zu öffnen. Noch dazu ohne Werkzeug. Den Dolch hat er ja *wieder* einmal in der Truhe liegen gelassen. In der Hand die Kokosnuss prüfend wiegend, sucht er nach brauchbarem Ersatz. Ein Stein, den er gleich darauf findet, sollte genügen.

Etliche, wohl platzierte Schläge zeigen Wirkung. Milch tropft heraus, die Waylon gerade noch mit dem Mund auffängt. Bis zum letzten Tropfen trinkt er deren Saft. Anschließend klopft er einzelne Stücke heraus. Im Geschmack nicht gerade seins, doch Not macht erfinderisch. Und besser als nur Beeren.

In der größeren Hälfte der Nuss legt er die kleineren, abgeschlagenen Splitter. Somit ist die heutige Ration gesichert. Vom kleinen Äffchen fehlt jede Spur. Soweit er sehen kann, ist nirgends vom Tier etwas zu sehen. So geht Waylon im bewährten Tempo weiter.

Wiederum geht ein Tag zu Ende. Die meiste Zeit davon war er unterwegs gewesen. Hatte seinen ursprünglichen Plan sporadisch geändert, was bisweilen eher selten vorkam. Somit muss die Lektüre warten.

Jetzt steht er erschöpft, dennoch glücklich am Vorsprung. Kann die Aussicht so gar nicht genießen, denn was er vorfindet, ist alles andere als das, was er sich vorgestellt hatte.

Siebenundzwanzig

1898, September.

Viele Monate sind seid ihrer Abreise aus London vergangen. Mag es für andere wie eine Flucht ausgesehen haben, war die Flucht wohl überlegt. Nur mit dem nötigsten ausgestattet, hatte sie die entbehrungsreiche Überfahrt gut überstanden. Vom Fieber verschont geblieben, das sogar vor dem stärksten Mann nicht Halt machte, gelangte sie ins ferne Land Amerika. Nun musste sie nur noch nach North Dakota kommen. Vor knapp zehn Jahren als neununddreißigster Staat in die Union aufgenommen, dürfte dies kein Problem darstellen.

Das Missouri-Plateau empfing sie Wochen später mit trübem Wetter. Die ganze Zeit über hatte es geregnet. Doch für die junge Frau kein Grund zur Besorgnis. Ihr war es egal, Hauptsache sie kam rasch an.

In ihren Aufzeichnungen wird sie schreiben: *Der alte Dakota-Indianer ist ebenso begeistert wie ich. Lange sprechen wir darüber. Er bestätigt zwei alte Legenden und fügt zu meinem Erstaunen eigene Erlebnisse hinzu. Auf Nachfrage erfahre ich sein Alter. Siebenundachtzig sei er im letzten Herbst geworden und erfreue sich bester Gesundheit.*

Sie konnte es kaum glauben. Dies war Blasphemie. Und doch war seine Geschichte schlüssig.

Die junge Frau blieb zwei Wochen. Am Vortag der Abreise bekam sie im Hotel Besuch von dem Dakota. Der Alte, dem das hohe Alter nicht anzusehen war, schlägt ihr vor, sie im Umgang mit dem Artefakt einzuführen.

Er führt mich auf einem sanft geschwungenen Hügel hinauf. Das Flusstal darunter ist vom Nebel überzogen. Vor einer Höhle Bleiben wir stehen. Dann fragt er eindringlich, ob ich bereit sei. Ich nicke mit klopfenden Herzen, nicht wissend, was mich erwartet.

Die Höhle war nicht tief, machte einen gemütlichen Eindruck. Im hinteren Teil schob der Dakota einen mannshohen Stein auf die Seite. Dahinter war ein Gang verborgen, der tief in den Berg führte.

Er entzündet Fackeln. Dann nimmt er bedächtig das Artefakt aus dem Kasten, legt es vor sich auf das ausgebreitete Tuch. Ich setze mich ihm gegenüber. Vernehme sein unverständliches Murmeln in einer mir unbekannten Sprache. Ich übe mich in Geduld.

Nach seinem Gebet bittet der Dakota die junge Europäerin seine Hand zu greifen.

»Lass nicht los, bis ich es dir sage.«

Sie war so angespannt, dass sie nur nicken konnte. Und dann beginnt der Indianer.

Sie wusste nicht, wie ihr geschieht. Traum verschwamm mit Wirklichkeit. Ein Zittern geht durch den Körper. Dann wird es um sie herum schwarz. Ihr wird schwindlig. Die Erde dreht sich so rasant, dass die Frau den Halt vollständig zu verlieren droht. Ein seltsames Licht löst die Dunkelheit ab. Es ist grell und eigenartig in der Farbe. Nie im Leben hatte sie schon einmal derartiges gesehen. Darauf folgte ein unendliches, nie enden wollendes Fallen. Ihr wird übel. Hält sich krampfhaft am Dakota fest.

Nachdem ich die Augen öffnen kann, erschaue ich in das mir vertraute Gesicht des alten Indianers. Er murmelt etwas. Dann ließ er meine Hand los. Sagte, ich solle mich ruhig umsehen, aber in der Nähe bleiben. Die Welt ist eine andere. Exotische Pflanzen ringsumher. Meine Knie sind weich, tragen mich aber. Auf meine Frage, wo wir uns nun befinden, antwortet er nur mit einem vielsagenden Lächeln.

»Das Land ohne Namen«, flüsterte sie ehrfurchtsvoll. »Es gibt es tatsächlich …«

Sie drehte sich im Kreis, um so viel wie möglich an Eindrücken einzufangen. Ihr fehlten die Worte. All die Legenden trafen zu! Zeit und Raum spielten eine nur unterentwickelte Rolle. Mit Hilfe des Artefaktes ist es möglich, beiden ein Schnippchen zu schlagen. Kein Wunder, dass der Dakota ein hohes Alter erreichen konnte.

Als ihr Blick die von Strauchwerk und Lianen Pflanzen überwucherte Ruine entdeckte, blieb ihr die Luft weg.

»Dies ist das Zentrum. Du wirst es betreten dürfen, wenn die Götter dir wohlgesonnen sind.«

Sprachlos wie sie ist, nickte sie verstehend.

»Komm, ich möchte dir etwas zeigen.«

Der Dakota führte sie zielsicher durch den Dschungel. Kein Pfad war vorhanden. Der Alte musste sich sehr gut in der Gegend auskennen, musste bereits mehrmals hier gewesen sein. Beide umgingen einen sumpfähnlichen Landstrich. Jeder Fußtritt saß. Wäre sie allein gewesen, hätte sie sich fürchterlich verirrt.

Den Dschungel verließen sie in Höhe des Felsvorsprunges. Aus der Entfernung als normaler Fels erkennbar, verbarg er doch ein Geheimnis, welches sich – je näher sie kamen – heraus kristallisierte.

Berauschend der Anblick. Stufen führen zu einer reich verzier-
ten Tür, die von zwei Schlangen ähnlichen Fabelwesen flan-
kiert werden, deren drohend stechende Blicke mir ins Mark ge-
hen. Auf der Tür sind zahlreiche Ornamente gearbeitet, die mit
einem Flechtwerk eingefasst sind. Der Dakota geht auch gleich
auf die rechte Statue zu, fasst ihr ins linke Auge, dreht gleich-
zeitig den Kopf. Ratternd setzt sich die Tür in Bewegung.

Aufmunternd nickte der Alte ihr zu. Wie in einem Traum bewegte sie sich sehr langsam, weniger aus Angst, vielmehr vor
Staunen. Sicherheitshalber nahm sie des Dakotas Hand fest in
die ihre.

In Stein gehauene Stufen führten sie weit nach unten zu einem Treppenabsatz. Genau vor ihnen war feuchter Fels.

»Über uns befindet sich jetzt der Ozean.«

Tatsächlich konnte sie dumpf das Meeresrauschen hören,
das sie beunruhigte.

»Hab keine Furcht.«

Auf dem Absatz gingen versetzt und in entgegengesetzter
Richtung die Stufen weiter, die sie an einen Gang mündeten.
Eine ganze Weile folgten sie den beengenden Stollen. Ein be-
klemmendes Gefühl breitet sich aus. Überall tropfte Wasser, an
manchen Stellen floss es regelrecht und sammelte sich in Lachen. Doch tiefer als ein paar Zentimeter war es nirgends.

Erst jetzt fiel ihr auf, dass sie trotz Dunkelheit sehen konnten. Wie war das möglich?

Inzwischen hatten sie das Ende erreicht. Augenscheinlich
ging es nicht mehr weiter. Fragenden Blickes sah sie den
Dakota in die Augen.

»Sieh gut hin. Präge dir die Reihenfolge ein«, sagte der Alte im verschwörerischen Ton. Dann tippte er türkisfarbene
Lichtpunkte an, die sie sofort an ein Sternbild erinnerte. Zweimal links, dreimal unten, rechts und nochmal links. Sobald der
letzte Lichtpunkt gedrückt wurde, ertönte ein ebenso lautes

Rumpeln wie oben am Eingang. Auf der rechten Seite fuhr der Fels in die Wand. Dahinter empfing sie ein wohl temperierter, im blauen Licht gehüllter Raum mit einigen Annehmlichkeiten.

Ich bin sprachlos. Kann es nicht glauben! Da gibt es eine mir völlig fremd vorkommende Einrichtung. Inmitten des Zimmers, steht ein Quader aus dem reinsten Glas, was ich jemals gesehen habe. Darunter ist ein Pult. Beidseitig stehen schwebend die zwei Fabelwesen, in deren Augen es sternförmig silbern funkelt. Es geht eine faszinierende Magie von ihnen aus, die auch den Dakota beeindruckt. Der hantiert an komischen Schaltern herum, deren Sinn er mir hoffentlich noch erläutert. Und dann geschieht es.

Das Licht erlosch. Inmitten des Raumes leuchtete frei schwebend ein greller Punkt auf, der sich rasch vergrößerte. Hinzu kamen noch weitere, ebenso leuchtende, wenn auch winzigere Punkte. Vor ihren staunenden Augen entstand das virtuelle Abbild des Sonnensystems.

Der Dakota tippte einen der Punkte an, aus dem sich eine blaue Kugel formte.

»Das ist die Erde«, erläuterte der Dakota. »Heimatplanet für Menschen, Tiere und Pflanzen. Der Lebensraum, der dir das Leben ermöglicht.«

Fassungslos vom Anblick schweigt sie. Dies überstieg ihren geistigen Horizont.

Unterdessen fuhr der Alte fort: »Jeder einzelne Punkt ist ein Stern oder Planet. Du siehst hier also unser Sonnensystem.«

»Wie ist das möglich?«

»Es ist eine Illusion. Genau weiß das kein Mensch.«

»Und wer ist der Schöpfer?«

»Auch das kann keiner sagen.«

»Aber jemand hat es doch errichtet. Das …«

»Unsere Ahnen haben Anfangs nachgeforscht. Dieses Wissen floss ein in alte Geschichte. Gern kann ich sie dir erzählen, wenn du sie hören möchtest. Aber eine Antwort auf deine Frage werden sie nicht sein. Wir leben mit den Dingen. Ihr Weißen hinterfragt alles, wollt Antworten, die wiederum neue Fragen aufwerfen. Was bleibt?«

»Aber das macht doch den Menschen erst aus! Wir wollen lernen. Wollen verstehen.«

Der Dakota lächelt. »Nimm es so wie es ist. Du wirst niemals Antworten erhalten.«

»Aber warum denn?« Vor Erregung war sie aufgesprungen.

»Weil wir noch nicht reif dafür sind. Kein Mensch auf Erden wird dies je alles erfassen können.«

»Du meinst … das stammt nicht von … von Menschen?«

»Die Antwort werden dir nur die Götter geben können.«

Der Dakota lässt sich auf keinen Disput ein. Er verweist auf die mangelnde Demut gegenüber dem Leben. Dass es Dinge gibt, die einer Antwort nicht bedürfen. So wie Gefühle nur körperlich erfasst werden können, ohne sie derart mit Worten zu beschreiben, dass ein Unbedarfter sie genauso empfinden kann.

Der alte Indianer betätigte einen Punkt, der weit außerhalb des dargestellten Systems lag. Ein weiteres System zoomte heran, indem drei Planeten und sieben Monde sichtbar wurden. Auf einen der Monde deutend, sagte er: »Wir befinden uns jetzt hier. Im Sternbild der Schlange. Dieser Mond beherbergt diese Welt. Von hier aus kannst du überall hin.«

Das war eindeutig zu viel für die junge Frau. Einen Schwächeanfall befürchtend, lehnte sie sich ans Pult.

»Dieser Hebel verändert die Zeit.«

Sie nahm nur halb seine Worte wahr, schaute nur wenig interessiert zu.

»Du kannst somit in deine eigene Zeit zurück, oder aber in die Vergangenheit blicken.«

Erneut übermannte sie ein fürchterliches Schwindelgefühl. Gerade noch rechtzeitig fing sie der Dakota auf.

Als sie die Augen aufschlug befand sie sich in dem Hotelzimmer. Nirgendwo war der Dakota zu sehen. Hatte sie etwa geschlafen? Draußen regnete es nicht mehr, die Sonne durchbrach stellenweise die dichten Wolken.

Gedanklich im vermeintlich Erlebten gefangen, steht sie auf, gießt aus der Wasserkanne etwas Wasser in die Schüssel. Nachdem sie sich erfrischt und getrocknet hatte, zieht sie den einzigen Stuhl im Zimmer vors Fenster und setzt sich. Dann gibt sie sich voll ihren sie einstürmenden Gedanken hin …

Achtundzwanzig

Waylon glaubt nicht was er sieht. Von der Seite und vom Meer her nicht sichtbar, steht er vor einem Eingang mit jeweils einer Statue links und rechts. Böse Blicke aus ihren starrenden Augen treffen Waylon unvermittelt heftig. Er glaubt den Stich bis ins Herz zu fühlen. Angewurzelt bleibt er stehen. Und starrt zurück.

Eine gewisse Bedrohung geht von den Statuen aus. Obwohl sie aus Stein erschaffen wurden, scheinen sie eine gewisse *Seele* zu haben. Am liebsten würde er weg laufen. Doch eine nicht identifizierbare Macht hält ihn im Bann. Nur mit großer Mühe kann er sich aus der Erstarrung und vom Alles vernichtenden Blick lösen. Stattdessen konzentriert er sich aufs Gesamtbild. Die Köpfe der Wesen sind denen von Schlangen nachempfunden. Wenngleich ein paar Auswuchtungen eher an einen jungen Ziegenbock erinnern. Diese Kreaturen ›bewachen‹ ganz klar einen Durchgang, der schmuckvoll verziert worden ist. Und wieder ist das Flechtband aufgegriffen worden.

Gemächlich tritt er näher heran. Die kleineren Reliefs hat er schon mal gesehen. Tief grabend fällt es Waylon ein. Im Tagebuch der Fremden, die er für sich Rebecca nennt. Diese sehen genauso ›einfach gemacht‹ aus, wie die Skizzen, die er als nicht besonders kunstvoll hielt. Rebecca hat also ein zu eins abgezeichnet!

Wie es scheint folgen die ›einfachen‹ Reliefs einem bestimmten Muster. Waylon zählt sieben Stück. Eingefasst ist das Ganze mit dem wundervoll graziösen Geflecht. Fast scheint es, als halte das Band alles zusammen.

›Vielleicht steht jedes Symbol für irgendein – Ding –, das allein für sich steht, doch Teil des Ganzen ist …‹

Er atmet lautstark aus. Genau mittig der Tafel erblickt er eine quer gelegte Acht. Ganz nah geht er heran. Richtig. Deutlich erkennt Waylon eine Schlange als Zeichen für die Unendlichkeit. Sogar Schuppen sind vorhanden, Nase, Augen.

Ihm wird heiß. Waylon interpretiert im Bruchteil einer Millisekunde: Alles in der Unendlichkeit gehört untrennbar zusammen, gehalten von einem Band. Betrachtet man dieses Geflecht genauer, könnte es ebenfalls Schuppen sein, die zwar größer sind als die der Schlange, dennoch eine auffällige Ähnlichkeit haben.

Nachdenklich geht er ein Stück rückwärts. Außer der *Acht* findet er keine weiteren vergleichbaren Symbole. Halt! Eines könnte gleichgesetzt mit Pi werden. Zugegeben sieht es eher wie eine Pritsche oder ein Hocker aus. Doch je länger Waylon die Symbole betrachtet, umso sicherer wird er.

Er ärgert sich im Stillen, keine Möglichkeiten zur Hand zu haben, um Anordnung und Abbild der Wand festzuhalten. Deshalb schaut er jedes einzelne Relief noch genauer an. Sollte er jemals nach Hause gelangen und die Möglichkeit haben, erneut zu diesem Ort zu kommen, dann darf er seine Kamera und Schreibzeug nicht vergessen. Solang muss er sich auf sein Gedächtnis verlassen.

Bis die Abbildungen verschwimmen prägt er sie sich ein. Im Anschluss braucht Waylon eine Pause. Diese nutzt er, um ein Bruchstück der Kokosnuss zu kauen. *Soll ja gut für die Nerven sein,* heißt es.

Inzwischen – Waylon schaut abwesend übers Meer – wird es Abend. Langsam wird es Zeit, einen Platz für die Nacht zu finden. Nach eingehender Suche entscheidet er sich für eine Lichtung, an der er vorbei gegangen war. Dort findet er sehr spät für wenige Stunden Schlaf.

Am kommenden Nachmittag fällt Waylon total ausgepowert aufs Bett und sofort in einen komatösen Tiefschlaf. Hatte er am Morgen noch gehofft, wenigstens einen Blick hinter die geheimnisvolle Tür werfen zu können, musste er aufgeben, wenn er heute noch ins *Appartement* gelangen wollte. Aber noch eine Nacht im Freien hielt er nicht aus.

Der Rückweg war anstrengend und endlos. Selbst die eigene Motivation funktionierte nicht richtig. Er fühlte sich schlapp und fiebrig. Während er schleppend vorankam, fing er an zu halluzinieren. Mal sah er Rebecca, dann gehörnte Schlangen, die ihn verfolgten. Als nach unendlich langen stolpern und straucheln er den Bach erreichte, bekam Waylon eine Schüttelfrost-Attacke. Das Wasser war ihm zu kalt, schmerzte beim Trinken. Für den Aufstieg benötigte er gut dreimal länger. Mit letzter Kraft schloss er die Tür. Dann fiel er ins Land der Träume.

* * *

Leise knistert niedergetretenes Gras. Nackte, schlanke Füße treten leichten Schrittes auf. Kaum zu Boden gedrückt, richten sich die Halme wieder auf, ohne dass auch nur eines abbricht. Kein Geräusch verursachend, kommen sie behände voran. Die Füße tragen schlanke, makellose Beine. Auch die Hüfte und der Bauch sind von sportlicher, gut durchtrainierter Statur. Den

Kopf zieren bis zum Gesäß herabhängende, blond-graue und verfilzte, wild zerzauste Haare. Der Blick ist scheu. Stets zur Flucht bereit, schleicht die Gestalt nach vorn gebeugt, jede Deckung ausnutzend. Als Kleidung dienen dem Individuum wahllos aneinander geheftete Felle verschiedener Tiere. Dieses Fellkleid fällt locker über Oberkörper und Hüfte.

Dünne Lippen geben dem Gesicht ein strenges Aussehen. An den unverhüllten Körperpartien haften Schmutzrückstände, die darauf schließen lassen, dass die Gestalt ein Leben in freier Natur verbringt. Karge Kost lässt den Körper sehnig, dennoch unterernährt erscheinen. Die Haut ist braungebrannt und ähnelt Leder. Nur am Hals sind vereinzelte Falten erkennbar.

Bei dem leisesten Geräusch reißt die Gestalt den Mund auf und ein katzenartiges Fauchen ertönt. Damit werden Tiere auf Abstand gehalten, die den Weg kreuzen oder ihr gefährlich werden könnten. Haltung und Mimik wirkt bedrohlich, dienen aber hauptsächlich der Abwehr.

Das Geschlecht des Wesens ist auf Anhieb nicht ersichtlich. Die Jahre seines Lebens in dieser Wildnis haben dessen Züge verhärtet, die Gangart verändert. Alles in allem wirkt die Gestalt vom Dschungelleben geprägt. Wasser trinkt sie auf allen Vieren, Nahrung nimmt sie hastig, meist unüberlegt zu sich, dabei laut schmatzend.

Jetzt eben wittert das Geschöpf, eine in unmittelbarer Nähe vorbeiführende, fremde Spur. Es hockt sich nieder und saugt gierig den Geruch auf. Unbeweglich verharrt es in der Bewegung. Ungewohnt intensiv haftet der fremde Geruch am Boden. Das Geschöpf ist gewarnt. Bis auf einen schmalen Spalt schließt es die Augen. Knurrende Laute hervor pressend und den Kopf abnorm in den Nacken überstreckt, wird das Gesicht zu einer gefährlichen grimassenhafte Fratze, die keine Freunde kennt.

* * *

Ringsum herrscht Stille. Waylon verbleibt den gesamten Vormittag im Schlaf. Manchmal wirkt er unruhig; dann wälzt er sich unentwegt auf dem Lager. Meistens liegt er aber einfach nur da. Flach atmend hebt und senkt sich sein Brustkorb nur unmerklich.

Nachdem der Mohrenmaki das ausgiebige Frühstück beendet hat, kommt er in Waylons *Flecht-Appartement*. Fast erscheint es, als wolle er nach dem Rechten sehen. Über die ›Oberlichter‹ gelangt er hinein. Eine Weile schaut er, scheinbar unkonzentriert und unbeeindruckt, Waylon beim Schlafen zu. Doch bereits nach wenigen Augenblicken springt er gezielt auf Waylons Brust. Dort setzt er sich erstmal und beginnt mit der Körperpflege. Mit Pausen, in denen der Maki den Schlafenden weiter beobachtet, putzt er ausgiebig Gesicht und Fell.

An einer seitlichen Stelle juckt es besonders, die der Maki dementsprechend extrem gründlich bearbeitet. Mit einem Mal lässt er das Jucken jucken sein, denn etwas anderes erfordert seine ganze Aufmerksamkeit.

Ein leises Summen erfüllt die Luft; anhaltend steht der tiefe, leicht vibrierende Ton, ohne Anzeichen das er verstummt. Der Maki verharrt in einer für ihn nicht ganz so vorteilhaften Stellung. Mit dem Gleichgewicht ist das eben so eine Sache, schon gar, wenn der Untergrund aus lebender, biologischer Masse besteht, die sich dann auch noch unerwartet regt. Waylon dreht sich ruckartig nach links, sodass der Maki im wortwörtlichen Sinne den Boden unter den Füßen verliert, dies nicht mehr ausbalancieren kann und abrutscht. Dumpf schlägt das Tier auf den Boden, auf dem er sich umständlich aufrappelt. Während der Maki versucht, die Lage einzuschätzen beziehungsweise abzuwägen, vibriert der Ton weiter. Gleichzeitig spürt er eine Bodenschwingung. Sofort eine gewisse Gefahr ahnend, vollführt er aus dem Stand einen vom wilden Kreischen begleiteten Sprung nach oben, der vorher nicht abgeschätzt wurde. So landet das Äffchen erneut unglücklich am Pritschgestell, dass er ein wenig benommen zum Liegen kommt. Der Schmerz muss unermesslich sein. Mehrmals misslingt der Versuch aufzustehen. Erst als der schlafende Waylon erneut die Seitenlage wechselt, bleibt ihm nichts anderes übrig, als sich aufzurappeln, will er nicht nochmals Bekanntschaft mit dem Boden machen.

Unterdessen schwillt der mysteriöse Ton an. Wechselt mehrmals in der Höhe, bleibt eine gewisse, kaum auszuhaltende Zeit, bis er endlich verstummt. Lange klingen des Makis Ohren nach; auszumachen dadurch, dass er ununterbrochen mit den Pfoten mehrmals hintereinander wie wild über die Ohren kratzt.

* * *

Der Ton ist im großen Umkreis zu hören. Tiere nehmen diesen besonders intensiv wahr. Somit ist im Dschungel alles in Bewegung. Überall flattert, knackt, schreit es. Krebse rennen gestresst ins Meer, verkriechen sich in ihren Sandhöhlen. Auch die Gestalt erreicht die summende Luftvibration. Doch anstatt auch die Flucht zu ergreifen, bleibt sie still und lokalisiert den Ursprung. Fast erscheint es so, als kenne die Gestalt diesen Ton. Was folgt ist abwechselnd fauchen, lauschen und ein ins Mark erschütterndes Schrein, welches nicht von dieser Welt stammt. Dann nimmt sie wieder Witterung auf. Obwohl nicht gerade von kleiner Statur kommt sie nahezu lautlos voran.

Im dichten Unterholz bleibt die Gestalt unsichtbar. Nur etwaige Bewegungen einzelner Zweige oder Blätter deuten auf etwas hin. Doch dies kann alles sein, was im Dschungel kreucht oder fleucht.

Am Rand des Dschungels, unweit der Pinie, gibt es ein gut sichtbares, abruptes Halt. Ein Augenpaar erscheint in einer Lücke des Schattens; tiefblau die Iris und die Pupillen passen sich blitzschnell dem einfallenden Tageslicht an. Jetzt knurrt es im Gebüsch. Es ist ein langes Knurren. Die Augen verschwinden, ebenso das warnende Geräusch. Stille. Nur der Wind streicht sanft über die Blätter.

Blitzartig stieben Äste und Zweige auseinander. Mit ungeheurer Energie rennt die sehnige Gestalt aus der Deckung Richtung Pinie. Nimmt geübt die Sprossen der Leiter und steht Sekunden später spähend an der Tür. Sie wittert die Anwesenheit von einem Tier und einem anderen Wesen. Ein kreischendes Fauchen verlässt ihre Kehle. Angriffslustig des Tötens wegen, spannen sich sämtliche ihrer Muskeln. Ihr Atem wird schwerer. Doch irgendwas lässt sie zögern. Der Geruch! Fremd und doch seltsam vertraut. Die Gestalt schnieft. Nein, sie muss es tun! Ein innerer Drang verhindert angeborene Instinkte. Voller Hass tritt die Gestalt die Palisaden-Tür ein. Blitzende, mordlustige Augen starren auf die Pritsche. Zeitgleich ertönt aus Waylons Mund ein herzzerreißendes Stöhnen.

Neunundzwanzig

Die junge Europäerin war in ein Delirium verfallen. Trotz der Kunst des *pezuta-wicasa* nahm ihre Heilung mehrere Tage in Anspruch, die geprägt waren von Hoffen und Bangen. Der alte Indianer fühlte sich verantwortlich für ihren Zustand. War es ein Fehler ihr ohne große Vorbereitung das Geheimnis zu zeigen? Es ist etwas anderes, wenn man nur davon sprach.

Überhaupt war diese Frau, so jung sie auch ist, ganz anders. Selbstbewusst, mit eigener Meinung – was an sich sehr mutig war – und vor allem war sie sehr wissbegierig. Der Dakota fühlte sich ihr gegenüber verpflichtet. Seine Worte haben die Frau her gelockt. Denn er war es, der auf diese junge Frau angewiesen war; *er* brauchte dringend einen Nachfolger!

Nachdem sie zusammen gebrochen war, nahm der Dakota sie auf und kehrte mit ihr auf den Armen zur Pyramide zurück. Da ihr Zustand keine Besserung versprach, beschloss er durchs Portal zu gehen. Wieder in seiner Gegend angekommen brachte er die Bewusstlose in sein Zelt Dorf. Weit abgelegen lag sein Tipi, das er die Dunkelheit abwartend, aufsuchte und der Frau ein Lager richtete. Dann informierte er *pezuta-wicasa*, der nicht nur die Heilkunst verstand, sondern auch verschwiegen war. Außer den Zweien durfte niemand sonst die wahren Hintergründe erfahren.

Nun lag sie hilflos auf dem Lager. War sie überhaupt befähigt für die ›Große Aufgabe‹? Wie alt war sie? Der *ahbleza* (in der Sprache der Dakota für »Gewahrer«) durfte noch keine fünfundzwanzig Jahre sein, ehe er in die Mission eingeführt werden durfte. Der Alte sah in den Gesichtszügen der Schlafenden reine Jugend. Beinah kindlich wirkend, wie sie so friedlich da lag, kamen ihm dennoch Zweifel.

Drei weitere Tage besuchte der Heiler unbemerkt des Nachts die Kranke, deren Zustand sich unwesentlich besserte. In dieser Nacht regte sie sich nach der Rückkehr das erste Mal. Ihren Mund verlassende Worte blieben für die Anwesenden unverständlich. Und nicht nur, dass sie rätselhaft klangen – die Frau sprach in einer völlig fremden Sprache …

Ich weiß nicht, wie ich ins Hotel gekommen bin. Überrascht in meinem Bett zu liegen, fühle ich mich sehr schwach.
Sie stand auf. Es war nicht ganz so einfach. Dennoch schaffte sie es. Sie kam sich vor, als hätte sie die Nacht durchzecht und wäre für mindestens zwei Tage im Bett gewesen. Ein Gefühl, was sie nicht kannte. Und der Blick in den halb blinden Spiegel war wie eine stille Bestätigung. Dicke, dunkle Augenränder machten sie um einiges älter.

Umständlich füllt sie Wasser in die Schüssel. Nach der Morgentoilette belässt sie das Wasser auf der Haut. Es erfrischt ungemein und macht wach. Zudem hatte sie den Eindruck, dass die Ringe um die Augen ein wenig verblassten.

Nach über einer Stunde getraute sie sich, das Zimmer zu verlassen. Draußen hoffte sie essbares zu finden. Sie verspürte übermäßigen Hunger.

Auf halbem Weg traf sie auf den Wirt, der die Dame mürrisch ansah. Obwohl er ihr aus dem Weg ging, bekam sie das Gefühl, er beobachte sie skeptisch. Auf der voller Pfützen stehenden Straße kam ihr die Frau des Wirtes entgegen, unter beiden Armen große Einkaufstüten.

Sie grüßt die ältere Frau höflich. Anstatt den Gruß zu erwidern, wechselt diese beschämt die Gehrichtung. Die Europäerin holt demonstrativ Luft und geht in den Salon. Der war bis auf vier Gäste leer. Es roch nach beißendem Qualm und abgestandenem Alkohol.

Bei den vier Männern, die am Tisch Karten spielten, hing eine blaue Dunstwolke. Als sie die Frau entdeckten verstummten sie. Gierige Blicke schienen die Eintretende zu durchbohren. Doch sie hatte auf reizende, die Figur betonende Kleidung verzichtet, und trat wie eine, seit Wochen umherziehende, Trapperin auf. Ihr müder Blick betätigte dies. Somit verloren die Männer nach kurzer, intensiver Betrachtung das Interesse und wandten sich wieder dem Spiel zu.

»Hallo!«, rief sie und erschrak über ihre dünne, krächzende Stimme.

»Das Greenhorn sollte einen guten Whiskey trinken, damit das Frauenzimmer zu Stimme kommt.«

Alle vier lachten höhnisch.

»Guten Whiskey? Aber nicht bei Harry …«

Das Lachen wurde lauter.

›Also Harry heißt der Wirt‹, dachte sie und rief den Namen laut aus.

»Röhren kann sie wie ein Büffel.«

»Büffel? Mach kein Quatsch. Sonst kommen die dreckigen Rothäute wieder.«

»Ach, mit den Wilden wird meine *Henriette* schon fertig«, entgegnete der Dritte in der Runde, der bisher geschwiegen hatte, und tätschelt sein Gewehr.

»Den Sheriff wird's freuen. Der kann sich vor Rheuma kaum noch besaufen.«

Wieder folgt schallendes Gelächter.

»Hey Harry! Bedienung!«, rief sie noch entschlossener, aber auch ziemlich genervt.

»Setz dich doch zu mir, Püppchen. Harry ist im Stall beschäftigt«, rief der Vierte der Spieler. Der war besonders ungepflegt, trug einen zerzausten Bart und sie glaubte ihn bis zum Tresen zu riechen.

»Die kann mit dir nichts anfangen, Old Boy. Die braucht was knackigeres als dich.«

Old Boy zog seinen Revolver aus dem Halfter.

»Du bist auch ziemlich fett, Jerry. Pass auf, dass dir meine Kugel nicht die Luft ablässt!« Er entsicherte den Revolver und zielte.

»Du triffst doch nicht mal ein alte fette Sau, die viel zu träge ist, wegzulaufen.«

Der, den sie Jerry nannten, sprang unvermittelt auf, sodass der Stuhl laut krachend umkippte.

In diesem Moment betrat Harry den Salon.

»Waffe weg, alter Saufkopf!«

Jerry fuhr herum. In seinen Augen blitzte blanker Hass.

»Hält du dich da raus, Panscher.«

Harry schien damit gerechnet zu haben. Langsam hob er ein Gewehr, was der Europäerin nicht aufgefallen war, dass er eines bei sich hatte.

»Waffe weg, Jerry!«

»Und wenn nicht, was dann? Erschießt du mich?«

»Ein Dreckshund weniger«, antwortete Harry scharf.

Beide zielten mit sprühenden Blicken und angelegten Waffen. Man konnte eine Nadel fallen hören, so still wurde es.

Nach endlos währenden Sekunden ließ Jerry den Revolver sinken.

»Ist doch nur Spaß. Mensch Harry …«

»Steck das Ding weg und dann raus!«

»Aber Harry …«

»Eins, zwei …«

Jerry schob den Revolver in den Halfter, ehe er mit wütendem Blick den Salon verließ. Die drei verbliebenen Spieler murrten, da ihnen der vierte Mann fehlte.

»Sie wünschen, Ma'am?«

»Haben Sie was zu essen, Sir?«

Harry sah die junge Dame intensiv an.

»Ich kann Ihnen Bohnen mit Speck und Ei anbieten.«

Ihr Magen rebellierte, bei der Vorstellung, was er gleich bekommen würde. Doch lächelnd sagte sie mit erleichterten Tonfall: »Hört sich doch gut an.«

»Kommen Sie mit, Ma'am. Hier ist die Luft bleihaltig, wenn Sie Pech haben.« Harry deutete mit einem Nicken an, sie solle ihm folgen.

Sie war froh, das Lokal verlassen zu können. Wer wusste schon, ob dieser Jerry wieder kam.

Unterdessen kamen sie in der Küche an, in deren Mitte ein abgenutzter Tisch stand.

»Setzen Sie sich, Ma'am.«

Kurz darauf bekam sie einen Teller Bohnen hingestellt mit einem Löffel und eine Krume Brot.

»Danke, Sir.«

Sie beginnt mit der Mahlzeit.

»Ich bin Harry.«

»Danke, Harry.«

»Gesprächig sind Sie ja nicht gerade, junge Frau. Eines nur sollten Sie in diesen Gefilden beachten. Die Jungs hier sehen nicht alle Tage etwas so Hüschsches wie Sie, Ma'am. Sehen Sie sich also besser vor, wo Sie gehen.«

Sie nickte. Die Speckbohnen schmeckten ordentlich und sättigten.

»Ich kann auf mich aufpassen, Harry.«

Auf dem Herd brutzelte es gewaltig. Harry sprang fluchend auf. Die Frau beeilte sich mit dem Essen. Ihr war unwohl. Als Harry sich wieder zu ihr setzen wollte, stand sie auf.

»Ich muss weiter, Harry. Danke für die ... köstlichen Bohnen.«

»Keine Zeit, wie?«

»Ja, ich muss weiter. Gibt viel zu tun.«

»Okay, Ma'am. Das Essen geht aufs Haus, als kleine Entschuldigung wegen vorhin. Aber –«

»Ja?«

»... nehmen Sie sich vor den Roten in Acht. Die Treiben seit paar Tagen wieder ihr Unwesen.«

Sie horchte auf.

»Letzte Nacht wurden zwei von denen in unmittelbarer Nähe gesichtet. Die trugen einen Weißen, so heißt es, hierher. Setzten ihn vorm Hotel ab und verschwanden lautlos.«

Harry schüttelte sich angewidert. Von den Indianern hielt er demzufolge gar nichts.

Eine innere Unruhe beschlich sie.

»An Ihrer Stelle würde ich hier ganz schnell verschwinden, Ma'am.«

»Keine Sorge, Harry. Und nochmals Danke.«

Ich gehe nochmals zu dem Dakota. Er kann, nein muss! mir weiter helfen. Bin schon gespannt auf seine Erklärung.

Harrys Geschichte machte sie nervös. War sie ›der Weiße‹, den zwei Indianer herbrachten? Das Letzte, an was sie sich erinnern konnte, war ein riesiges, von Pflanzen erobertes, Gebäude im ›Irgendwo‹. Nicht viel, musste sie zugeben.

Es war spät geworden, als sie an dem Ort ankam, den sie als Treffpunkt vereinbart hatten, als sie das erste Mal aufeinander trafen. Hier war die Wahrscheinlichkeit den Indianer zu finden am größten. Weit und breit war keine Menschenseele.

Die Frau nutzte die Zeit, um sich an so vieles wie möglich zu erinnern. Leider ließ sie das Gedächtnis im Stich.

Der Dakota ist der einzige verfügbare Mensch, der das Geheimnis ums Artefakt kennt. Und sei es auch nur der alten überlieferten Legenden wegen – die Reise hat sich gelohnt. Doch der Alte weiß mehr. Ich muss ihn überzeugen, dass ich es wert bin, dieses Mirakel zu teilen.

Allein durch ausgesandte, das Gebiet stets überwachende Späher hoffte sie, gefunden zu werden. Geduldig wartete sie.

Sie befand sich auf einer Erhebung der Hügelkette, erblickte durch eine Lücke des Waldes das Flusstal. Es war idyllisch ruhig. Auf einen Stein sich setzend, versank sie in Gedanken.

Äste knackten. Sie schaute auf. Hatte sie Glück, und der Dakota weilte irgendwo in der Nähe? Nach mehrmaligem Knacken kehrte wieder Ruhe ein. Aus der Richtung der Geräusche machte sie keine Bewegungen aus. Sicherlich nur ein Tier, das auf der Jagd ist.

Wenn dieser Harry Recht hatte, dann könnte es sich tatsächlich um sie selbst handeln. Eine mögliche Erklärung dafür, wieder im Hotel aufgewacht zu sein. Doch die Zeit, zwischen dem pyramidenförmigen Gebäude bis heut Morgen, war wie ausradiert.

Sie kam nicht weiter mit ihren Überlegungen. Daher war es wichtig, den Indianer zu finden. Da – wieder ein schweres Knacken! Jetzt wurde es ihr doch unheimlich zumute. War es vielleicht zu übereilt, einfach so her zu kommen, so ohne jeglichen Schutz? Niemanden würde es auffallen, sollte sie nicht wieder auftauchen. Für die hiesigen Leute war die eine Durchreisende.

Deutlich hörte sie schwere, dumpfe Schritte näher kommen. Der Dakota konnte es also nicht sein, wusste sie doch, wie leise und unauffällig sich diese Ureinwohner bewegten. Ein Weißer?

Da brach hinter ihr ohne Vorwarnung das Buschwerk auseinander. Das Herz wollte ihr stehen bleiben beim Anblick des mächtigen Grizzlybären. Der Bär schien ebenso irritiert wie sie zu sein. Brummend sah er die erstarrte Frau an. Sollte sie schreien?

Der Grizzly ging auf die Hinterpfoten. An den Lefzen tropfte Speichel. Ein Zeichen, dass sie in sein Beuteschema passte. Dann stapfte er näher. Fassungslos und gelähmt vor Angst, verharrte die Europäerin in der bisherigen Stellung. Sie wusste, das letzte Stündlein wird gleich für sie schlagen. Für den Bären wäre sie eine leichte Beute. Jeden Augenblick sich im Maul des Fleischfressers wieder findend, schloss sie die Augen.

Plötzlich erklangen laute Rufe. Mehrere Menschen stürzten sich auf die Frau, zogen sie aus der Gefahrenzone. Einer der Dakota zog sein Messer und stellte sich dem Grizzly entgegen. Für diesen war das Getümmel augenscheinlich zu viel. Ganz sicher könnte er einige der Männer nieder metzeln. Vermutlich war er satt, und die Begegnung war tatsächlich rein zufällig gewesen. Jedenfalls brummt er, während das Tier sich herumdreht und das Weite sucht. Mit lautem Geheul jubeln die Jäger ihn hinterher.

Die Frau fand sich inmitten der Dakota wieder. Mit deren ›Kriegsbemalung‹ schwante ihr schon das nächste Unheil. Doch da trat der alte Dakota an sie heran.

»Die weiße Squaw beweist Mut. Doch sie sollte ihre Spuren verwischen.«

Sie war unfähig zu einer Erwiderung, deshalb nickte sie leicht.

»Sei unser Gast.«

Unterwegs erfuhr sie den Grund der Anwesenheit der Indianer. Sie waren schlichtweg auf der Jagd. Nicht weit von der Stelle, an der sie den Grizzly begegnete, befand sich ein notdürftiges Lager, indem bereits ein Feuer brannte. Obwohl ein größeres

Stück Fleisches darüber hing, konnte sie aber nichts dergleichen riechen. Wie ihr der alte Dakota später einmal erklärte, lag das an der speziellen Zusammensetzung des Feuers.

Nach dem Essen, nachdem die Jäger Wachen aufgestellt und die anderen schlafen gelegt hatten, konnte sich der Dakota mit der Frau flüsternd unterhalten. Für Details blieb keine Zeit. Er instruierte sie mit zu spielen. In der nächsten Nacht hätten sie Gelegenheit weiteres zu besprechen.

Der Tag verlief normal. Die Jäger erbeuteten drei Tiere, die sie erbrachen und transportfertig machten. Auf dem Heimweg ging es durch dicht bewaldete Abschnitte, in denen sich die Frau, wäre sie denn allein gewesen, heillos verlaufen hätte. Als es dunkelte sahen sie das Indianerdorf. Es folgte eine Art Begrüßungstanz, der die Kommenden empfing. Die Europäerin wurde ohne weiteres aufgenommen. Während des Abendessens wurde sie von den Squaws bewirtet, als sei sie eine von ihnen. Das ganze zog sich bis kurz vor Mitternacht hin. Sie war müde. Wollte nur noch schlafen. Doch da kam der Dakota zu ihr und beide gingen in ein kleines Wigwam.

Seltsam leise sprach er mit ihr. Er wies sie an, ein wenig zu schlafen, bis er sich wieder melden würde. Dabei richtete er das für sie bestimmte Lager, nahm eine Decke aus der Verstrebung, die das Zelt hielt und verließ sie.

Es konnte ihr recht sein. Vor Müdigkeit konnte sie sich kaum noch auf den Beinen halten. Kaum lag sie ausgestreckt, schlief sie ein.

Am Morgen wurde sie von einer Squaw geweckt. Diese bedeutete ihr sich still zu verhalten und mitzukommen. Draußen dämmerte der Tag. Die Luft war kühl, vereinzelt lag dichter Nebel über dem Boden. Sie fröstelte, war sie auch nicht ausgeschlafen. Die Squaw lief vornweg, sah sich an einigen Stellen besorgt um. Dann kamen sie zu einem Fels.

»Weiße Squaw warten.«

Sie wartete. Gespenstisch zog der Nebel dahin. Manchmal flatterte ein Vogel irgendwo im Geäst und lässt die Wartende zusammenfahren. Sie wechselte immer öfter von einem Bein aufs andere. Irgendwie fühlte sie sich versetzt. War 's das? Hatte sie alles für *Nichts* riskiert? Wollte der Dakota nur an das Artefakt heran kommen, weil er es brauchte? Und dieser Weg zeigte wie einfach dies am Ende war!

Vor Wut innerlich noch mehr zitternd, als äußerlich vor Kälte, spürte sie auf ihrer Schulter eine Hand. Erschrocken fuhr sie herum. Da stand er, der Dakota. Lächelnd, aber doch auch ernst. Er legte sich einen Finger auf die Lippen, dass sie auch schweigen solle. Anschließend reichte er ihr die Hand. Schweigend ging es in der schon einmal besuchten Höhle. Dort angekommen, blickte der Alte mit überaus besorgtem Blick, lang und angespannt in die Umgebung. Tiefe Falten umzogen seine Stirn. Als er genug gesehen zu haben glaubte und dies für gut befunden hatte, versperrte er umständlich den Höhleneingang.

»Wir müssen aufpassen. Ich kann eine Veränderung spüren, die mir Unbehagen bereitet.«

Sie sah ihn nur mit fragenden Augen an.

»Was ich dir jetzt berichte, darf niemals fremde Ohren erreichen. Wenn du dafür bereit bist, das alte Wissen aufzunehmen, es mit dem Leben zu beschützen, dann teile es mir mit.«

Hatte sie richtig gehört? ›Mit dem Leben beschützen?‹ Jetzt war sie soweit gekommen, saß dem Dakota und dem alten Wissen gegenüber, wie sollte sie da ›Nein‹ sagen?

»Dafür bin ich … bereit …«, stammelte sie.

»So vernehme meinen Entschluss, weiße Squaw. Lausche meinen Worten, die nicht die meinen sind. Verstehe meine Gedanken, die nicht die meinen sind. Werde eins mit der Mystik, die die meine ist …«

Und er begann …

Dreißig

Mit einem dumpfen *Plopp* fällt die Palisade klanglos auf den Flechtboden. Angriffslustig und mit verzerrtem Gesicht hockt die Gestalt reglos in der ›Tür‹. Da liegt er! Der Grund ihres boshaft erscheinenden Auftritts. Die Gestalt rechnete mit Gegenwehr, deshalb faucht sie unentwegt. Jedoch nichts dergleichen tritt ein. Der Mensch liegt bewegungslos auf dem Rücken einfach da und es sieht so aus, als bekomme er ihr Erscheinen gar nicht mit. Mehrmals hintereinander faucht die Gestalt eindringlich.

Waylon unterdessen bekommt von der, auf dem ersten Blick, gefährlich skurrilen Situation absolut nichts mit. Stattdessen fantasiert er in einem fiebrig traumatischen Zustand. Er murmelt unverständliche Dinge vor sich hin, die wiederum der Gestalt einen gewissen Respekt abverlangen, deren Fauchen allmählich verstummt.

Ihr Instinkt meldet eine gewisse, wenn auch noch nicht greifbare Gemeinsamkeit. Diese Erkenntnis wirft die Gestalt aus der Bahn. Aus ihren Augen verschwindet der Hass, sichtlich entspannen ihre Züge. Die Wandlung kommt auch für die Gestalt unerwartet. Ist das Fauchen auch verschwunden, beginnt nun ein kindlich weinerliches Gebaren. Von Schluchz-Krämpfen regelrecht geschüttelt, sinkt die Gestalt in sich zusammen, und kommt als kleines Häufchen Elend am Boden zu liegen. Es klingt wie ein mittelalterliches Klagelied. Teilweise melodiös, andernteils unnatürlich wehleidig.

Waylon weilt in einer abgeschotteten Welt. wieder und wieder taucht die Frau neben ihn im Bach auf. Der Tagtraum fühlt sich realistisch an. Vergleichbar etwa mit den modernen 3D-Effekten in Kinofilmen, nur mit dem Unterschied, ein gewichtiger Teil der Handlung zu sein. Alles ist perfekt abgestimmt. Darstellung, die Personen, Blickwinkel, das Wasser, die Natur, die Geräuschkulisse, Düfte – einfach alles.

Waylon braucht nur die Hand auszustrecken, dann könnte er sie berühren. Ein behagliches Gefühl umfächelt ihn.

Die Szenerie ändert sich. Vor ihm entsteht der Felsvorsprung mit den seltsamen Ornamenten. Geisterhaft leuchten luminös einige von ihnen in einer gewissen Reihenfolge auf. Waylon schaut sie gebannt an, ist jedoch nicht in der Lage, dies in irgendeiner Form zu deuten. Er ist einfach nur Zuschauer.

›Schau genau hin! Schau hin und präge dir ein!‹, ertönt es in seinem Kopf.

›Rebecca?‹

›Ja. Ich bin bei dir …‹

Der Stimme folgend, achtet Waylon mehr auf das Leuchten, denn jede zweite Sekunde erscheint ein Piktogramm in luminösen lindgrün. Nach mehrmaligem Wiederholen glaubt er einen Pfeil zu erkennen.

›Sieh … die Statue rechts …‹

Gehorsam schaut Waylon diese an. Um den Kopf erleuchtet in gleicher Farbe eine ähnliche Korona wie gestern über der Pyramide. An einigen Stellen tänzeln in diesem Kranz rötliche Lichtstreifen, besonders auffällig ums linke Auge. Dann hat er den Eindruck, der Kopf bewege sich.

›Präge es dir ein‹, spricht erneut die Stimme. ›Du wirst bald wissen weshalb.‹

Waylon fühlt einen enormen Wind; er greift nach ihm mit nicht entrinnbarer Gewalt. Dann verblasst alles um Waylon pixelartig. Die darauf folgende Dunkelheit entspannt Geist und Körper.

Indessen ist die Gestalt verstummt. Während Waylon im Tiefschlaf liegt, verharrt das Wesen in Regungslosigkeit. Ihr gesamter Körper wirkt müde und schlaff. Im Moment ist nichts von der bisherigen kraftstrotzenden, durchaus muskulös athletischen Körperlichkeit spürbar. Nur die Augen bekommen einen klareren, facettenreicheren Ausdruck wie bisher. Als nähme das Sehvermögen plötzlich mehr auf, gleichsam der Geist jedoch kaum verarbeiten kann. Ein krasser Gegensatz zwischen Wirklichkeit und Schein. Da diese vorhandene Kluft nicht ins Schema passt und die Ketten der übergestülpten Welt zu stark sind, verpufft die stählerne körperliche Kraft blitzartig.

In sich gesunken, hockt das Wesen auf der Stelle. Da rührt sich Waylon auf der Pritsche. Sein Kopf geht mehrmals von der einen auf die andere Seite, immer heftiger und dabei seltsame Geräusche von sich gebend. Auch das Wesen wird unruhiger, angesichts der abgehackten Bewegungen. Waylon stammelt, von denen nur kurze Wortfetzen deutlich und verständlich sind. Er presst sie regelrecht heraus.

» … be …. aaaa … amme … Piii … «

Für die Gestalt muten Waylons Silben wohl eher an wie Rufe.

» … Re … caaaa … «

Der letzte Sprachfetzen scheint etwas in Gang zu setzen. Die Gestalt versucht mit dem Mund diese Silben selbst zu formen, bis sie diese laut plappernd wiederholt. In dieser Weise entsteht ein Monolog-Gespräch. Je länger die Situation währt, desto skurril und unfreiwillig komisch wird sie. Oftmals unterbrochen, von stummen Formulierungsversuchen, lernt das Wesen rasch im Nachahmen.

Ungeachtet dessen umschleicht der Mohrenmaki die Pinie. Angelockt durch fremdartige Laute treibt die Neugier ihn hierher. Die kreisrunden Augen suchen nach etwaigen Auffälligkeiten, die seit seinem letzten Besuch eventuell eingetreten sind. Das sich was verändert hat deutet bereits diese schrille, raue Stimme an.

Zaghaft schwingt er sich von Sprosse zu Sprosse der Flechtleiter. Eine erreicht, lauscht er kurz dem seltsamen Singsang, dann klettert er weiter. Den das Geflecht tragenden, dicken Hauptstamm des Baumes erreicht, zuckt er zurück. Genau in diesem Augenblick ertönt Waylons Stimme. Seltsam befremdlich klingt sie. Dennoch muss sie Waylon gehören, denn Vertrautheit in der Färbung schwingt mit.

So fasst er Mut. Ungeachtet dessen, das doch etwas nicht stimmen könnte, ist er mit zwei Sätzen an der Öffnung. Von einem Schmetterling abgelenkt, den der Maki versucht mit den Vorderbeinen zu erhaschen, kommt er neben der Tür zum Stehen. Der Schmetterling ist groß, und bunt schillern seine Flügel metallic. Sein Flug geht auf und ab, hin und her. Mal ist der Schmetterling ganz nah an der Nasenspitze des Makis, mal etwas weiter entfernt. Fasziniert vom wechselnden Bunt der Flügel, das je nach Lichteinfall zwischen Samt-Blau bis hin ins Grün geht, beobachtet der Maki des Flugkünstlers Geschick, alles um sich herum vergessend. Selbst von den anhaltenden Sprechversuchen der Gestalt lässt er sich nicht ablenken. Seine Augen folgen dem wirren Zickzack des exotischen Schmetterlings, der nicht nur wegen seiner Schönheit interessant ist.

»Re … Reee … caaa …«

Die Gestalt verstummt, macht auch keine weiteren Anstalten, Waylons zusammenhangloses Geschwafel nachzuäffen. Scheinbar hat sie keine Lust mehr. Waylon verfällt derweilen in ein Wimmern. Die ›Unterhaltung‹ ist somit beendet.

Unmittelbar, nachdem die beiden verstummen, schwillt die Luft unmerklich an. Das Vibrieren wird spürbarer. Verzögert nimmt das Gehör den tiefen, bis in die Magengrube gehenden, Schwellton wahr. Alle Anwesenden werden in ihrem momentanen Tun unterbrochen. Waylon hört auf, den Kopf im Fieber heftig von links nach rechts zu werfen. Die Gestalt bleibt geduckt regungslos stehen. Und der Maki hört auf zu kauen, dass die herunterhängenden bunten Flügel ebenso bewegungslos sind wie er. Alles in allem ein Moment stehen bleibender Abläufe.

Kaum wahrzunehmen ist die Tonhöhe, die nur deshalb spürbar wird, weil das Vibrieren im Magen nachlässt. Einer nach dem anderen setzt fort, was er gerade im Begriff war zu tun. Die Gestalt geht behutsam zur Truhe, Waylon fantasiert wieder und schlussendlich beendet der Maki seinen Festschmaus. Als beide Flügel bedächtig nach unten schweben und auf dem Boden landen, verstummt der Ton endgültig.

Quietschend geht der Truhendeckel auf. Zaghaft ergreifen schlanke Finger die ganz unten liegende Kristallblüte. Auf der flachen Hand betrachten ihn wache Augen, in denen es unentwegt funkelt.

›Gefällt es dir, das Land ohne Namen?‹, hört Waylon im Fieber Rebeccas Stimme. Diesmal genauso zart und melodisch wie im Bachlauf.

›Land ohne Namen?‹, flüstert er klar vernehmlich. ›Eine seltsame Bezeichnung …‹

›Du befindest dich im Irgendwo, oh Waylon‹, kichert Rebecca. ›Ist es nicht wundervoll?‹

Das ist es wahrhaftig!

›Magst du mir erzählen, Rebecca?‹

›Alles was ich dir berichten könnte, wirst du selbst erleben. Erst dann wird es wahr sein …‹

›Nur ein kleines bisschen?‹, bettelt er. ›Als kleinen Vorgeschmack sozusagen … Damit ich ein wenig vorbereitet bin …‹

Keine Antwort.

›Rebecca?‹

Die geheimnisvolle junge Frau ist verschwunden. So seltsam es klingen mag, aber sie war weg; auch aus seinem Kopf.

Nun muss er sich im Warten üben. Und in dieser Situation ist Waylon mehr als ungeduldig. Er brennt förmlich darauf das Rätsel zu lösen.

›Reeeebeeeeeeccaaaaaa!‹, ruft er fast schon verzweifelt.

Nur ein ungewöhnlich harter Nachhall ist zu hören.

›Reeeeeeeebeeeeccaaaaaaaaaa!‹

Nicht kennende, urplötzlich aufsteigende Traurigkeit stimmt Waylon irgendwie depressiv. War's das? Doch er will nicht aufgeben. Nein! Es muss mehr geben …

›Reeeebeeee …‹

»… ccaaaaaaaaa! Reeeeebeeccaaaaaaa!«

Der Maki will gerade ins Innere des Flechtwerks huschen, als Waylons Schrei ertönt. Im Augenwinkel bemerkt das Äffchen noch, weiter hinten im Halbschatten, eine seltsame menschliche Gestalt leise aufschreien. Dann folgt ein dumpfes, kullerndes Poltern.

»Rebecca … bist … bist du das?«

Waylon hat sich halb aufgerichtet und greift mit erhobenen, langgestreckten Arm nach der Gestalt, die sich gegen die Truhe drückt, um nicht berührt zu werden. Dabei lässt sie die kristallene Blüte fallen, die zwar gedämpft aufschlägt, da das Geflecht den Fall abfedert, dennoch bricht ein einzelnes Blütenblatt ab.

»Rebecca …«

Ganz offensichtlich verlässt Waylon wieder die Kraft, die dieses Aufbäumen möglich machte. Erschöpft fällt er zurück. Die Gestalt bleibt jedoch wie betäubt stehen. Erst als der Maki auf die Pritsche springt, erschreckt sie dermaßen, dass sie Hals über Kopf flüchtet.

»Rebecca«, haucht Waylon noch einmal, bevor ein tiefer Schlaf ihn übermannt.

Einunddreißig

Tags darauf, ziemlich früh am Morgen. Er steht ausgeruht am Bachlauf und schaut verträumt ins Wasser. Eine Handvoll Beeren im Magen und den Durst gestillt denkt er über sein weiteres Vorgehen nach. Das ihm ein ganzer Tag fehlt ist ihm nicht bewusst. Er kann sich an den mit Ornamenten reich verzierten Eingang am Felsvorsprung erinnern und auch daran, sehr müde das Appartement erreicht zu haben. Heute Morgen ging es ihm, bis auf den Kopfschmerz, überraschend gut.

Die nächsten Stunden bleibt Waylon absichtlich in unmittelbarer Nähe *seiner* Pinie. Nochmals bis zum Felsvorsprung laufen kommt für ihn im Moment nicht infrage. Das will gut vorbereitet und durchdacht sein. Was für einen Mann seines Alters machbar war, ist die Pyramide zu erforschen.

›Ich weiß ja wie 's geht‹, denkt er. ›Bleibt die Frage: Was passiert, wenn ich nicht wieder heraus finde?‹

Niemand weiß, wo er sich gerade befindet. Ergo würde ihn auch niemand finden. Somit kann Waylon getrost nachforschen, denn so oder so, er kommt aller Wahrscheinlichkeit eh nicht mehr von diesem Ort weg. Der Kristall lässt sich anfassen, ohne dass dieses ›elektrische Kribbeln‹ auftritt.

Er kann es wenden wie er will, etwas muss er unternehmen! Also warum nicht die Pyramide?

»Okay, Way. Abgemacht. Morgen geht's los …«

Um die Mittagszeit, gemessen am Stand der Sonne, fängt er mehrere unbekannt aussehende Fische, die einen angenehmen Duft verbreiten, als sie kurz darauf über dem Feuer braten. Und sie schmecken vorzüglich!

»Die reinste Delikatesse!«

Das erste Mal seit langem, dass er herzerfrischend lachen kann. Alle Anspannungen fallen ab, rücken weit weg. Ihm fällt ein, dass er eh im Urlaub ist. Besser hätte er es nicht treffen können. Weit vom Trubel menschlichen Seins entfernt in völliger Abgeschiedenheit, umgeben von belassener Natur. Wo findet man das schon?

›Ich bin ein Glückspilz!‹

Wo findet man das schon … Malediven? Irgendeine der polynesischen Inseln? Na ja, in Erdkunde war er eigentlich schon immer eine Null. Na gut, *Null* nicht unbedingt (klingt zu hart!), eher nicht ganz so bewandert.

»Na, irgendwo wird dieses ›Irgendwo‹ schon sein …«

Irgendwo?

Wieso kommt ihm dieser Begriff so bekannt vor? Hat er ihn schon einmal gehört? Waylon kommt ins Grübeln. Doch wie es eben des Öfteren so ist, kommt er auf keinen grünen Zweig. Er könnte verrückt werden!

»Zum Mäusemelken«, zischt er hervor. Und mit dem Urlaubsfeeling ist es vorbei …

Da steht er nun, am offen stehenden Eingang. Die ganze Nacht über hat Waylon nachgedacht, einen Plan gesponnen, wieder verworfen. Immer wieder versucht, sich hinein zu versetzen in die unmöglichsten Situationen. Nachdem er irgendwann Ruhe fand, träumte er auch noch davon. In völliger Dunkelheit eingeschlossen, stürzte er permanent hin oder stieß sich blaue Flecken. Er würde elendig verhungern, verdursten. Würde aufgefressen werden von den höllischsten Tieren, die seine Fantasie hervorbringen kann. Oder dem Maki passierte ein Unglück. Einmal verlor er Bodenkontakt. Im Anschluss ging es im tiefen, nicht enden wollenden Fall abwärts. Verzweifelt schrie Waylon sich die Lunge heraus. Und hoch oben hörte er das Äffchen dämonisch lachen …

Nichts dergleichen wird geschehen, das ist so klar wie das Amen in der Kirche. Außerdem – wo ist eigentlich der *Kleine*? Allein will Waylon nicht hinein gehen. Ein vertrautes Wesen wäre nicht schlecht! Aber, es ließe sich nicht ändern, was nicht sein soll.

»Los geht's«, motiviert er sich. »Wird schon schiefgehen …«

Vor ihm erwächst aus dem Halbdunkel eine blank polierte, matt glänzende Fläche, die wenige Schritte weiter zu einer Treppe führt. Einfallendes Licht hinterlässt Lichtpyramiden, in denen feine Partikel herum wirbeln.

›Hoffentlich bekomm ich keine Staublunge‹, schießt es ihn in den Kopf. ›Kann ja heiter werden!‹

Am oberen Stufenende schaut Waylon kurz zurück. Sichtlich ist sein Zwiespalt. Soll ich, soll ich nicht! Er entscheidet sich für: Soll ich!

Die exotischen Außengeräusche all der hier beheimateten Tiere und Insekten begleiten ihn hinab. Er empfindet das Zwielicht recht angenehm, überhaupt nicht störend oder gar behindernd. Die dadurch entstehende Atmosphäre nimmt er in sich auf, kann sie sogar in gewissem Maße genießen.

Erhebend das Gefühl, als ihn bewusst wird, wie lange es her sein muss, als Menschen die Treppe benutzten. Obwohl die Sauberkeit auf etwas anderes schließen lässt! Leben hier etwa welche? Erschrocken bleibt er stehen. Lauscht in die Stille.

›Oh Gott, meine Nerven!‹

Das Ende der endlosen Treppe kann Waylon nicht erkennen. Dennoch glaubt er etwas gesehen zu haben. Seine Nackenhaare stellen sich auf und kalte Schauer jagen über seinem Rücken.

»Da ist keiner, Way«, flüstert er ängstlich. »Beherrsch dich! Wenn, dann gibt's nur Rippchen …«

Fast zehn Stufen weiter unten vernimmt er ein Kratzen. Er bleibt stehen, lauscht. Kurz denkt er, dieses Kratzen noch zu hören, doch außer dem eigenen Herzschlag ist da nichts. Unbeweglich stehen bleiben ist sehr anstrengend, wie Waylon feststellen muss. Zumal er nur flach atmet. Mit zitternden Beinen geht er weiter. Das mulmige Gefühl begleitet ihn mit jedem Schritt.

Da! Wieder!

Innerlich knurrend fährt er um hundertachtzig Grad herum. Im Gegenlicht sieht er schemenhaft ein katzengroßes Wesen. Daneben schlängelt etwas gleichmäßig. Eine Schlange!

Waylon droht den Halt zu verlieren. Und ihm wird speiübel. Setzen müsste man sich können. Jedoch im unbekannten Terrain mit einer Schlange vor sich ein Ding der Unmöglichkeit!

›*Wär* ich doch draußen geblieben, *hätt* ich doch nur auf die innere Stimme gehört, dann *würd* ich nicht im Schlamassel sitzen!‹

Vorsichtig macht Waylon einen weiteren Schritt und bekommt auf der darunter liegenden Stufe festen Stand. Die Schlange schlängelt am gleichen Platz. Waylon wird mutiger. Weitere Stufen kann er unter größtmöglicher Bedachtsamkeit überwinden. Schon glaubt er den Dreh herausgefunden zu haben, da bewegt sich doch die verflixte Schlange!

Es geht so schnell, wie ein Lid benötigt, um das Auge anzufeuchten. Zack! Für Waylon wird der Umriss einfach nur rasant groß und er spürt kleine Krallen auf der Haut. Einen Schrei ausstoßend verliert er fast endgültig das Gleichgewicht, kann aber schlimmeres verhindern, indem er die Wand zu fassen bekommt.

Ein Gackern neben seinem Ohr lässt ihn aufhorchen. Um sich zu vergewissern, fasst er selbstbewusst zu. Es ist weder eine Katze, noch eine Schlange – es ist der Mohrenmaki.

»Hast du mich erschreckt, Kleiner. Aber schön, dass du da bist!«

Liebevoll herzt und kost Waylon den Maki, der wiederum die Streicheleinheiten über sich ergehen lässt und auch genießt.

Auch dem Mittsechziger ist warm ums Herz. Das nennt sich mal *wahre* Freundschaft! Das Äffchen hat garantiert besseres zu tun, als in finsteren, verstaubten Ruinen herum zu irren. Mit der zärtlichsten Stimme, zu der Waylon befähigt ist, spricht er auf den Maki ein. Beide fühlen sich miteinander sichtlich wohl und eine gewisse Verbundenheit ist unübersehbar.

Die letzten Stufen erreichen sie dann auch rascher als vermutet. Gemeinsam geht eben doch vieles einfacher. Für Waylon unverständlich, vollführt der Maki plötzlich hangelnde Bewegungen. Schon argwöhnt er böses. Doch als er sieht, wonach das Tier sich reckt, vergisst er alle Furcht und blickt verzaubert auf all die sie umgebenden kristallfarbenen Lichtpunkte. Überall scheinen sie zu leuchten, selbst auf dem Steinfußboden. Es dauert sehr lang bis Waylon begreift, dass es sich auf den Boden um Spiegelungen handelt.

Einige der Punkte weisen ein tiefes Marineblau auf, die meisten Strahlen in weißer Tönung.

»Sterne! Das sind Sterne …«, haucht Waylon fasziniert.

Sich immer wieder umschauend geht er weiter. Vor ihnen liegt der Stollen, in dem der Maki Tage davor bereits schon war. Hier stoben die diesmal silbernen Sternenpunkte mitten im Raum. Selbst Waylon versucht einen zu ergreifen, was jedoch misslingt. Durch die ›Sterne‹ – Waylon entscheidet, die Punkte so zu nennen – wird der Stollen ausreichend ausgeleuchtet. Wahnsinn! Atemberaubend schön!

Der Maki quietscht vergnügt.

»Sowas hast du noch nicht gesehen, mein Freund. Das sind Sterne. Die wollen uns bestimmt was erzählen. Mal sehen …«

Aus dem Nichts zucken fluoreszierende Blitze an den Wänden. Der Maki umschlingt Waylons Hals wieder fest, während dieser mit kindlich neugierigem Blick leichtfüßig weiter geht.

Nach dem Stollen kommt ein sternenfreies Stück Weges. Die Blitze hingegen laufen in geraden Linien bis an einer Stelle, die Waylons Herz höher schlagen lässt. Der Stollen mündet stumpf an einer ebenso poliert glänzenden Fläche, wie die bisherige Örtlichkeit. Die Wand steht matt samten vor ihm. Unwillkürlich berührt er sie.

»Wow«, entfährt es Waylon.

Die Wand fühlt sich weder felsig noch kalt an, eher wie weicher Stoff und warm. Kaum haben seine Fingerkuppen die Fläche berührt, entsteht ein rhythmisch gestaltetes Muster aufzuglimmen. Waylon kommt aus dem Staunen gar nicht mehr raus. Das Muster entpuppt sich als genaues Abbild der Ornamentenplatte am Felsvorsprung! Nur hier visuell dargestellt.

Das ständig sich wiederholende Muster lässt bestimmte Piktogramme regelmäßig aufleuchten. Zweimal links, dreimal unten, rechts und nochmal links. Vogel, Unendlichkeit, Erde, Wasser, Luft, Pi und ein nicht identifizierbares Zeichen. Auch die anderen entsprechen nicht genau der bekannten Darstellung, sie ähneln sich jedoch ungemein.

Waylon berührt jedes Piktogramm in der Reihenfolge ihres Aufleuchtens. Nach dem letzten Zeichen huschen von links nach rechts farbige Lichtstreifen, die wohl ein Öffnen simulieren sollen. Auf einer Fläche von etwa vier Quadratmeter wabert die Wand, verändert langsam die Farben und ein plastisches Hologramm entsteht.

In Originalgröße steht ein seltsam gekleideter Mann mit indianischen Zügen vor Waylon, dessen Züge wenig mit einem Menschen zu tun haben. Der lange Haarschopf, kunstfertig zu einem Zopf verflochten, erinnert ein wenig an die Ureinwohner Amerikas, den Indianern. Die Augen sind riesengroß, ähnlich denen des Makis. Und wirklich, dieses Wesen könnte den Umrissen nach und unbehaart der Mohrenmaki sein.

Dann erklingt eine tiefe Bariton-Stimme. Dem Klang nach melodiös, mit einem gewissen metallenen Nachhall. Obwohl Waylon kein Wort versteht, ist er begeisterter Zuhörer. Endlos palavert das Wesen, wobei sein Mund sich kaum bewegt.

»Schlecht synchronisiert«, dokumentiert Waylon dem Maki gegenüber. »Wenn man 's nur verstehen könnte …«

Waylon wendet sich vom Hologramm ab. Links steht ein säulenartiges Objekt, das seine Aufmerksamkeit erfordert. Auch diesmal erinnert dies an den Felsvorsprung. Die gehörnte Schlange! Also ist dies der Beweis dafür, dass Vorsprung und

Pyramide zusammen gehören. Doch weshalb zwei von diesen *Anlagen*? Und warum so weit voneinander entfernt?

Das Hologramm hat seine Ansprache beendet. Zeitgleich wird ein schleifendes Rumpeln hörbar, welches das gesamte Bauwerk erschüttern lässt. Die samtene Wand einschließlich des Hologramms verschwindet lautstark hinter die glänzende Wand. Totale Finsternis schlägt ihnen entgegen, bis Waylon bittere Kälte verspürt.

Zweiunddreißig

Das Gefühl von bissiger, eisiger Kälte ist reine Illusion, wie Waylon nach dem ersten Schreck erleichtert feststellt. Visuell werden gewisse Bereiche im Gehirn angesprochen, die wiederum Reize auslösen. Doch darüber kann er jetzt nicht nachdenken. Es folgen Eindrücke, die seine volle Aufmerksamkeit abverlangen.

Aus der Finsternis, in der wirklich nichts zu sehen ist, entsteht aus einem eigenleuchtenden Licht ein Planet, der wie die Erde bläulich schimmert. Die Animation lässt die Kugel kleiner werden, bis sie ganz verschwindet. Unzählige kleine Punkte erscheinen. Die meisten glimmen in einem undefinierbaren Schein, der etwas unnatürlich wirkt. Doch was weiß Waylon schon, was echt ist und was nicht. Vieles wissen Menschen nicht, haben vielleicht eine Ahnung davon, was sein könnte. Nicht alles kann mit irdischen Maßstäben gemessen werden. Was bleibt ist pure Faszination.

Rasant schnell fliegen die Punkte im Sichtbereich vorüber, entfernen sich bis sie verschwinden und Platz für Neue schaffen. Welchen Eindruck muss das auf Menschen gemacht haben, die nicht mit Computer & Co aufgewachsen sind! Selbst

Waylon ringt um Fassung, muss sich an der Wand festhalten, da er mitten drin ist! Ein erhabenes Gefühl sondergleichen!

Wow!

Die nächste Einstellung kommt ihm sehr vertraut vor. Auch ohne fachliches Wissen eines Astronomen weiß er, das ist *sein* Sonnensystem. Um die Sonne kreisen neun Planeten. Mars, das nächste Ziel der Menschheit! Deutlich sind Erhebungen zu sehen. Die Erde! Was für ein Anblick! Jupiter und Saturn, und der Nicht-Planet Pluto. Auch der Asteroidengürtel zeigt hochauflösend jede Einzelheit.

Jetzt zoomt die Kamera auf die Erde. Durchbricht Wolken, schwenkt über die Kontinente. Über Nordamerika friert das Bild ein. Die Stimme des Wesens erklingt unverständlich von allen Seiten. Eine Änderung des Bildes vollzieht sich.

›Zeitraffer‹, denkt Waylon.

Stimmt, jedoch läuft der Zeitraffer rückwärts ab. In Sekundenschnelle wandern die Kontinente und vereinen sich schließlich im Superkontinent *Pangea*. Erneut geht die Kamera in die Totale, zeigt das gesamte System.

Völlig unerwartet blitzt ein runder gleißender Feuerball auf, dessen Licht ums Mehrfache die Sonne überstrahlt. Waylon kneift fest die Augen zusammen, so sehr wird er geblendet. Einige Momente sieht er noch in der Mitte des Blickfeldes den weißen Fleck. Als er wieder ohne Probleme sehen kann, stutzt er. Kann das sein? Zwischen Erde und Mars zieht ein weiterer Planet seine Bahn. Ist die Erde auf der Sonnenvorderseite, liegt er genau um hundertachtzig Grad auf der gegenüberliegenden Seite. Beide Bahnen sind fast identisch. Waylon pfeift leise. Wäre einer der zwei Planeten nur um Bruchteile schneller, war ein Crash unvermeidbar.

Das Bild verblasst. Wieder ist alles völlig dunkel. An gleicher Stelle, wo die Vorführung gerade stattgefunden hat, kristallisiert sich ein Raum aus dem Dunklen heraus. Seltsam futuristische Apparaturen schweben in Hüfthöhe. Bilder unterschiedlicher Größe und Form gleiten ohne Rahmen, etwa wie

Fahnen, knapp darüber. Sie zeigen menschenähnliche Wesen bei diversen Tätigkeiten, die für Waylon nicht zu bestimmen sind. Weder kann er zwischen Frau und Mann, noch ob alt oder jung unterscheiden. Manche dieser Gleitbilder sind statisch, die Meisten jedoch im Videoformat. Für Waylon sind sie alle gelbstichig, was am Alter liegen kann. Schließlich können auch digitale Daten nicht ewig konserviert werden.

Was ihm allerdings besonders auffällt sind die unterschiedlichen Düfte und Geräusche, wenn sein Blick eins der Abbildungen näher betrachtet. Was er nicht wissen kann, sind dafür, für das menschliche Auge unsichtbare Sensoren dafür verantwortlich, die den Betrachter ab scannen. Über die Gehirnströme gemessene Energien wertet das System in weniger als einer Millisekunde aus und leitet diese Analysen weiter. Kein Wunder, dass Waylon den Eindruck hat, der Raum sei ›hellseherisch veranlagt‹. Kaum schaut er auf die absolut nicht identifizierbare Apparatur, setzt sich diese lautlos in Bewegung. Irgendwie fühlt er sich stark an alte Start-Treck-Folgen erinnert.

Lächelnd erblickt er nun eine mannshohe Glaskabine, die aus dem Nichts erscheint. Im Inneren pulsieren sternenförmige Punkte und andere Lumineszenzen, deren Farbgebung in Blau gehalten ist.

Waylon steht noch immer an gleicher Stelle, also ganz nah der Wand. Trotz des Eindrucks einen begehbaren Raum vor sich zu haben, verharrt er regungslos und – wie soeben merkt – mit offenem Mund. Ohne diesen zu schließen gibt Waylon den Drang nach, und macht einen Schritt nach vorn. Er merkt es fast zu spät, aber noch rechtzeitig, dass seine Nasenspitze nur wenige Millimeter von der ergonomischen Glaskabine entfernt ist. Erst jetzt erkennt er seinen Irrtum; das sind keine rotierenden Sterne, sondern kleine Galaxien, die um einen schwarzen Punkt rotieren.

Er kann nicht widerstehen und nimmt mit Herzklopfen Platz. Der Sitz ist weich und angenehm temperiert. Kaum sitzend erscheint eine verkleinerte Form eines Pultes mit zahllosen virtuellen Piktogrammen. Zudem schwillt in der Luft ein Surren an.

Erschrocken macht er Anstalten aufzustehen. Sofort verschwinden Pult und Geräusch. Die Stirn in Falten gelegt nimmt er wieder Platz. Augenblicklich erscheint das virtuelle Pult und das Surren beginnt.

»Und jetzt?«

Die Frage ist überflüssig. Auch der Mohrenmaki, der sich noch enger an Waylon schmiegt, kann nur verspätet reagieren. Blitzschnell verschwindet der Raum und ein kaum spürbares Vibrieren zeigt, wie die Kabine beschleunigt, was allerdings gut kompensiert wird. Die Augen des Makis werden vor Schreck noch größer, Waylons Mund will gar nicht mehr zu gehen. Entgeistert starren beide nach vorn, denn unzählige, in einem tunnelgleichen Gebilde zusammen geführte Lichtstrahlen deuten auf eine enorm hohe Geschwindigkeit hin.

Waylon ist kein Freund diesbezüglicher Aktivitäten wie Achterbahn oder dergleichen. Dies jetzt ist viel schlimmer! Er will schreien, aufspringen oder wenigstens bremsen! Letzteres gelingt dank Gedankenübertragung. In Null Komma nix gleiten sie durch den luftleeren Raum. Nun versucht er aufzustehen. Keine Chance! Ein Alarmsignal ertönt akustisch und auf dem virtuellen Pult blinkt ein gefährlich anzusehendes Zeichen.

»Rot ist nicht gut«, schreit Waylon. »Gar nicht gut!«

Unfreiwillig lehnt er sich zurück. Das Signal verschwindet, ebenso das Rot-Zeichen. Er atmet auf. Nur Minuten später hat er sich daran gewöhnt. Irgendwie eintönig …

»Ein bisschen schneller wäre noch auszuhalten«, spricht's und die Fahrt – oder der Flug? – wird beschleunigt. Was ist das denn? Nein, doch nicht so schnell! Himmel noch mal!

Sichtbar verlangsamt die Kabine die Fahrt.

›Kann das möglich sein? Ist das wirklich wahr? Ich denke und Du tust es?‹

Nun ist Waylons Wissbegier geweckt. Mit glühenden Ohren denkt er: ›Langsam‹. Die Lichtstreifen verschwimmen.

›Noch langsamer.‹ Jetzt verschwinden die Streifen ganz und es werden Punkte sichtbar. Eine aus Kindheitstagen bekannte Erregtheit, die immer dann eintrat, wenn man etwas Neues *entdeckte*, erfasst Waylon.

»Schneller!«

Rasant beschleunigt die Kabine, ohne dass die Insassen in den Sitz gedrückt werden oder das es holpert. Ein erneuter Wow-Effekt!

»Wollen wir so schnell sein wie's Licht, was meinst Kleiner?« Eigentlich ist dies nur so daher gesagt, wie manchmal eben etwas einfach mal so aus *Fun* gesagt wird. Wahrscheinlich ist die Frage für Waylon gar keine Frage, sondern eher der heimlich gehegte Wunsch. Die Sensoren reagieren auch jetzt. Ein Prismen-Tunnel entsteht in unsagbar schönen Farben um die Glaskabine. Ist dies etwa tatsächlich …?

Wieder blinkt das rote Zeichen mit unbekannter Bedeutung. Beklommen schaut er auf die Zeichen. Ein bisschen Angst hat er schon, zugegeben. Aber das Ganze ist doch nur eine Simulation und in Wahrheit sitzen sie in der Pyramide.

›Also keine Angst vor *kotzenden* Pferden!‹

Neben dem roten Symbol schimmert eine Darstellung, die verdammt dem Kristall gleicht. Unüberlegt legt Waylon den Zeigefinger darauf. Im gleichen Moment gibt es einen visuellen Ruck.

Das flache Zeichen wächst zu einem dreidimensionalen Kristall. Wie Waylon bereits schon einmal beobachten durfte, entfaltet sich noch einmal die Kristallblüte. Selbst das Knistern wird getreu des Originals wiedergegeben.

Die Konturen illuminieren von innen heraus, bis ein Eigenleuchten entsteht. Leise zischt es. Der Prismen-Tunnel verschwindet daraufhin. Und nochmals halten die Insassen den Atem an.

In chaotisch rasanter Fahrt geht es in die Tiefe, haarscharf vorbei an riesigen Gesteinsbrocken, deren Höhe Waylon auf mehrere hundert Meter schätzt. Eine nicht enden wollende

Abwärtsbewegung! Hinab ins Ungewisse, wo immer es auch hingehen mag.

Auch jetzt folgt die Antwort auf eine nicht gestellte Frage (jedenfalls keine laut geäußerte). Durch dichte Wolken taucht das Glasgefährt ein. Darunter liegt ein unendlicher Ozean.

›So muss es aussehen, wenn Astronauten aus der ständigen Raumstation auf die Erde blicken!‹

Der rasante Sinkflug geht weiter. Waylon will sich festhalten, findet jedoch keinen Griff oder ähnliches. In unmittelbarer Nähe zum Meer, fängt die Automatik den Sinkflug ab und die Kabine gleitet sicher in gebührendem Abstand drüber hinweg. Am Horizont taucht Land auf. Dann Städte, Wälder, nochmal Städte und wieder Wasser. Sekunden darauf liegt eine endlose Eiswüste unter ihnen. Jetzt gibt es einen abrupten Richtungswechsel, den Waylon spürt und der ihm den Magen umdreht. Zum Glück verfliegt die plötzlich auftretende Übelkeit sofort wieder.

Unter ihm ragen mächtige Gebirgszüge empor. Jederzeit rechnet Waylon mit einer Kollision. Er sieht schon die Glaskabine am Fels zerschellen. Gottseidank spielt nur seine Fantasie diese Vorstellung; der Flug geht ohne jegliche Probleme unbeirrt weiter.

Atemlos nimmt Waylon die überfliegenden Gebiete nur halb wahr. Das Gebirge erinnert ihn an die französischen Alpen. Eine Minute später glaubt der Mittsechziger den italienischen Stiefel zu erkennen.

Wieder beginnt der Sinkflug. Tiefer und tiefer geht der Flug über Wasser und Land. Plötzlich steigt die Glaskabine in unerschwingliche Höhen. Bleibt in der Luft stehen. Waylon hat einen unermesslichen Überblick.

›Europa‹, denkt er bei sich. In Gedanken geht er die Länder durch, die er einmal in der Schule gelernt hatte. Jedenfalls was er glaubt, was welches Land ist. Doch weshalb geht es nicht weiter?

Für ihn unerwartet kommen schwarze Punkte näher, etwa auf halber Höhe, in der er jetzt ist. Gespannt schaut er den Punkten zu. Verfolgt deren Näherkommen, bis er staunend den Kopf schüttelt.

Er glaubt sich zurückversetzt in die fünfziger Jahre des alten Jahrhunderts.

›Bin ich mitten in die Dreharbeiten eines Hollywoodstreifens geraten? Das sind doch alles alte Mühlen …‹

Ja, es sind Propellermaschinen auf den Vierzigern. An den Flügeln prangt deutlich erkennbar ein rundes weißes Logo auf rotem Grund, mit etwas dunklen in der Mitte. Waylon reibt sich die Augen. Das kann nicht sein! Jetzt sieht er es genauer: Das Hakenkreuz!

»Die Wehrmacht? Träum ich etwa? Das … das …«

Ihm fehlen eindeutig die Worte. Fast sind die Flugzeuge unter ihm, als sie etwas fallen lassen.

»Bomben! Die werfen Bomben ab …«

Unglaublich!

Ruckartig nimmt die Glaskabine Fahrt auf. Es geht weiter Richtung Osten. Und gleichzeitig in die Höhe. Ein an Mächtigkeit kaum zu überbietendes Gebirgsmassiv überfliegen sie so nah, dass er glaubt, es berühren zu können. Hierbei kann es sich nur um den Mount Everest handeln. Gebannt schaut Waylon in die Tiefe. Seine Gehirnströme übermitteln unbemerkt starke Schwingungen, sodass die Sensoren reagiert und den Giganten von einem Berg einmal umrundet.

Wieder auf Kurs hat Waylon ein Funkeln in den Augen, welches die Menschen haben, denen ein lang ersehnter Wunsch erfüllt wird. Seitdem er denken kann wollte er Bergsteiger werden. Leider hielt das Leben für den Knaben etwas anderes parat. Neben Kleingeld fehlte es auch an sportlicher Motivation; ein unbedingtes Muss für derartige Aktivitäten. Waylon legte auch keinen Wert mehr darauf, ganz gleich dem Motto: unerfüllter Jugendtraum! Manchmal ist das eben so.

In der Kabine herrscht eine sehr angenehme Temperatur. Langsam gewöhnt er sich auch an dem durchsichtigen Boden, welcher rein optisch absolut keinen Halt vermittelt. Im Grunde genommen hat er ein Gefühl, völlig frei von Technik in der Luft zu schweben. Und er gesteht sich ein, dass diese Apparatur nicht von Menschen gebaut worden ist.

Abrupt wird Waylon aus den Gedanken gerissen. Erneut wird der Flug unterbrochen und sie verharren in mittlerweile schwindelerregender Höhe. Unter ihnen sieht Waylon weite Teile Festlandes und eine von Norden nach Süden erstreckende Insel.

»Japan?«

Wie ein Startschuss blitzt es grell auf, Wolken werden hinweggerissen von einer unvorstellbaren Wucht. Nachdem Waylon wieder sehen kann, steht ein gigantischer Atompilz gen Himmel. Sobald der ›Blinde Fleck‹ in den Augen halbwegs verschwindet, gleißt es nochmals auf.

Übelkeit steigt auf und er läuft Gefahr, sich zu erbrechen. Diesmal reagiert das Gefährt anders. Statt den Flug fortzusetzen, verschwindet das entsetzliche Bild. Umgeben vom totalen Nichts hat er Zeit zur Besinnung. Und er staunt nicht schlecht, als aus diesem Nichts heraus der Raum in der Pyramide kristallisiert.

Es ist schwer das Gesehene einzuordnen. Waylon hat das Gefühl wie nach einem mitreißenden Film im Kino, wenn das Licht angeht und man Schwierigkeiten hat, in den Alltag zurückzufinden. Mit dem Maki auf der Schulter, der ängstlich wie nie zuvor die Reise mitmachte und genauso verstört ist, benötigt Waylon mehrere Anläufe, um auszusteigen. Weiche Knie, ein wenig schwindelig und wirre Gedanken plagen ihn. Er braucht frische Luft!

Dem Mohrenmaki geht es ähnlich. Kaum hat Waylon die Glaskabine verlassen, springt das Äffchen ein wenig pikiert von dessen Schulter und rennt im Zickzack aus dem Raum. Sein Verschwinden bemerkt der Mittsechziger nicht; viel zu sehr ist er mit sich selbst beschäftigt. Wäre ein Spiegel in der Nähe, würde Waylon einen herben Schreck bekommen. Die ein wenig abstehenden Haare geben ihm einen wilden, zerzausten Ausdruck. Um die Nase etwas blass, tiefe Falten auf der Stirn und versteinerter Miene, hat er eine gewisse Ähnlichkeit mit einer Wachsfigur. Auch in der Bewegung wirkt er behäbig. Am liebsten ist es ihm, wenn er sich einfach hinlegen könnte um zu entspannen. Suchend wandern seine müden Augen nach einer Gelegenheit hierfür über die spärliche Einrichtung. Die mussten doch dafür auch eine Möglichkeit gehabt haben!

Unbewusst dreht er sich um die eigene Achse. ›Da, das sieht doch schon mal gut aus!‹

Zielstrebig geht er, ein wenig wankend, auf eine scheinbar aus der Wand herausragende waagerechte Fläche. Auch wenn es nackter Fels wäre, für den Augenblick ist es Waylon egal – Hauptsache liegen.

Dreiunddreißig

Sie lauschte gespannt seinen Worten. Ihre Augen hingen ununterbrochen an den Lippen des Dakota, um ja nichts zu versäumen. Die Geschichten klangen für ihre Ohren märchenhaft romantisch, gleichzeitig aber auch unrealistisch geisterhaft. Der Indianer berichtete mit beschwörender Energie, die ihm vermutlich kein Weißer zugetraut hätte. Je länger er sprach, umso frischer wurde seine Stimme.

Die Geschichten handelten von Göttern, die vom Himmel herab stiegen und den Vorfahren ihre Erkenntnisse übermittelten, dass kein damaliger Zeitzeuge in der Lage war, als Ganzes zu erfassen. Nur in Form mündlich überlieferter Legenden blieb das alte Wissen über die Zeit erhalten. Damals unbekannte Technologien wurden bildersprachlich vereinfacht dargestellt, um diese begreiflich zu machen. Wofür man keine Worte kannte, da es nichts dergleichen auf der Welt gab, umschrieb man auf einfachste Weise. Für moderne Menschen mochten die blumig dargelegten Ereignisse ›weit hergeholt‹ sein, doch die junge Europäerin sog alles begierig in sich auf.

Sie hörte bald nicht mehr nur des Dakotas Worte; sie *sah* alles genau vor sich und war mittendrin als Teil des Geschehens. Doch nicht so, wie sie es sich's gewünscht hätte, sondern körperlos. Dadurch war sie befreit von allen irdischen Einschränkungen, die sie dazu befähigten, überall zu sein, wo sie wollte.

In Wahrheit befand sich die junge Frau in einem spirituellen Trancezustand, der, von diversen Kräutern gemischt und schwelend ausgelöst, den Geist erweiterte. Der alte Indianer war ein Meister dieses Fachs und Verstand es, in der richtigen Dosierung das Medium auf seine Pfade zu führen. Dies machte er nicht eigennützig; als Gewahrer benötigte er, wie auch der potentieller Nachfolger, ein Tor in die Geistwelt. Denn dort war das uralte Geheimnis am sichersten aufgehoben.

Seit jeher sucht der amtierende Gewahrer einen Schützling aus. Der wiederum sollte so jung wie möglich sein, um für eine lange Zeit dem Artefakt zu dienen, es zu beschützen mit Leib und Leben. Ein einziges Mal in der langen Geschichte aber war so eine Übergabe nicht wie vorgeschrieben vonstattengegangen. Der damalige Gewahrer missachtete gewisse Prinzipien in Lebensstil und Zeremonie, mit dem Ergebnis, dass er frühzeitig aus dem Leben schied, ohne das Amt übergeben zu haben. Dies hatte wiederum zur Folge, dass das Artefakt hilflos menschlicher Willkür ausgeliefert war. Es war in der Zeit des ersten Kreuzzuges. Im Namen des Glaubens zogen die Ritter aus. Mord und Totschlag, Raub und Demütigung Andersgläubiger fanden einen unrühmlichen Platz in der Geschichte.

Das Artefakt ging verloren. Jäh war der ›Kristallene Kreis‹ unterbrochen. Mehr durch einen Zufall geriet es in die Hand eines Osmanen, der das Artefakt verwahrte – ohne genau um dessen Bedeutung zu wissen – und es seinem Sohn weitervererbte. Der wiederum geriet in Gefangenschaft und landete über Irrwegen im Norden Amerikas. Was genau danach geschah, wusste niemand; für mehrere Jahrzehnte blieb es verschollen.

Dann tauchte es erstmals wieder auf, als ein Rancher sein Land bestellte, und beim Pflügen an einem schweren Felsstück fast scheiterte. Mehrere Tage brauchte er, um das Hindernis aus dem Weg zu bekommen. Das Felsstück verdeckte einen Hohlraum mitten auf dem Acker. Gut eingepackt nimmt der Rancher das Bündel an sich. Als ob er um dessen Bedeutung gewusst hätte, verbarg er es vor fremden Blicken. Kurz darauf fehlte von ihm jede Spur.

Des Dakotas Worten nach war es dieser Rancher, der den ›Kristallenen Kreis‹ begründete und somit als erster Gewahrer galt. Seither blieb der geheime *Hüte-Kreis* lückenlos nachvollziehbar. Der Indianer zählte hunderte von fremdartigen Namen auf, ohne auch nur ein einziges Mal zu stocken. Es klang für sie wie ein Gesang im melodischen Klang.

»Die Auswahl des künftigen Gewahrers wird einzig und allein vom alten *ahbleza* ausgesucht. Mir bleiben nur noch wenige Monde. Ich bin wahrer Hoffnung, dass die Zeit reicht, dir alles beizubringen.«

Er räusperte sich, sah ihr jedoch mit gleich bleibendem gütigem Blick in die Augen.

»Ich ... ich bin bereit ...«, stammelte sie mit belegter Stimme.

Er lächelte sanftmütig. »*wasteste* – sehr gut.«

In der darauffolgenden Nacht schlief sie tief und fest. Richtig bewusst, was die Worte des Dakota bedeuteten, lernte sie erst in den nächsten Tagen. Jeden Tag begann er mit den Worten: »*akita mani* yo«, was so viel bedeutet wie »Beobachte alles auf Deinem Weg!«. Jede Einzelheit kann wichtig sein für kommende Entscheidungen.

»Finde dein geistiges Selbst – *wanagi* – halte es fest und bewahre.«

Nach und nach lehrte er sie die Namen einstiger Gewahrer, damit keiner verloren gehen kann. Er folgt der alten dakotischen Tradition des *waonspekiye* – mit Geduld lehren. Unermüdlich und diszipliniert ruhig wiederholte, korrigierte, erzählte, rekapitulierte er immer wieder. In den regelmäßigen Pausen ließ er sie allein. Danach ging es weiter.

Die junge Frau war eine sehr gute Zuhörerin, nahm alles scheinbar leicht auf und war auch in der Lage, gewisse Zusammenhänge herzustellen. Einzig die Gewahrer-Namen fielen ihr sichtlich schwer, allein deren komplizierte Aussprache war für nicht-dakotischen Zungen gewöhnungsbedürftig.

Alle sieben Tage gingen sie auf *Reisen*, wie die Europäerin den Besuch der Pyramide im Stillen bald nannte. Die Pyramide war der Schlüssel zwischen den Welten. Den Raum mit der Kapsel, die total durchsichtig war und dennoch den Insassen überall hin zu verbringen mochte, nannte der Dakota *wanagi yuha* – den Geist-Eigner. Sie lernte mit der Glaskapsel umzugehen, bereiste die Erde in unterschiedlichen Epochen. Dabei zeigte ihr die Kapsel die zukünftige Entwicklung des Menschen. Für die junge Frau des ausgehenden neunzehnten Jahrhunderts alles reine Utopie. Dennoch fand auch sie ungemeinen Gefallen daran. Scheinbar dauerte so ein Ausflug ins Morgen mehrere Stunden, in Wahrheit aber vergingen nur wenige Minuten.

Tatsächlich schien die Kapsel alles zu wissen. Stets gingen die Reisen in die Zukunft. In die Vergangenheit hingegen durfte ein Gewahrer nicht. Zu groß war die Gefahr, den Vorgänger dazwischen zu funken. Dies könnte kolossale Folgen haben.

»Bedenke immer eines, von dem Tage an, an dem du der Gewahrer sein wirst, darfst du nie wieder auch nur eine Stunde in der Zeit zurück. Du würdest alles gefährden. Und unsere Mission würde scheitern …«

Sie verstand, wenn es auch mehr gefühlt war. Die Stimme des Alten hatte bedrohlich geklungen. Vielleicht lag es aber auch an die berauschenden, den Geist erweiternden Kräutern, die sie empfänglicher machte. Jedenfalls ergriff sie eine gewisse Kälte.

Nach etwa sieben Wochen eröffnete der Dakota ihr weitere Einzelheiten, die die Kapsel betrafen.

»Für uns Menschen steht nur die Sicht auf die Erde offen. Wie du weißt, bist du hier nicht auf unserer Welt. Niemand kennt den Namen dieses Mondes. Kein Mensch ist je einer anderen Zivilisation begegnet.«

»Und woher kommt dann … das hier ..?«

»Dies kann ich dir wirklich nicht sagen. Sollte es jemals bekannt gewesen sein, wurde es nicht überliefert. Soweit ich weiß, wurde auch nie in diese Richtung geforscht.«

»Aber …«

»Es gibt Dinge, die möchten nicht bekannt werden. Du musst lernen zu akzeptieren. Nicht Erklärbares gibt es, *wird* es immer geben. Sehe mit den Augen eines Kindes. Handle mit Verstand. Dann wirst du weiter kommen im Leben und in deiner Mission.«

»Nun werde ich bald der Gewahrer sein. Wenn ich den Grund meiner Reise bedenke, kann ich diese Wendung noch weniger verstehen. Das Leben bietet vieles. Doch das? Bin ich dem gewachsen, bin ich stark genug? Die Mission wird ab sofort alles bestimmen, was ich tun werde.«

Amerika galt damals als Kontinent, auf dem alles möglich erschien. Viele zog es ins Land, um Gold zu scheffeln. Reich werden, sich verwirklichen und ein sorgloses Leben führen – ein Kredo, das sich nur wenige erfüllen konnten. Die meisten blieben was sie waren, billige Arbeiter, die morgens zusehen mussten, dass sie am Abend etwas zu beißen hatten. Auch sie betrat Amerika, um einem Ziel näher zu kommen. Was sie im Anschluss gemacht hätte, darüber hatte sie ehrlich gesagt nicht nachgedacht. Dies war natürlich auch vom Ausgang abhängig. Und jetzt? Eine völlig andere Lebensmotivation mit unüberschaubarer Verantwortung!

Der Dakota hatte nie gefragt, ob sie in seine Fußstapfen treten wolle. Was, wenn sie ihm eine Abfuhr erteilt? Wusste sie dafür etwa *zu viel*, um überhaupt noch zurück zu können?

Plötzlich fühlte sie pure, panische Angst. Sollte das *Land der unbegrenzten Möglichkeiten* für sie, eine kleine unscheinbare Europäerin, wohl möglich höhere Pläne haben? Derartige, vor denen sie zurück schrecken würde?

In den Nächten, die sie allein verbrachte, stülpten sich solche Gedanken gnadenlos über sie. An Schlaf war da nicht zu denken. Gelegentlich fragte sie sich, ob die der Gewahrer sein möchte! Dafür sprach vieles: Reisen mit der Kapsel, das Wissen an sich und vor allem die Errichter der Pyramide. Woher kamen sie?

Dagegen sprach diese schreckliche Angst zu versagen. Sie konnte es drehen und wenden. Doch eins war sicher: Sie stand am Scheideweg!

Zwei Monate später. Man schrieb den neunten März 1899. Die junge Dame und der Dakota waren wieder in der Pyramide unterwegs. Diesmal wollte der Indianer ihr ein versteckt zugänglliches Labor zeigen, wiederum mit unbekannter Technik. Die Apparaturen blinkten und funkelten. Zu ihrem Entsetzen betätigte der Alte auch noch einige kurios aussehende Knöpfe, bis ein Viereck mitten in der Luft schwebte.

»Die Zunft der Gewahrer geht davon aus, dass dieses Wesen einer der Architekten der Anlage ist«, erklärte der Dakota. »Leider verstehen wie nicht, was er oder sie sagt. Aber ein Gewahrer fand heraus, dass vereinzelte Worte immer wieder auftauchen und auf eine Technik hindeuten, deren Ergebnis du hier siehst. Vermutlich, jedenfalls bin ich der Meinung, funktioniert das ähnlich, wie euer *singender Draht*.«

Seit Erfindung des Telegraphen konnten in der Tat, ohne relativ großen Zeitverlust, schriftlich Nachrichten übermittelt werden. Erst mit dem Telefon konnte man miteinander sprechen.

»Nur mit dem Unterschied, das keine Kabel vorhanden sind«, er deutet auf das in der Luft schwebende Bild. Das darauf abgebildete Wesen erweckte ihr Interesse mehr, als die Erzählung des Indianers. Auf den ersten Blick glaubte sie einen Chinesen oder Mongolen vor sich zu haben.

»Hier«, er deutet auf eine siebenreihige Knopfreihe, »ist es möglich, das Bild anzuhalten, so wie ich es gerade gemacht habe, es wieder laufen zu lassen. Der hier ist für den Ton. Der fünfte setzt einen Mechanismus in Gang, den ich dir bei Nacht zeigen werde. Die Letzten bewirken nichts.«

Sie Strecke den Arm aus um selbst auszuprobieren, da hielt der Dakota sie zurück. »Du hast genügend Zeit dafür. Doch nicht jetzt.« Er lächelte. Erwidern konnte sie nichts, so verdattert war sein Eingreifen.

»Du musst beobachten und akzeptieren …«

Am Abend führte der Dakota sie durch das Labor an eine stählerne Wendeltreppe. Oben angekommen, bat er sie, die Hand flach auf ein Feld auf einer Tür zu legen. Als dies geschehen war, sagte er laut vernehmlich etwas in dieser fremden Sprache. Um das Feld leuchtete es Grün auf und die Tür fuhr auseinander. Erschrocken darüber wich sie einige Schritte zurück. Doch er bedeutete ihr, ihm zu folgen.

Winzige Lindgrün leuchtende Punkte tauchten den Raum in eine eigentümlich frostige Atmosphäre. Die Bauweise des Raumes überraschte sie. Er war rund und wirkte unendlich in seiner Räumlichkeit. Mittig stand eine glaskapselähnliche Sitzreihe, die für ein Dutzend Besucher Platz bot.

»Setz dich doch.«

Das Material schmiegte sich an dem Körper an und war weich. Es würde noch sehr lang dauern, bis sie sich daran gewöhnt hätte.

Der Dakota setzte sich am Rand der Reihe und vollführte in der Luft eine schnelle Abfolge von Handbewegungen. Daraufhin erloschen die Lichtpunkte. Leicht zitterte der Boden. Irritiert sah sie sich panisch um, jederzeit ein Erdbeben erwartend. Der Indianer blieb indes sehr gelassen. Vor ihm entstand eine fluoreszierende Anzeige, auf der er tippte. Dann trafen sich beide Blicke.

»Beobachte …«

Der gesamte Raum – oder was sie für einen Raum hielt – verschwand, während das Vibrieren verebbte. Scheinbar ungeschützt saß sie unter freiem Himmel. Über ihnen leuchteten zahllose Sterne.

»Aus meinen *Morgenreisen* habe ich erfahren, dass die Menschen dies einmal Observatorium nennen werden. Es dient zum Beobachten der Sterne. Man hofft dem Geheimnis des Universums dadurch ein Stück näher zu kommen.«

»Gelingt es ihnen?«

»Es wird in mehr als einhundert Jahren eures Kalenders zu einigen Fortschritten kommen. Doch zu mehr auch nicht.«

»Und wieso nicht?«

»Nun, die Menschen haben andere Probleme. Du wirst auch dies bald selbst herausfinden.« Mit einer Handbewegung gebot er ihr zu schweigen. »Es ist besser, wenn du es selbst herausfindest. Alles was ich dir erzähle, könnte durch meine Empfindung verfälscht werden.«

Sie nickte.

»Die Sternenbilder sind ganz anders, als wie wir sie kennen«, fuhr er fort. »Auch leuchten sie in einem anderen Spektrum. Ich zeige dir nun, wie du die Anlage bedienen kannst.«

Nach und nach beherrschte sie die Luftbewegungen mit der Hand fließend und ebenso perfekt wie ihr Lehrer. Es war etwa vergleichbar mit einem Dirigenten, nur ohne Stab. Eine Bewegung ließ die Sensoren in Betrieb gehen, damit die Technologie im Hintergrund wie gewünscht funktionierte. Nun kam sie sich wirklich vor wie ein Zauberer! Die Wände erschienen wieder und die Lichtpunkte erzeugten die frostige Atmosphäre. Dann konnte sie wieder frei in den Himmel schauen.

»Möchtest du die Erde sehen?«

»Geht das denn?«

»Schau …«

Eine weitere kurze Abfolge von Bewegungen folgte. »Damit aktivierst du die Suche. Und alles, woran du denkst, wird angezeigt.«

Diese Befehle waren schwerer zu erlernen, doch mit etwas Geschick schaffte sie es schließlich. Der ganze Himmel zoomte heran und sie musste sich festhalten, weil sie glaubte, er stürze herab oder würde sie verschlingen. Als ihr Herz wieder normal schlug, wurde der Zoomeffekt deutlich langsamer, bis der Blaue Planet das gesamte Sichtfeld ausfüllte.

»Bald werden die Menschen die Heimat so sehen können. Ist sie nicht wundervoll?«

»Niemals darf ein anderer dieses Wissen erfahren, es sei denn, du hast diesen auserkoren! Bedenke dies stets!«, sagte der Alte ihr am folgenden Morgen beim Frühstück. »Vertraue dir selbst, habe Mut zur Weitsicht. Doch behalte es immer in deinem Kopf.«

Sie fühlte sich ertappt. Hatte er sie etwa beobachtet, als sie ins Tagebuch schrieb? Konzentriert rief sie sich den geschriebenen Inhalt ins Gedächtnis. Bewusst hatte sie jedenfalls keines der Geheimnisse notiert, was auch nicht verwunderlich ist, da sie selbst erst einmal diese verarbeiten musste.

»Unser gemeinsamer Weg geht zu Ende. Bin ich fort, dann wirst du der einzige Gewahrer sein. Ich bin stolz dich getroffen zu haben. Mein Herz ist voller Freude.«

»Aber … ich kann … ich muss …«

Sein sanftes Lächeln ließ sie verstummen.

»Du besitzt alles Wissen und Können. Vertrau dir!«

Im tiefsten Inneren wusste sie, was das hieß. Es war ein Abschied für immer.

»Du darfst aber niemals in die Geschichte eingreifen!«, fuhr er fort. Missachtest du dies wird es dich vernichten, und der ›Kristallene Kreis‹ wäre auf ewig unterbrochen!«

Was sollte sie nun sagen? Ihr war schwer ums Herz, mochte sie den Dakota doch mehr, als ihr lieb war.

»Sei nicht traurig, *ahbleza*. Lebe wohl …«

Tränen, die sie nicht zurückhalten konnte, trübten den Blick. Schluchzend wollte sie etwas sagen, doch die Stimme versagte. Als sie sich beruhigt und die Tränen weggewischt hatte, sah sie nur noch einen leeren Raum. Vom Dakota keine Spur!

»Jetzt ist es soweit. Alles ist mir fremd. Ich bin allein. Ohne den Dakota treibt nur mein Wille mich an, um all das mir eigen zu machen, was dafür notwendig ist. Dennoch sehe ich positiv in die Zukunft. Alles andere wird die Zeit bringen.«

Vierunddreißig

Da steht er nun vor dem noch offenen Tor und weiß nicht weiter! Waylon glaubt zu träumen. Dem Maki auf der Schulter, der nicht weniger verunsichert ist, steht er mit gesenktem Kopf vor der Kristallblüte und schaut abwechselnd von ihr aufs Tor und wieder zurück. Er kann nicht genau sagen, was er gerade fühlt. Ein Vergleich wäre ein imposanter Kinofilm in 3D. Mitgerissen vom Inhalt und mitgelitten mit dem Helden. Jedenfalls so ähnlich. Innerlich ist er unruhig und aufgewühlt. Manchmal hat man so etwas, als wenn gleich etwas passiert.

Gedankenverloren greift Waylon unentschlossen nach der kristallenen Blüte, die ein Zischen hinterlässt, als der Kontakt unterbrochen wird. Schleifend rumpelt die Felsplatte vor die Öffnung. Mit einem Lauten *Klack*-Geräusch ist die Pyramide wieder verschlossen.

Der Mohrenmaki quietscht aufgeregt, hüpft heftig auf und ab. Waylon will ihn schelten, unterlässt es aber. Denn als er dorthin sieht, wohin der Maki gestikulierend deutet, verschlägt es ihm die Sprache. Die Blüte verändert erneut ihre Gestalt. Bestürzt lässt er den sich in Wandlung befindlichen Kristall fallen. Klirrend schlägt dieser auf den Steinfußboden. Da die Rückverwandlung noch nicht vollständig abgeschlossen ist, bricht dabei eines der filigranen Blütenblätter ab.

Waylon beobachtet, wie aus der Blüte wieder die originale Kristallform entsteht. Ein kurzes, helles Aufleuchten schließt den Vorgang schließlich ab; der Kristall liegt wie gewohnt und als wäre nie etwas geschehen einfach nur da. Daneben befindet sich das abgebrochene Blütenblatt. Es weist eine schwarzbraune Verfärbung auf, die recht edel aussieht. Waylon nimmt es an sich, lässt es mehrmals zwischen den Fingern kreisen, bevor er es in den Slip Bund einsteckt.

Inzwischen ist der Maki ruhig geworden. Waylon nimmt mehrmals Anlauf, den eigentlichen Kristall ebenfalls an sich zu nehmen, lediglich einst gemachte Erfahrung hindert ihn daran.

Jetzt will er noch nicht hier weg, jetzt noch nicht! Doch außer den Slip hat er nichts an und weit und breit gibt es nichts, womit er ihn einwickeln kann.

Nach einigen abwägen lässt er den Kristall liegen und geht die Stufen hinunter. Hier sucht er geeignetes Material, was er mit einem kleineren Palmblatt findet, und geht wieder nach oben. Vorsichtig und gut eingepackt, tritt er den Heimweg zur Pinie an.

Nach langem Fußmarsch liegt Waylon endlich bequem auf der Pritsche. Da es noch helllichter Tag ist, unterläßt er es, wenigstens die Tür zu schließen.

Er liegt auf den Rücken, starrt auf einen nicht vorhandenen fernen Punkt und lässt alles Revue passieren. Die Erbauer können keine Menschen sein! Unmöglich! Allein das Alter der Anlage beachtend, war damals die Technik nicht so weit fortgeschritten wie heute. So täuschend echt wirkende Computeranimationen gibt es maximal erst seit zehn Jahren.

›Wo auf der Erde gibt es noch sogenannte *weiße Flecken*‹, denkt er, ›in denen solch prächtige Bauwerke befinden könnten?‹ Außer Südamerika fällt Waylon Kein anderer Kontinent ein. Einzig von dort, im Gebiet der alten, sagenumwobenen Maya, dringen einige Meldungen von diesbezüglichen Funden an die Öffentlichkeit. Da dies aber nicht der Fall war, geht er von einem noch unentdeckten Gebiet aus, in dem er sich gerade aufhält.

›Vielleicht eine Insel? Irgendwo im pazifischen Ozean? Oder ein Eiland, welches strategisch unwichtig ist? Oder – es ist doch bekannt und eine Regierung verschweigt sie! Wird die Pyramide vielleicht sogar von denen militärisch genutzt? – Eher unwahrscheinlich … Denn dann wär ich hier nicht angekommen. Befände mich in irgendeinem Loch, bei Wasser und Brot …‹

Über diese Gedanken müde geworden, schlummert Waylon ein. Neben ihm liegt ebenfalls schlafend ausgestreckt der

Mohrenmaki. Die geistige Erschöpfung war für beide eben zu viel …

Jemand klettert den Baum empor. Waylon schreckt auf, lauscht in die Stille. die ihm mittlerweile vertraut gewordenen Urwaldgeräusche sind verstummt. Etwas Bedrohendes liegt in der Luft. Leicht schwankt der Baum in einem unnatürlichen Rhythmus. Rasch springt er auf, drückt sich rücklings neben dem Eingang gegen das Geflecht und wartet ab. Der Maki wittert ebenfalls die Gefahr und schlüpft flink unter die Pritsche.

Behutsam wirft Waylon einen Blick nach draußen, immer gewahr, aufgespürt zu werden oder selbst Schreckliches zu entdecken. Draußen beginnt die Dämmerung. Im Schummerlicht sieht man eh immer was. Jede Nuance eines Schattens spielt dem Gehirn eine Veränderung vor, die im prallen Sonnenlicht keinerlei Beachtung geschenkt würde.

Doch Waylon glaubt eine neue Bewegung gespürt zu haben, unscheinbar und flüchtig. Desgleichen nimmt er direkt auf der anderen Seite der Flechtwand fremdartiges, schweres Atmen wahr sowie ein Kratzen. Ihn pocht das Herz bis hoch zum Hals.

Keine Frage, da ist jemand!

Nackenhaare stellen sich auf und unentwegte eisige Schauer jagen Waylon über den Rücken. Verstärkt wird das noch durch einen widerlichen Geruch.

Er späht durch die winzigen Spalten im Geflecht, ohne sich selbst so gut wie nicht zu bewegen. Und da ein – was auch immer geartetes Wesen, etwa so groß wie er, hockt es regungslos vorm Eingang.

Im Bruchteil eines Wimpernschlages wird ihm bewusst, keine Verteidigungsstrategie zu haben. Er erinnert sich an die altertümliche Pistole in der Truhe. Leider benötigt das Laden einige Zeit in Anspruch, und die hat er nicht!

Er flucht stumm. Warum hat er mit keiner Silbe daran gedacht? *Mann!*

So kann er sich nur mental auf einen Zweikampf vorbereiten. Zudem hofft er inständig, das *Ding* würde einfach verschwinden. Den Geräuschen nach ist es ein Tier, besser, es muss ein Tier sein, denn mit einem Menschen kann man reden. Es sei denn, es ist ein Ureinwohner. Und da wird Waylon ein weiteres Problem klar: Die Sprache! Oder ist es gar ein Kannibale? Ihm schaudert es! Voller Ekel verzieht er angewidert das Gesicht.

›Bitte nicht‹, fleht er stumm. ›Nicht sowas …‹

In diesem Moment springt das *Ding* unerwartet schnell in Waylons Reich und schnaubt dabei gefährlich. Wie angewurzelt verharrt Waylon am Platze. Im Zwielicht macht ihn schon allein die Gestalt des *Dings* Angst, die total lähmend auf den Mittsechziger wirkt. Sein Herz trommelt regelrecht, in den Ohren rauscht der Blutdruck. Zuletzt ist noch der stocken wollende Atem zu nennen, der Waylon noch mehr hindert. Und dann wendet sich das *Ding* auch noch ihn zu!

Die Spannung ist deutlich spürbar. Unendlich lang währen die ineinander verschmelzenden Blicke. Keiner rührt sich. Waylon glaubt in den Augen des *Dings* auch so etwas wie Furcht oder wenigstens Neugier zu sehen. Flach atmend, da vom Eindringling ein bestialischer Gestank ausgeht, zwingt er sich dazu, dem Blick standzuhalten. Waylon will keine Schwäche zeigen. Bei wild kläffenden Hunden hat das ja auch immer funktioniert!

Im Leben werden Irrtümer immer zu spät eingesehen. Keimte vor einer Sekunde noch Hoffnung auf, wird diese sofort zunichte gemacht. Leichtfüßig huscht das *Ding* ganz nah an Waylon heran. Der schließt abwehrend die Augen.

Oh, was für ein Gestank!

Ohne sich den Konsequenzen bewusst zu sein, reißt er angeekelt die Augen auf, packt das *Ding* an den Schultern und ruft mit fester Stimme: »Raus hier! Du stinkst! Wasch dich erstmal und putz dir die Zähne, wenn du auf Besuch gehst!«

Spricht 's und versetzt dem *Ding* einen heftigeren Stoß als gewollt, sodass es stolpert. Zu Waylons Leidwesen fängt es sich jedoch schnell. Ein katzenartiges Fauchen dringt aus der Kehle des Wesens. Allen Mut fassend, geht Waylon aufrecht auf den Eindringling zu.

»Hörst du schlecht? Raus, verschwinde!«

Drohend hebt er den Arm und zeigt dorthin, wo bekanntlich der Maurer das Loch gelassen hat. Da das *Ding* nicht reagiert, auch keine Anzeichen macht, die klare Anweisung zu befolgen, packt Waylon erneut zu.

Das Fauchen wird bedrohlich schärfer. In den Augen kann Waylon pure Angriffslust lesen. Während er nach dem Arm des *Dings* greift, dreht dieses sich ein Stück weit weg, erfasst selbst den Unterarm Waylons. Kurz wird die Reaktion furch einen intensiven Blickkontakt unterbrochen. Dann folgt ein Handgemenge, bei dem Waylon sich zwar wehren kann – mehr allerdings auch nicht! In einem ungleichen Kampf ist es wichtig, reagieren zu können, auf den Gegner eingehen, einschätzen und dann handeln. Das kampferprobte *Ding* behält die Oberhand.

Beide stürzen. Fest umklammert das *Ding* Waylons Hals. Das Gerangel gipfelt darin, dass Waylon unter dem Wesen zu liegen kommt. Außer Atem versucht er mit den Beinen den Körper des anderen zu umklammern. Nach mehrmaligen Versuchen gelingt es ihm. Dabei kommt das Ding aus dem Gleichgewicht und liegt nun auf der Seite. Waylon kann dies nutzen und kommt frei. Es sind drei Schritte bis zur Truhe. Vielleicht kennt das *Ding* ja Waffen und lässt sich damit auf Abstand halten.

Die Pistole ist zwar nicht geladen, doch das weiß nur Waylon! Zwei Schritte sind bereits gemacht, als das *Ding* Waylons Bein zu fassen bekommt und es verdreht. Vor Schmerz laut aufschreiend, stürzt er zu Boden, prallt im Fall gegen die Truhe. Der Aufprall ist so stark, dass das Geflecht stark wankt. Bevor Waylon begreift, bekommt er einen erneuten Stoß. Nun schwankt alles und der eingewickelte Kristall fällt genau neben seinem Kopf. Dabei rutscht der Kristall aus dem Palmblatt.

Noch immer wehrt sich Waylon. Das *Ding* umklammert seine wild strampelnden Beine. Erfolg hat es keinen, denn unerwartete Hilfe naht. Kaum hat es von ihm abgelassen, ertönt ein lautes Fauchen und Gekreische. Der Maki mischt nun mit, was dem *Ding* überhaupt nicht passt! Beide zetern bösartig. Der Maki steht mit gesträubten Fell auf allen Vieren, das sonst liebliche Gesicht zur Fratze gezogen und die Zähne fletschend. Sobald das *Ding* Anstalten macht, nach dem Mohrenmaki zu fassen oder zu schlagen, ist dieser so schnell im Platzwechsel, worüber der Angreifer noch wütender wird, von Waylon jedoch ablässt.

Der nutzt die Pause zum Luft holen. Sein Bein schmerzt heftig. Mit dem Rücken zur Wand, setzt er sich auf. Da spürt Waylon unter der rechten Hand etwas Scharfes. Zu seinem Erstaunen findet er noch ein abgebrochenes Stück der Kristallblüte. Gleichfalls dunkelblau verfärbt wie das, was in der Pyramide abbrach, nur etwas kleiner. Er steckt es einfach zu dem Ersten in den Slip Bund. Darüber nachdenken kann Waylon später. Jetzt gilt es erst einmal, dieses widerlich stinkende *Ding* zu verjagen, das ihm gerade den Rücken zukehrt.

Laut brüllend springt Waylon auf, umklammert den Hals des Angreifers und nimmt das *Ding* so in den Schwitzkasten. Der Maki macht es Waylon gleich. Alle drei fallen rangelnd wieder. Waylon reicht es! Immer fester drückt er zu. Das Äffchen traktiert das *Ding* an Kopf und Gesicht, zieht an den Haaren und Ohren. Röchelnd erschlafft der Angreifer. Zeit um aufzuatmen.

Waylon gibt den Hals frei und will aufstehen. Sein Bein knickt unter seiner Last einfach weg. Gerade so kann er sich abstützen. Mitleidig beobachtet ihn der Maki. Auch er hat einige Kratzer abbekommen. Mühselig kommt Waylon auf die Beine. Heftig atmend sammelt er Kraft.

Inzwischen rührt sich auch das *Ding*. Unbemerkt steht es langsam auf. Dann bricht sein aufbrausendes Temperament durch. Ohne Vorwarnung setzt es zum Sprung an. Nur einem Schatten im Augenwinkel verdankt Waylon sein Leben. Sich halb duckend bekommt er nur einen Bruchteil der Wucht ab, die allerdings ausreicht, zum wiederholten Male gegen die Flechtwand und Truhe zu stoßen. Dies geht so schnell, dass er gar nicht richtig begreift. Erst im Liegen wird ihm klar, wie schwierig es werden wird, das *Ding* loszukriegen.

Man bräuchte etwas Schweres zum niederschlagen …

In diesem Moment kommt der Maki angeflogen. Halb betäubt bleibt das Tier neben Waylon liegen.

Das kann doch nicht sein! Das darf nicht sein!

Rasch berührt er das Äffchen; es lebt! Waylon rappelt sich auf, hebt den Maki zart an, damit ihm nichts Schlimmeres geschehen kann und will das Tier auf die Pritsche legen. Dabei tritt sein nackter Fuß auf den freiliegenden Kristall.

* * *

Plötzlich blitzt es grell auf. Gerade noch hat der Fremde dort gestanden, nun ist er nicht mehr da. Wohin jetzt mit der Aggression? Laut schreit das *Ding* auf. Es klingt grauenvoll. Die Tiere des Urwaldes sind aufgeschreckt und flüchten. Der Schrei dauert an, will anscheinend nie enden. Dann folgt ein Bersten. Das Geflecht schaukelt gefährlich, mit ihm die ganze Pinie. Stille. Die gerade eben noch aufgescheuchten Tiere suchen ihre Plätze auf. Eine Weile später ertönt von der Pinie ein Heulen, welches in ein Wimmern übergeht.

Das Wesen sitzt schluchzend in der Ecke. Pritsche und Truhe liegen in Trümmern. Und das *Ding* hält mit beiden Händen sanft umschlungen das alte, abgewetzte Tagebuch aus dem neunzehnten Jahrhundert …

Fünfunddreißig

An manche Ereignisse denkt man gern und oft zurück. In diesem Fall liegen die Dinge ein wenig anders. Nachdem Waylon Abstand gewonnen hat, verblassen viele Bilder. Ganz genau sieht er den Mohrenmaki vor sich, mit seinem frechen liebevollen Blick. Ihn hat er so richtig lieb gewonnen. Anders schaut es aus, als er letztendlich während des Kampfes mit einem Monster einen Filmriss erlitt und im eigenen Bett aufgewacht ist. Schön und gut! Doch was machte eigentlich das Äffchen da im Wohnzimmer? – Nun mal der Reihe nach …

Schweißgebadet erwacht Waylon. Alles tut ihm weh. Sämtliche Muskeln, von denen er noch nicht mal wusste, dass es die gibt, schmerzen. Dennoch fühlt er sich gut. Viel besser als die letzten Tage. Neben ihm auf dem Laken liegt glanzlos der Kristall. Sofort flimmern im Geiste die Erlebnisse auf.

Unter der Dusche spült das Wasser mehrtägigen Schweiß und Staub ab, der als weißes Rinnsal durch den Ablauf verschwindet. Die beiden Blütenstücke hat er beim Entkleiden auf die Ablage gelegt. Während das Wasser über seinen Körper läuft, schaut er mit wehmütigen und verträumten Gedanken die zwei an.

Ganz außergewöhnlich findet Waylon den plötzlichen Hunger. Eine reine Attacke zwingt ihn, sich ein ausgiebiges Frühstück einzuverleiben. Es ist Jahre her, dass er früh morgens etwas isst! Er schiebt es auf die karge Kost der letzten Tage. Spiegelei, aufgebackene Brötchen und eine gute Portion Wurst verschaffen genügend Energie, um den Tag gestärkt zu beginnen.

Anschließend holt Waylon die Bruchstücke sowie den Kristall mit ins Wohnzimmer. Als sie nebeneinander aufgereiht auf dem Tisch liegen, wankt der Maki herein.

»Wo kommst du denn her …« Damit hat Waylon absolut nicht gerechnet! Vielmehr ging er davon aus, das Äffchen zurück gelassen zu haben. »Hast dich versteckt, stimmt's?«

Der Mohrenmaki schleicht geschwächt heran. An Waylon hochklettern schafft er nicht.

»Na komm, Kleiner.«

Kaum auf der Schulter angekommen, umklammert er zärtlich Waylons Hals. Genau das macht die Freundschaft zwischen ihnen aus! Waylon verspürt einen dieser wenigen Glücksmomenten. Es ist wundervoll, Vertrauen geschenkt zu bekommen. Und Waylon wird vom Maki sichtlich gemocht.

»Wie es aussieht, wirst du hierbleiben müssen. Ich hoffe, du hältst es mit mir aus?«

Der Maki kämpft mit der Müdigkeit. Waylon legt ihm sanft die Hand auf, fühlt das gleichmäßige Schlagen des kleinen Herzchens.

Um nicht stundenlang so da sitzen zu müssen, weil er den Kleinen ja nicht beim Schlaf stören möchte, nimmt er das Tier behutsam von der Schulter und legt es sich auf den Bauch. Dem Maki ist gerade alles Recht. Er braucht dringend Ruhe und liebevolle Zuneigung!

Auch Waylon entspannt. Nun hat er eine Verantwortung gegenüber einem unschuldigen kleinen Wesen, dessen Herz er erobert hat.

›Da werde ich mich kundig machen müssen, um dem Kleinen ein würdiges Zuhause bieten zu können.‹

Dessen ungeachtet wandert sein Blick wieder auf die Kristalle. Was würden sie ihm noch alles an Abenteuern bescheren? Will er das aber auch, oder wäre es nicht besser, sie einfach wegzuschließen?

Während die eine Hand den Maki unentwegt zärtlich streichelt, ergreift die andere ein Stück der Blüte. Die Form, der Farbverlauf – alles zusammen genommen hat was! Vielleicht eignet es sich als Anhänger? Genau! Omas alte Silberkette!

Langsam erhebt sich Waylon, legt das Äffchen äußerst vorsichtig auf die Couch.

»Irgendwo muss die Kette doch sein«, murmelt er.

Überall und nirgends muss Waylon suchen, räumen, nachdenken, umstapeln ehe er schließlich nach zwei Stunden die Schatulle in den Händen hält. Stolz und zufrieden stellt er sie auf den Tisch.

In alten Sachen kramen weckt Erinnerungen und gleicht einer Zeitreise. Da kommen Dinge ans Tageslicht, die einen seltsam berühren. Auch Waylon besitzt derartige Zeitkapseln und zwar in Form dieser vor vielen Jahren geerbten Schmuckschatulle. Selbst den früheren Geruch konserviert der Kasten, empfindet er. Ja, so ist das …

Jedes der einzelnen Stücke lässt Waylon durch die Finger gleiten. Fast könnte man meinen, dass es sich um einen wahrlich kostbaren Schatz handele. Für ihn ist dies garantiert ein Schatz, wenn auch einer von unermesslichem ideellen Wert. Zwischen angelaufenen Ringen, Ohrstecker mit Steinen, hervorragend gearbeitete Einstecknadeln, wieder Ringe, Armkettchen und -reifen, Broschen und, und, und – findet Waylon die gesuchte Kette. Feingliedrig, aber nicht zu dünn, hält er sie für geeignet, das Kristallblütenblatt daran zu tragen. Waylon legt die Kette neben die Schatulle. Da fällt ihm eine Verknotung des Schmucks auf. Er nimmt das Bündel heraus. Seltsam, wie sich diese Teile doch durch Erschütterungen oder Kippen der Schatulle miteinander vermengen, und zwar so extrem, dass es Stunden dauern wird, Ordnung ins Chaos zu bringen. Genervt legt er den Schmuckknoten beiseite.

Und da liegt noch eine Kette!

›Kenn ich die?‹

Mitnichten! Waylon ist zwar kein Fachmann – noch nicht einmal ein Selbsternannter –, doch bei dieser Kette handelt es sich mit Sicherheit um Männerschmuck. Wem gehörte sie? Sie liegt gut in der Hand, sieht schwerer aus, als sie ist. Waylon legt sie sich um und geht zum Spiegel.

»Sieht doch gut aus! – Das die mir nie aufgefallen ist …«

Kopfschüttelnd geht er mit den Ketten und Blütenblättern und einigen einzelnen Kettengliedern in unterschiedlichen Größen in den Keller.

Um die Mittagszeit Ist er mit der Arbeit fertig. Freudestrahlend geht Waylon ins Wohnzimmer. Seine Kette trägt das etwas größere Blütenblatt mit dem Farbverlauf.

»Ein schönes Erinnerungsstück«, findet er.

Aus müden Augen blinzelt ihn der Maki an.

»Du stehst nicht so auf Schmuck, was? Wärst du ein Mädchen, dann sicherlich eher …« (An anderer Stelle wurde bereits darauf hingewiesen, dass sich in dieser Sache Waylon irrt!)

Er streichelt dem Tier liebevoll über den Kopf.

»Schlaf ruhig weiter, mein Freund. Alles ist gut.«

Unerwartet beginnt in der Stille des Hauses das wohlbekannte Brummen, das mit einer fühlbaren Luftvibration einhergeht. ›Nicht schon wieder‹, denkt Waylon bisschen genervt. Der Brummton schwillt immer weiter an, bis das Trommelfell die Schwingungen als unangenehm empfindet. So muss es sein, wenn ein Tinnitus in einem sitzt! Unwillkürlich schaut Waylon nach dem erstgefundenen Kristall. Erstaunt über dessen türkisfarben pulsierendes *Eigenleben*.

›Er ruft nach uns‹, fällt ihm als erstes ein. ›Er will, dass wir zurückkommen.‹ Waylon wird mulmig zumute. Hat das denn nie ein Ende?

Vom schwirrenden Klang des Tones aufgeschreckt, kommt der Maki näher. Unsicher auf den Beinen unternimmt er einen Versuch, um auf den Tisch oder wenigstens auf Waylons Bein zu gelangen. So richtig kann er sich jedoch nicht dazu entschließen.

Um sich bemerkbar zu machen macht der Maki ein Flippergeräusch, von dem er weiß, dass Waylon es mag. Tatsächlich kommt er damit durch.

»Schau dir das mal an. Eigentlich wunderbar oder?«

Den Mohrenmaki interessiert das Licht viel mehr, als Waylon. Immer länger wird der Hals.

»Nein, Kleiner. Bleib hier. Du weißt, was passiert.«

Irgendwas zieht das Tier zum Kristall hin. Je länger es zurück gehalten wird, umso wilder wird der Maki. Wendig wie er ist, befreit er sich aus Waylon Händen und springt in einem Satz neben dem Kristall. Dem Mittsechziger wird schlecht. Gebannt starrt er mit flehenden Augen auf den Maki, der genauso Waylon ansieht. Mag der eine verhindern, möchte der andere genau dies tun. Sie stehen am Scheideweg.

Eben noch mit dem Gedanken gespielt und sich bereits entschieden, den Kleinen zu behalten, wird nun doch alles anders. In den Augen des Tieres kann Waylon lesen – er will es jedenfalls glauben, dass es so ist – er möge doch mitkommen. Der Blick währt ewig! Und dann passiert 's!

Blitzschnell fasst das Äffchen nach dem Kristall. Sogleich verstummt der vibrierende Ton. Das Leuchten erfasst den Maki. Eine türkisene Korona entsteht, in deren Zacken rotblaue Blitze geräuschlos zucken. Wie das Schauspiel begann, so endet es auch blitzartig. Das grelle Leuchten erscheint, dehnt sich zu einer Kugel, um daraufhin zu implodieren. Was bleibt ist der Blinde Punkt auf der Netzhaut …

* * *

Ein paar Tage später verblassen die Bilder des Erlebten immer mehr, so wie es nach jeden intensiven Traum geschieht, den man doch eigentlich nie vergessen wollte. Nur ein Gefühl des ›Da war doch was‹ bleibt. Stattdessen der Alltag holt ihn ein. Eigentlich auch nicht so wirklich, denn Waylon hat eine Veränderung erfahren, ohne sie zu erfassen.

Er ist ständig auf Achse. Steht morgens in der Früh auf. Hat bereits mit der längst fälligen Renovierung der Außenfassade begonnen. Abends geht er meist gegen zehn ins Bett. Kaum das der Fernseher läuft oder längere Zeit der Sessel in Anspruch genommen wird. Kurz – er ist voller Tatendrang!

Den Baum hat er allerdings noch nicht besucht. Tatsächlich meidet er ihn. Eine Zeitlang zog er Kraft aus ihm, der nicht nur die depressiven Stunden milderte, sondern ebenfalls neue Wege aufzeigte. Dies möchte Waylon bewahren …

Am heutigen Tage, die Sonne scheint und es ist nahezu windstill, sieht er Mrs Pepper vor ihrem Haus stehen. Die alte Dame scheint verwirrter denn je. Sie tut ihm leid. Auch erinnert er sich in diesen Moment an sein Versprechen, doch einmal zum Kaffee vorbei zu kommen. Ob ihr Zustand dies zulässt? Einen Versuch wär es wert!

Kurzentschlossen geht er ins Haus. Warum nicht die Gunst der Stunde nutzen? Rasch zieht er sich um. Seit seiner Rückkehr trägt Waylon Tag und Nacht die Kette mit dem Blütenblatt-Anhänger. Im Spiegel bewundert er ihn stolz. Deshalb lässt er das Hemd weit offen, was unheimlich leger und locker aussieht. Vor Monaten noch zugeknöpft bis unterm Kragen, wagt er sich heute modern zu sein. Er grinst. Ja, ein bisschen fesch ist er schon noch!

Doch halt! Ein Besuch ohne Geschenk? Könnte falsch aufgefasst werden! Schließlich ist kein Schmarotzer, der sich ohne angemessene Gegenleistung nur durchfressen will! Aber was ist schon angemessen? Womit der Dame eine Freude machen?

Blumen! Jede Frau mag Blumen! Schnell sind im Vorgarten welche gepflückt und zu einem Strauß gebunden. Okay – nicht gerade schön, doch zählt nicht der Wille? Noch den Schlüssel eingesteckt, dann kann es losgehen.

Neben dem Hausschlüssel hängt Großmutters Kette. Kurz denkt er nach. Was soll's?! Eine Liebste hat er nicht, die den Schmuck tragen könnte; also warum sie hier trostlos hängen lassen? Mrs Pepper würde es schon zu schätzen wissen. Und das Beste ist doch, dass Waylon sich gut dabei fühlt!

Eine viertel Stunde später sitzen sich die Nachbarn gegenüber. Es hatte eine Weile gedauert, bis die alte Dame sich dunkel erinnerte und eine Schippe mehr an Überredungskunst, das Geschenk anzunehmen. Nun prangt die Kette um Mrs Peppers Hals. Was Waylon den Blick nicht mehr abwenden lässt, ist die unscheinbar vonstattengegangene Verwandlung des Blütenblattes. Kaum hatte sie Hautkontakt, war es ihm, als entstünden ringsherum filigrane Ranken und fassten sie dunkelblau, mit einem Hauch von Türkis, ein.

Gern würde Waylon diese Veränderung näher untersuchen, doch kann er ja schlecht so nah an Mrs Peppers Büste herangehen, oder das Geschenk zurück fordern.

Um kein Schweigen aufkommen zu lassen, berichtet er ihr von seinem ›Urlaub‹ und kleine Episoden mit dem Äffchen, sich währenddessen immer bewusster werdend, noch keinen blassen Schimmer zu haben, welcher Rasse es angehört.

Sie lauscht seinen Worten, lächelt manchmal verträumt. Überhaupt hat er den Eindruck, sie kann ihm geistig folgen. Da beide Kaffee lieben – völlig untypisch und eines Engländers unwürdig – vergeht der Nachmittag wie im Fluge. Als er sich verabschiedet glaubt er in Mrs Peppers Augen eine Rührung zu entdecken, die durch die spontane Umarmung ihrerseits noch bestätigt wird.

* * *

Sechs Wochen sind seitdem vergangen. Waylon schmiedet intensiv Pläne, was alles er unternehmen könnte. Das Rentnerdasein macht ihm sichtlich Freude, ist es doch jetzt möglich, all dies zu tun, was viel zu lang warten musste. Für die Wintersaison hat er schon eine vierwöchige Kreuzfahrt gebucht. »Bis dahin bin ich ja zweimal mit dem Renovieren fertig«, hat er zu der Frau im Reisebüro lachend gesagt, deren anerkennender Blick nicht zu übersehen war.

So gut wie heute hat er sich selten gefühlt. Frisch rasiert sieht er in ein funkelndes Augenpaar im Spiegel. Ja, das Alter ist relativ. Macht man was daraus, spielt alles andere eine untergeordnete Rolle. Fröhlich summt er ein im Radio aufgeschnappten Song.

Das Aftershave dabei auftragend, merkt Waylon, wie gut die Rasur gelungen ist. Gesicht und Hals sind glatt wie ein Baby Popo. Wow! Er schaut genauer hin.

»Keine einzige Falte! … Hm. – Was die so alles mit einem Aftershave heutzutage fertig bringen …«

Und jetzt wird er Zeuge, wie schon wieder eine Änderung eintritt. Unscheinbar gerät sein Anhänger in Bewegung. Waylon tritt näher an den Spiegel. Richtig! Um das Blütenblatt beginnt es zu ranken. Vor seinen Augen verflechten sich einzelne Stränge zu einem filigranen Band. Nachdem es das Blatt gänzlich eingefasst hat, kann er sich den Eindruck nicht erwehren, schimmernde, türkisene Blitze wahrzunehmen.

Zum Nachdenken bleibt ihm keine Zeit. Es klingelt! Herausgerissen aus der seltsam anmutenden Beobachtung geht Waylon und öffnet die Tür.

»Karoline … Was machst …«

»Sorry, Way. Ich konnte nicht anders.«

»Aber … Mit dir hätt ich im Leben nie gerechnet …«

Karoline zuckt schüchtern mit den Schultern. Wie damals, als sich beide in London kennenlernten.

»Ich … Sorry … Weiß nicht, was ich gerade sagen soll …«

»Vielleicht bittest du mich einfach … herein ..?«

Warum nicht!

Waylon öffnet das Tor. Nachdem Karoline direkt vor ihm steht, klopft sein Herz einen angenehm vertrautem Rhythmus. Wie alte Freunde begrüßen sie sich mit Küsschen links, Küsschen rechts, Küsschen auf die Nasenspitze. Niemals hätte Waylon geglaubt, nochmals Karoline so nah zu kommen, nach der Trennung.

»Gut siehst du aus.«

Sie lächelt etwas errötend.

»Du auch, Way.«

»Was verschafft mir denn die Ehre? Du wolltest doch nichts mehr …«

»Sprich es ruhig aus. Ja, ich wollte nichts mehr mit dir zu tun haben. Erinnerst du dich? Ich habe *dich* geheiratet, nicht deinen Job.« Sie macht eine Pause. »Du warst doch letzte Woche im Reisebüro?«

»Ähm … Ja … Doch was …«

»Und du unternimmst eine Fahrt auf See?«

»Ja …« Langsam wird ihm mulmig. Was soll das?

»Kam dir nichts … bekannt vor?«

Waylon überlegt. »Nein. Nicht das ich wüsste.«

Verlegen schaut Karoline zu Boden. Noch immer stehen sie im Vorgarten, er mit nacktem Oberkörper. Nach einer Weile erklärt sie: »Way, die junge Frau im Büro ist … sie ist meine Tochter. Nach unserer Scheidung hab ich nochmal geheiratet.«

»Und weshalb bist du jetzt gekommen?«

»Marlon, mein Mann, ist vor einem dreiviertel Jahr …« Sie verstummt, kämpft mit den Tränen. Ohne auch nur zu überlegen nimmt Waylon sie in den Arm.

»Tut mir Leid …«

»Geht schon. Meine Tochter hat mir von einem überaus gutaussehenden Herrn erzählt am Wochenende erzählt, der bei ihr war und diese Reise buchte. Du musst wissen, sie würde mich gerne verkuppeln, dass ich nicht so allein bin. Sie macht sich große Sorgen. – Sie beschrieb dich, schwärmte beinahe. Sie eröffnete mir dann auch noch, sie wüsste deinen Namen.«

Waylon ist gerührt.

»Lust auf einen Kaffee?«

»Gern …«

»Darf ich bitten?«

Karoline lacht herzhaft auf.

»Eh ich es vergesse, Way. Gestern hab ich einen Anruf von dieser Mrs Pepper bekommen.«

»Mrs Pepper? Dass sie sich an dich überhaupt erinnert?«

»Ja, stell dir vor …«

Kaum sind beide im Haus verschwunden, tritt hinter einem Zierstrauch Mrs Pepper lächelnd hervor. Sichtlich ist auch sie gutgelaunt und freut sich für die zwei. Ihr Blick ist frisch und vielsagend.

»Mach jetzt ja keinen Fehler, Waylon Latham«, flüstert sie. »Du hast sie verdient …«

Zufrieden und glücklich geht sie ins Haus. Mrs Pepper hat für heute genug erreicht. In der Tür stehend sieht die alte Dame noch einmal hinüber zu Waylons Haus. Ihre Augen leuchten voller Lebensenergie.

Geschützt vor fremden Augen berührt die alte Dame voller Ehrfurcht den geschenkt bekommenen Anhänger.

»*pila maye, wakanhca.* – Danke dir, wahrer Seher.«

E ∞ N ∞ D ∞ E